浙江文化名人传记精选修订丛书

原 主 编：万 斌

执行主编：卢敦基

朴学大师

孙诒让传

李海英 著

浙江人民出版社

图书在版编目（CIP）数据

朴学大师 ：孙诒让传 / 李海英著. -- 杭州 ：浙江人民出版社，2024. 12. -- ISBN 978-7-213-11701-5

Ⅰ. K825. 46

中国国家版本馆CIP数据核字第2024FR0011号

朴学大师：孙诒让传

PUXUE DASHI SUN YIRANG ZHUAN

李海英　著

出版发行	浙江人民出版社（杭州市环城北路177号　邮编　310006） 市场部电话:(0571)85061682　85176516
责任编辑	金将将
责任校对	姚建国
责任印务	程　琳
封面设计	王　芸
电脑制版	杭州天一图文制作有限公司
印　　刷	杭州钱江彩色印务有限公司
开　　本	710毫米×1000毫米　1/16
印　　张	15.25
字　　数	230千字
插　　页	6
版　　次	2024年12月第1版
印　　次	2024年12月第1次印刷
书　　号	ISBN 978-7-213-11701-5
定　　价	66.00元

“浙江文化研究工程成果文库”总序

习近平

有人将文化比作一条来自老祖宗而又流向未来的河，这是说文化的传统，通过纵向传承和横向传递，生生不息地影响和引领着人们的生存与发展；有人说文化是人类的思想、智慧、信仰、情感和生活的载体、方式和方法，这是将文化作为人们代代相传的生活方式的整体。我们说，文化为群体生活提供规范、方式与环境，文化通过传承为社会进步发挥基础作用，文化会促进或制约经济乃至整个社会的发展。文化的力量，已经深深熔铸在民族的生命力、创造力和凝聚力之中。

在人类文化演化的进程中，各种文化都在其内部生成众多的元素、层次与类型，由此决定了文化的多样性与复杂性。

中国文化的博大精深，来源于其内部生成的多姿多彩；中国文化的历久弥新，取决于其变迁过程中各种元素、层次、类型在内容和结构上通过碰撞、解构、融合而产生的革故鼎新的强大动力。

中国土地广袤、疆域辽阔，不同区域间因自然环境、经济环境、社会环境等诸多方面的差异，建构了不同的区域文化。区域文化如同百川归海，共同汇聚成中国文化的大传统，这种大传统如同春风化雨，渗透于各种区域文化之中。在这个过程中，区域文化如同清溪山泉潺潺不息，在中国文化的共同价值取向下，以自己的独特个性支撑着、引领着本地经济社会的发展。

从区域文化入手，对一地文化的历史与现状展开全面、系统、扎实、有序的研究，一方面可以借此梳理和弘扬当地的历史传统和文化资源，繁荣和丰富当代的先进文化建设活动，规划和指导未来的文化发展蓝图，增强文化软实力，为全面建设小康社会、加快推进社会主义现代化提供思想保证、精神动力、智力支持和舆论力量；另一方面，这也是深入了解中国文化、研究中国文化、发展中国文化、创新中国文化的重要途径之一。如今，区域文化研究日益受到各地重视，成为我国文化研究走向深入的一个重要标志。我们今天实施浙江文化研究工程，其目的和意义也在于此。

千百年来，浙江人民积淀和传承了一个底蕴深厚的文化传统。这种文化传统的独特性，正在于它令人惊叹的富于创造力的智慧和力量。

浙江文化中富于创造力的基因，早早地出现在其历史的源头。在浙江新石器时代最为著名的跨湖桥、河姆渡、马家浜和良渚的考古文化中，浙江先民们都以不同凡响的作为，在中华民族的文明之源留下了创造和进步的印记。

浙江人民在与时俱进的历史轨迹上一路走来，秉承富于创造力的文化传统，这深深地融汇在一代代浙江人民的血液中，体现在浙江人民的行为上，也在浙江历史上众多杰出人物身上得到充分展示。从大禹的因势利导、敬业治水，到勾践的卧薪尝胆、励精图治；从钱氏的保境安民、纳土归宋，到胡则的为官一任、造福一方；从岳飞、于谦的精忠报国、清白一生，到方孝孺、张苍水的刚正不阿、以身殉国；从沈括的博学多识、精研深究，到竺可桢的科学救国、求是一生；无论是陈亮、叶适的经世致用，还是黄宗羲的工商皆本；无论是王充、王阳明的批判、自觉，还是龚自珍、蔡元培的开明、开放，等等，都展示了浙江深厚的文化底蕴，凝聚了浙江人民求真务实的创造精神。

代代相传的文化创造的作为和精神，从观念、态度、行为方式和价值取向上，孕育、形成和发展了渊源有自的浙江地域文化传统和与时俱进的浙江文化精神，她滋育着浙江的生命力、催生着浙江的凝聚力、激发着浙江的创造力、培植着浙江的竞争力，激励着浙江人民永不自满、永不停息，在各个不同的历史时期不断地超越自我、创业奋进。

悠久深厚、意韵丰富的浙江文化传统，是历史赐予我们的宝贵财富，也是我们开拓未来的丰富资源和不竭动力。党的十六大以来推进浙江新发展的实践，使我们越来越深刻地认识到，与国家实施改革开放大政方针相伴随的浙江经济社会持续快速健康发展的深层原因，就在于浙江深厚的文化底蕴和文化传统与当今时代精神的有机结合，就在于发展先进生产力与发展先进文化的有机结合。今后一个时期浙江能否在全面建设小康社会、加快社会主义现代化建设进程中继续走在前列，很大程度上取决于我们对文化力量的深刻认识、对发展先进文化的高度自觉和对加快建设文化大省的工作力度。我们应该看到，文化的力量最终可以转化为物质的力量，文化的软实力最终可以转化为经济的硬实力。文化要素是综合竞争力的核心要素，文化资源是经济社会发展的重要资源，文化素质是领导者和劳动者的首要素质。因此，研究浙江文化的历史与现状，增强文化软实力，为浙江的现代化建设服务，是浙江人民的共同事业，也是浙江各级党委、政府的重要使命和责任。

2005年7月召开的中共浙江省委十一届八次全会，作出《关于加快建设文化大省的决定》，提出要从增强先进文化凝聚力、解放和发展生产力、增强社会公共服务能力入手，大力实施文明素质工程、文化精品工程、文化研究工程、文化保护工程、文化产业促进工程、文化阵地工程、文化传播工程、文化人才工程等“八项工程”，实施科教兴国和人才强国战略，加快建设教育、科技、卫生、体育等“四个强省”。作为文化建设“八项工程”之一的文化研究工程，其任务就是系统研究浙江文化的历史成就和当代发展，深入挖掘浙江文化底蕴、研究浙江现象、总结浙江经验、指导浙江未来的发展。

浙江文化研究工程将重点研究“今、古、人、文”四个方面，即围绕浙江当代发展问题研究、浙江历史文化专题研究、浙江名人研究、浙江历史文献整理四大板块，开展系统研究，出版系列丛书。在研究内容上，深入挖掘浙江文化底蕴，系统梳理和分析浙江历史文化的内部结构、变化规律和地域特色，坚持和发展浙江精神；研究浙江文化与其他地域文化的异同，厘清浙江文化在中国文化中的地位和相互影响的关系；围绕浙江生动的当代实践，深入解读浙江现象，总结浙江经验，指导浙江发展。在研究力量上，通过课题组织、出版资助、重点研究基地建设、加强省内外大院名校合作、整合各地各部门力量等途径，形成上下联动、学界互动的整体合力。在成果运用上，注重研究成果的学术价值和应用价值，充分发挥其认识世界、传承文明、创新理论、咨政育人、服务社会的重要作用。

我们希望通过实施浙江文化研究工程，努力用浙江历史教育浙江人民、用浙江文化熏陶浙江人民、用浙江精神鼓舞浙江人民、用浙江经验引领浙江人民，进一步激发浙江人民的无穷智慧和伟大创造能力，推动浙江实现又快又好发展。

今天，我们踏着来自历史的河流，受着一方百姓的期许，理应负起使命，至诚奉献，让我们的文化绵延不绝，让我们的创造生生不息。

2006年5月30日于杭州

目录

第一章　父辈荣光

清道光二十八年（1848）八月十九日巳时，孙诒让出生于浙江瑞安潘埭茂德里，即今浙江省瑞安市陶山区潘岱乡砚下村。先赐名效洙，又名德涵，后正名为诒让；因是家中次子，所以字仲颂，又作仲容、中容。成年后自号籀庼居士，别署荀羕、荀茂德里徵等；曾用室名述旧斋、撢艺宧、经微室、一盂庵、五凤砖研斋、百晋精庐、百晋陶斋等。孙家祖籍福建长溪，五代时迁居浙江瑞安集善乡的盘谷村（今名潘埭），世称盘谷孙氏。据说孙家祖上以殷实、好义闻名乡里，大屋连楹绵延，村中人为避雨，常在其屋檐下行走，故而其村得名檐下村。时过境迁，到孙诒让祖父持家时，大屋连绵的盛况已不再，但孙家两进十一间大房在那一带仍然很气派。

孙诒让出身书香门第，曾祖和祖父时就有耕读传家的庭训。曾祖孙祖铎，9岁能属文；祖父孙希曾，“弱冠时读书郡城”，交游名士，“衣服都雅，有游闲公子之风”。后虽家道中落，兼且困于举业，遂不复出，但仍“家居好学，尤善书，手抄书辄数千纸，家中所藏书率多丹黄云”[①]。同时，孙希曾也将读书求进的希望寄托在两个儿子孙衣言和孙锵鸣身上。

孙诒让的父亲孙衣言生于嘉庆二十年（1815），名克绳，字绍闻，号琴西，后自署逊学老人。孙诒让叔父孙锵鸣生于嘉庆二十二年，名克昌，字韶甫，号

① 孙延钊撰，徐和雍、周立人整理：《孙衣言孙诒让父子年谱》（以下简称《父子年谱》），上海社会科学院出版社2003年版，第32页。

渠田，晚年自号止园老人、止庵、退叟。在兄弟两人只有四五岁时，孙希曾就亲为启蒙，“口授之经”，“督课之甚严”。二人天资聪颖，“求进之志高出群辈，每一艺成，兄弟交相评论，必求称心而后已”，青少年时即以邃学工文超轶同辈。孙衣言18岁时得县试第一，孙锵鸣也在同场县试中得第五。孙锵鸣17岁补县学生员，所作“东风吹梦断，芳草已离离”，被学使陈用光赞为“有名家笔意”。府试时，孙锵鸣第一，孙衣言第四。当地有人赞叹说：“少年兄弟一齐出头，乡里荣之，实我邑自来所未有。”在孙诒让出生前后，他们在科举路上已是捷报频传。道光二十四年（1844），孙衣言中举人，时年30岁；道光三十年，孙衣言中进士，当时年仅36岁。与兄长相比，弟弟孙锵鸣的仕途似乎更为顺利。道光十五年中举人，时年19岁；道光二十一年中进士，年仅25岁，其两次高中均比兄长早9年。像他这样年纪轻轻即一帆风顺平步青云者，实为入清以来200年温州学人中的特例。后来，兄弟二人又先后擢任翰林院侍讲、侍读、同官馆阁，一时在乡里传为佳话。多年后，孙锵鸣因仕途坎坷不得已而出任南京钟山书院教习一职时，尚有人赞其“君家兄弟世间无”。

孙氏兄弟一生热爱读书，无论他们考中进士，还是供职翰林院，担任地方官职，受聘为书院主讲，甚或告老还乡赋闲在家，不管得意还是失意，始终手不释卷。他们不仅闲暇时以诗文自娱，还以振兴永嘉学派、匡救时弊为己任，表现出对社会、国家强烈的责任感和使命感。

逊学老人

道光二十二年，孙衣言时年28岁，尚为一介布衣，得知清廷主政的穆彰阿与英军签订《南京条约》，悲愤至极，于是作《志愤诗》12首，以表达丧权辱国之痛，表现出了读书人强烈的爱国情怀。咸丰二年（1852），即中进士后两年，孙衣言授翰林院编修一职，一年后晋升实录馆协修、纂修，预修《宣宗实录》，自编《夷务书》，成稿百卷。尤其是编至辛丑、壬寅（1841、1842）年间为外侮逼迫签订丧权辱国的《南京条约》及林则徐被革职一事时，太息痛恨，感慨不已。是年，又充国史馆纂修。他也用诗文记录了当时在国史馆校雠编辑的忙碌场面：

> 四门谈史即色变，今者迂固何其多。
> 上堂朱墨坐云雾，左史右史肩相摩。
> 太仓食米尽十斛，便许校书入天禄。[①]

咸丰五年（1855），孙衣言任上书房行走，为惠亲王绵愉的儿子们授读经史。当年，又充咸安宫总裁、文渊阁校理。两年后，又担任翰林院侍讲，并充文渊阁直阁事，登阁观《四库全书》，还特别留心阅览四库馆藏的温州先哲遗著。在这段时间里，孙衣言的身份是文学侍臣，所从事的工作使他自然免不了天天与文史打交道。比如，咸丰六年十一月十一日，因为编《夷务书》出色而被赏，加五品衔。此时，孙衣言在闲暇时间校读了大量的诗文著作，单是《父子年谱》中提到的就有《古诗选》《惜抱轩集》《归震川集》《元遗山集》《汉书》《史记》《韩昌黎诗集》等多部。并且，有的诗文集他不止校雠过一次。在孙延钊所作的年谱中，就有孙衣言曾多次校订《韩昌黎诗集》的记录。在《史记》的校记中，我们可以清楚地看到孙衣言严谨的治学态度：

> 余既从定甫借录所传归、方评本，复索其初录本校之。初录本为明南监板，原有方侍郎三色评点，邵位西以为洪稚存传录者。定甫得之，而从梅伯言郎中借所录二色评本，并写于上。今取以相校，则定甫后录本尚有缺误。又方本有蓝、绿二笔，定甫并为蓝色而失其旧，竭十日之力复加校正，而别识其异同者于下方，以资参考。又稚存原笔似亦有误笔，而定甫初录方评，间或假手抄胥，又恐不能无失，恨不得两原本及梅伯言本更加细勘也。咸丰丁巳二月十八日，孙某又记于澄怀老屋。[②]

---

① 转引自孙延钊撰，徐和雍、周立人整理：《父子年谱》，第20页。
② 孙延钊撰，徐和雍、周立人整理：《父子年谱》，第30—31页。

因上《御戈之策章》，在第二次鸦片战争中坚持主战言论，孙衣言在咸丰八年（1858）六月被外放为安庆知府。此后，虽然因为曾国藩赏识，陆续担任知府、布政使、按察使等职，但似乎始终难以进入晚清政治权力的核心。

孙衣言先后任上书房师傅、安庆知府、安徽按察使、湖北布政使、江宁布政使等职，但其行事为官，始终带有很强的书生气，即使在与自己甚为相得的两江总督马新贻手下任江宁布政使时，孙衣言也时有压抑之感。他在致曾国藩的信中相当详细地表述了自己淡于官场进退、志于潜心治学的想法：

> 某某在此，都无建白，惟私心所存，时以辨别邪正、力遏浮竞为主，而亦殊未易言。衰态益增，须发之白更甚，虽往往乘间读书，而文字几于尽废，可谓两失之矣。两宋文士往往有外历监司，卒以馆职致仕者，以某之不才，如有此遇，即当拂衣五湖，从我所好，岂后世遂无此度外之事乎！谷帅在此，持重有体，嗜好之正，实乃天资过人，可为地方之幸。而苦于求取太多，无复余力以待地方缓急。①

光绪三年（1877）二月，为人刚毅方正的孙衣言因与骄倨总督不相合，从湖北布政使调任江宁布政使。到任后，又时常与两江总督沈葆桢意见相左。沈主张借用洋款、多办洋务。孙衣言则认为，办洋务要等国库充实后量力而行，尽量不用洋款。而且，沈葆桢“喜用健吏治命盗重案，一切用峻法，不甚究其情”②。候补道洪汝奎见上司如此，望风行事，审案时专事刑杀。孙衣言好言相劝，因而与洪氏也产生了嫌隙。也是合该有事，接下来发生的两件事让沈、孙二人之间的矛盾更加明朗化。其一是，当时江宁有一桩命案，洪汝奎受沈葆桢之命，负责审理，他的做法是“捕路人锻炼定狱”。作为沈氏属官的孙衣言在了解了事情的原委后，向沈作了紧急汇报。沈葆桢没有听从孙衣言的意见，而是径直按照洪汝奎的结论行事。其二是，沈葆桢听信略懂天算的周某的撺掇，打

---

① 孙延钊撰，徐和雍、周立人整理：《父子年谱》，第94页。

② 孙延钊撰，徐和雍、周立人整理：《父子年谱》，第170页。

算制造不用蒸汽机、单凭地球引力就可行驶的轮船，并为此要求孙衣言支付库银3000两。孙衣言不信周某有如此神力，再三劝阻沈葆桢，但后者的做法竟是“强令予金”。后来轮船没能造成，沈葆桢丢了颜面，二人误解更深。再加上洪汝奎的挑拨，孙衣言发现自己处境尴尬难以有所作为，于是渐萌退意。光绪五年（1879）七月，朝廷封孙衣言为太仆寺卿，召其还朝，孙衣言以老病为由，从当年十二月起正式引退。孙衣言虽有一腔以永嘉事功之学建功立业的抱负，但由于为人性骨鲠，终究难以见容于关系盘根错节的晚清官场。

一直以来，中国文人读书治学的路子往往是“学而优则仕”，对孙衣言来说，仕虽不优，学却从未忘。要治学先要有藏书，孙衣言深谙此中道理。光绪十四年（1888），孙衣言建成玉海楼作为孙家的藏书楼，同时也是儿子孙诒让的读书之所。玉海楼和嘉业堂、皕宋楼、天一阁一起，并称浙江四大藏书楼。书楼的命名，用潘祖荫的话说就是——“琴西世丈以深宁叟名其书者额其藏书楼，且以公诸后生之能读书者，其用心深厚已！”“深宁叟”即南宋礼部尚书王应麟，“玉海楼”之名便是取自其著作《玉海》，意为“如玉之珍贵，若海之浩瀚”。玉海楼的藏书量很大，孙衣言自己曾回忆说：“同治戊辰，复为监司金陵。东南寇乱之余，故家遗书，往往散出，而海东舶来，且有中土所未见者。次儿诒让亦颇知好书，乃令恣意购求。十余年间，致书八九万卷。”[①]其实，除了孙衣言提到的恣意购求之外，孙家得书的途径还有借抄私家藏本、师友赠送等。借抄私家藏本，提供最多的是归安陆心源皕宋楼和钱塘丁丙八千卷楼两家。孙衣言甚至还向翁同龢求书，最终得到其旧藏四库副本《许及之集》，校勘其中错误之处并抄录后，再归还翁府。

孙衣言收藏善本的目的是“校梓以广流传”，对于优秀的乡邦文献更是如此，如永嘉学派的著作。“凡遇先哲著述，片纸只字罔不收拾。”[②]在广求善本的基础上，孙衣言父子对大量的乡贤著作进行了精心校雠。仅从同治十一年（1872）校读钱塘丁丙所藏的明抄本《习学记言序目》后所作的附言中就可看出

---

① 转引自朱芳圃编：《清孙仲容先生诒让年谱》，台湾商务印书馆1980年版，第15页。

② 孙延钊撰，徐和雍、周立人整理：《父子年谱》，第161页。

孙衣言对乡贤文献的重视：

> 松生此本，写手恶劣，视予所得两残本明秦四麟抄本，传录明叶道毂抄本。不逮远甚。予既据松生本抄补缺卷，因以两残本互相校勘，订其伪谬，又以松生本通校一过。松生本之讹，有一条分为数条，数条合为一条，又有此条错入彼条者，文字讹夺则几不可枚举矣。幸其离合错乱处显而易见，因就两残本为之校正，残本所无，则姑以予意正之，而别为标识。予本及松生本可两存者，则但曰某作某而已。松生本抄虽不精，而两残本缺误，亦间有赖松生本订正者，以此益知藏书不厌多也。官下冗杂，几及一年，始得毕事。此书差为可读，然尚恨未获一精妙全本尽正之也。予尝为修伯言此书难校，修伯答书，言其同年海蕙田所，有影宋抄本，许为借之，而远在京师，恐不可必得。今姑以书归松生，如蕙田书来，我犹当为松生复校也。壬申十月之吉，瑞安孙某记于金陵思食笋斋，是夜二鼓。①

孙衣言在藏书校书的同时，又将大量的乡贤遗著整理刊写。或请人雕版，或自己缮写，从而形成丛书或专集。光绪八年（1882），孙衣言刊成《永嘉丛书》13种80册，其中包括许景衡《横塘集》20卷，刘安节《刘左史集》4卷，刘安上《刘给谏集》5卷，林季仲《竹轩杂著》6卷，薛季宣《浪语集》35卷，陈傅良《止庵集》52卷、附录1卷，叶适《水心集》29卷、补遗1卷，《水心别集》16卷，刘黻《蒙川遗稿》4卷、补遗一卷，王致远《开禧德安守城录》1卷，孙希旦《孙太史稿》2卷，谷诚《谷艾园文稿》4卷，方成珪《集韵考正》10卷。此外，孙衣言还于光绪八年编成《叶水心年谱》，并辑有永嘉史事遗文，成《永嘉集》内编48卷、外编26卷，并于光绪十二年撰成《瓯海轶闻》。此外，他还和弟弟孙锵鸣一起编有《东瓯大事记》。

孙衣言不仅在传统学问上功底扎实，在诗词文赋的创作方面也很有成就，当时有人称他“气度伟岸，意态超旷，似魏晋间人。读其诗，灵气往来，清莹

---

① 孙延钊撰，徐和雍、周立人整理：《父子年谱》，第103—104页。

见骨，不屑一语拾人牙慧，是酷似山谷而得其神髓者”[①]。还有人赞其诗中有“奇气往来”，“真不拾前人一字，而自成壁垒者”[②]。其诗文著作有《逊学斋诗钞》《逊学斋文钞》各10卷，由俞樾于咸丰九年（1859）九月刻成，并作序，俞氏认为其诗风格古朴苍凉，上追汉魏，近作尤似苏东坡、黄庭坚，并且“立言之体，视三百篇之大小雅为近”[③]。孙衣言的文章风格，除以永嘉学派为宗外，还十分推崇桐城派的文风。门人黄体芳在校刊《习学记言》时曾说：“吾师孙太仆先生，最服膺于乡先生水心叶公。体芳昔在左右，或语及经济文章，必为言水心。”并且，孙衣言对永嘉学派中各家的文章风格也了然于心，对其章法及得失均有独到的见解，如在谈及议论文时说：

> 吾乡宋时诸先生，为议论之文者，莫粹于文节陈公，莫雄于文定叶公，其次则忠文王公，说理最为平实，而文稍逊焉。文节、文定，皆博极群书，而尤熟于一朝之掌故与当世之利病，宜其文之独绝。学者有得于文节，则可为欧、曾；有得于文定，则可为苏氏父子。[④]

从孙衣言所从事的学术事业来看，他十分推崇永嘉学派的思想观点。这点除了上述校书刊书的经历外，还有多种表现：其一，在文渊阁任事时登阁观览的温州乡贤遗著，其中很大一部分是永嘉学派的著作。其二，喜与方闻之士谈论当时的汉宋门户之弊。对当时清儒纠缠于汉宋门户之争而呶呶不休的局面，孙衣言大不以为然。他认为不该有什么汉学宋学之分，若要革除二者的藩篱，只有采用永嘉学派的观点。

永嘉学派，是南宋时期与朱熹的道学、陆九渊的心学并列的三大学派之一，是在抗金斗争中出现的一个学术派别，代表人物是薛季宣、陈傅良、叶适等，其主导思想是“必弥纶以通世变”。他们注重“实事实理”，强调学以致用，反

---

① 转引自孙延钊撰，徐和雍、周立人整理：《父子年谱》，第26页。此处的山谷指的是黄庭坚。

② 转引自孙延钊撰，徐和雍、周立人整理：《父子年谱》，第30页。

③ 孙延钊撰，徐和雍、周立人整理：《父子年谱》，第41页。

④ 孙延钊撰，徐和雍、周立人整理：《父子年谱》，第205页。

对空谈义理，具有一定的唯物主义倾向。在经历元、明、清三个朝代后，永嘉学派逐渐衰落，著作也日益散佚。

孙衣言兄弟的家乡是永嘉学派的发祥地，二人自幼耳濡目染，深感该学派的思想见解与政治主张有着深刻的现实意义，决心以振兴永嘉学派为己任。就此而言，首先要做的，也是最有效的做法就是推广其言论及思想。孙衣言就表达了自己的这份雄心："幸生诸先生后，读其遗书，窃有志焉。因辑其遗事，都为一书，上起皇祐豪杰之始兴也，下逮国朝火薪之相接也，而于乾淳诸老言之尤详。"[①]同治五年（1866）时，孙衣言、孙锵鸣鉴于乡邦文献日就湮没，就计划采访遗闻，并打算就所见书籍摘录资料草为《温州备志长编》。当时还订有《采访条例》17条，之后终于在孙衣言、孙诒让、孙锵鸣等的努力下，形成了《永嘉丛书》《温州经籍志》《瓯海轶闻》《东瓯大事记》等一系列有关乡邦文献的著述。光绪五年（1879）十二月，孙衣言真正告老还乡，"益宣究其平日所笃守之永嘉学术，聚乡里英才而讲授之"，先后受业者有几十人。这种做法对孙诒让影响很大，他不仅秉承了父亲严谨的治学态度，而且在一生的治学道路和为人处世上，处处可见永嘉学派的影子。

孙衣言的交游非常广泛，不少是当时著名的学者和高官，这些不仅使儿子孙诒让的见闻大增，大大开阔了他的视野，而且使很多旧交也成了孙诒让的良师益友，对孙诒让的学术和政治观点产生了重要的影响，这些将在孙诒让的交游考中再作交代。

除孙衣言自己的经历带给孙诒让很大的影响外，在早年的日常生活中，孙衣言对儿子读书治学的严格要求也深深影响了孙诒让。孙衣言见次子孙诒让天资聪颖，于是在儿子只有七八岁时，即对其读书治学的方向做了一个大致的规划。孙诒让7岁时，见父亲作诗，"索诗甚急"。父亲见状，便戏书二十八字曰："陶潜稚子求梨枣，汝爱文章亦自痴。他日读书勿效我，阴何鲍谢总支离。"[②]表达了希望儿子潜心治学不以诗文为业的愿望。八九岁时，孙诒让从父亲受四子书和《周

---

① 〔清〕孙衣言：《逊学斋文续钞》卷一《瓯海轶闻甲集序》。

② 孙延钊撰，徐和雍、周立人整理：《父子年谱》，第22页。

礼》。当时孙衣言正打算以经制之学融贯汉宋、通其区畛。“而以永嘉儒先治《周官经》为精详，大抵阐明制度，究极根本，不徒以释名辨物为事亦非空谈经世者可比。”因此于四子书外，先授《周礼》，借为研究薛陈诸家学术之基本。在孙诒让八九岁时，就已经得益于家中丰富的藏书。“庋阁有明人所刻《汉魏丛书》，爱其多古册，辄窃观之，虽不能解，然浏览篇目，自以为乐也。”[①]

骨鲠叔父

出身书香门第的孙诒让，还深受叔父孙锵鸣的影响。如前所述，与孙衣言相比，孙锵鸣科考之路顺利，人生经历坎坷。这些都是因为他像兄长一样，既有着宏伟的抱负和救世济民的人生理想，又有不为世人所容的耿直品性，这也是其不为官场所容的原因所在。

与孙衣言一样，进入仕途以后，孙锵鸣以治学的认真态度对待政事，希望贯彻永嘉学派的事功之学。

道光二十七年（1847），孙锵鸣任丁未会试第十一房同考官，认真选拔人才，其中所荐第25名李鸿章，后来官至傅相，秉政多年。第73名沈葆桢，后官至船政大臣、两江总督。两年后，孙锵鸣典试广西，坚决拒绝了地方官的赠银千余两，受理当地老百姓呈递的状纸。同年八月，留任广西提督学政，坚却地方官的例宴，“痛陈督抚之疲玩粉饰、守令之寡循良、军令之不肃、士之鲜务实学、风俗之日非、耻尚之失所”[②]，他对当时社会下层的骚动极为关注，并早早地向朝廷奏报了广西的变乱。道光三十年（1850）五月至九月，先后上《广西会匪猖獗请饬严办疏》《胪陈张宗祥滋事疏》《两广盗匪充斥疏》《广西匪徒滋扰情形疏》等，因广西会党“假名号，杀将弁，百孔千疮，遍地皆是”而忧心忡忡，建议“非合两省之兵力不足以清其源”。而当时的广西巡抚郑祖琛对此严峻形势依然认识不清，孙锵鸣认为满地皆匪，无可按试，郑氏却在最初以小寇作

① 〔清〕孙诒让：《札迻·自序》，雪克、陈野点校，中华书局2009年版，第1页。

② 〔清〕宋恕：《外甥孙止庵师学行略述》，见胡珠生编注：《孙锵鸣集》（下），上海社会科学院出版社2003年版，第714页。

乱上报朝廷。

孙锵鸣的清醒地认识到，洪秀全拜上帝教之所以活动频繁，发展迅速，社会危机四伏，是因了奸臣穆彰阿当道。穆彰阿在道光时期长期秉政，门生故旧遍及朝廷内外，一时号曰“穆党”。但就是他们，赞和议，罢免林则徐以琦善代之：“兵衅复起，先后命奕山、奕经督师广东浙江，皆挫败。英兵且由海入江，林则徐及闽浙总督邓廷桢、台湾总督达洪阿、台湾道姚莹以战守为敌所忌，并被严遣，命伊里布、耆英、牛鉴议款。”[①]于是，对此洞若观火的孙锵鸣不顾身家安危毅然上《请罢斥穆彰阿疏》，将其斥为秦桧、严嵩。后来穆彰阿被咸丰严惩，虽是出于奕䜣的警觉，但孙锵鸣等人的大胆直言也起了一定的作用。以上这些均表明，孙锵鸣是一位正直敢言、头脑清醒的政治家。但就是这种实事求是、正直为人的作风，使得孙锵鸣上下不讨好，在社会矛盾的激流中陷于孤立。

咸丰八年（1858），以赵起为首的金钱会在浙江平阳成立，意在响应太平军的反清斗争。在金钱会到处散发入会凭证时，孙锵鸣派人密报浙江巡抚王有龄。王诘问道府，道府言“贼已改为团，且解散”。王知其伪，“责令悉献贼号伪钱，道府噤不敢发”。金钱会此后更是大量散发伪钱，且与孙锵鸣支持的忠义团局对抗日益激烈。八九月间，竟焚劫孙家，孙家家资及御赐物品顷刻皆尽。金钱会会众还进入温州府城，劫去道府印信，温处道志勋光脚逃走。对此种发展，孙锵鸣实有预言在先，然善于弥缝的地方官却说“祸由侍读（孙锵鸣），无与郡县事”，将罪责巧妙地推到孙锵鸣身上。

同治二年（1863），孙锵鸣上书左宗棠，代表温州绅民要求制止苛政，未获重视和答复；十月中旬，义愤填膺的孙锵鸣不计后果，上《劣员虐民酿变请饬查办疏》给最高统治者，要求查办温州府知府黄维诰等一批地方官，减轻捐税，以使战后的温州元气得到恢复。由于《劣员虐民酿变请饬查办疏》和《上左制军书》一样，都涉及左宗棠的亲信门生、时任温州知府周开锡，因而遭到周、左联合的致命性反击。左宗棠竟把金钱会事归罪于孙锵鸣，替周开锡推脱。孙锵鸣提出的有关指控不仅全遭驳斥或搁置，且原告反成被告。这次周、左的反

---

① 《清史稿》卷三六三《穆彰阿》，中华书局1977年版，第11415页。

击对孙锵鸣的政治生涯产生了致命性的打击。同治三年（1864）正月初二，上谕“是其徇私挟嫌，居心实属险诈，孙锵鸣著即勒令休致”。从此，孙锵鸣的政治生涯因为民请命而画上句号。

孙锵鸣被罢官一事，让他充分认识到了官场的黑暗，“我生孤僻俗眼白，人事险巇鬼面蓝”，决心“誓与老农同击壤，息影不离山中庵”。珍惜年华的他决心开始新的生涯，专心致志地从事教育和治学。

从同治四年（1865）开始，孙锵鸣先后应门生李鸿章和沈葆桢之请，主持苏州紫阳书院，金陵钟山书院和惜阴书院，保定莲池书院等，还兼掌温州中山（肄经）、玉尺、龙湖、东山书院，给学生讲论永嘉学术，并撰周浮沚、陈止斋诸先生年谱，一力振兴乡邦学术，投身教书育人的事业。

孙锵鸣教育学生时，主张“由文字训诂以求微言大义之所在，而既能为沈博绝丽之文，又当返诸身心，求其所以为文之本”，“国家创设书院之意，尤在培养贤俊，使之励名义，通古今，务求为有体有用之学，以备他日栋梁柱石之选”。他还教育子女“取与之义关系甚大，君子观人即此处着眼”，“胸襟要宽，见识要远，心气要和平，立志又要坚忍”，“名心利心切不可太热，利心重尤亏名节”。正是因为有这样的教育理念，他“不袭理学陈腐之言，不摭训诂破碎之说，亲受业者咸卓然有所成就”。如当年惜阴书院学生刘寿曾、唐仁寿、汪宗沂等数十人之后大多成为学界名流；温州近代史上赫赫有名的黄绍箕、黄绍第、洪锦标、杨晨、陈黻宸、宋恕等都是他的学生，难怪门生李鸿章评价他是“经师人师，海内宗仰”，时人俞樾亦云其“将相罗一门，无人不拜文中子”。

孙锵鸣在许多方面都有较高的学术造诣。在经学、史学、子学、文学等许多领域均有相当的成就。

在经学方面，孙锵鸣曾校刊过《尚书顾命解》和《礼记集解》，且对《易经》作过全面的探讨。至今还存有他对履卦至恒卦共二十三卦的释义，认为“泰之必否，气数之常，而否之反泰，君子之事。为处否之道无过于贞”，不仅承认事物有着自身的发展规律，而且强调人们主观的能动作用。

在子学方面，孙锵鸣遍读诸子百家重要典籍，现存有《庄子》《列子》《淮南子》和《墨子》的圈记及校语录。另外，为补正《吕氏春秋》的脱误，还撰写《吕氏春秋高注补正》一百六十七条，后来经由其子发表在《国故》月刊上。

史学方面，孙锵鸣曾以其兄长孙衣言点定的汲古堂本、万历北监本校读《新五代史》，著有《止庵读书记》，其内容包括两个方面：一是从《周礼》《吕氏春秋》《文选》《汉书》等数十种典籍中录出生僻语词，考订出相关的名物制度及常用口语；二是从《宋史》中录出宋代繁多的税钱名称，借以阐明宋代民间赋税之沉重。他还撰有《东瓯大事记》，主要是从二十二史及其他书籍中摘录出有关温州历史的记载，既填补了温州文献资料整理的空白，也保存了久已亡佚的《文馆词林》的部分资料，其中有些资料经过考证足以认定正史之不足，显示了相当严谨的治学态度。

文学方面，孙锵鸣留下了很多的诗文创作。侄子孙诒让评价说："诗，古体渊源少陵，近体似东坡；词喜稼轩、白石，尤华妙精深；文则兼涉众家，渊懿清雅，出入唐宋。"此外，他还从《宋诗纪事》《元诗选》《列朝诗集》《东瓯诗集》《东瓯掌录》《瓯乘补》以及多家文集和诗话中，搜罗温州籍诗人的传记和代表作，编成温州第一部完整的《东瓯诗话》，阐述四灵诗的源流，并对诸家诗作的风格和成就做出评论。

正是因为出身书香门第，父辈对于治学的重视和相当全面的学术修养，小小年纪的孙诒让在耳濡目染中对学术产生了浓厚的兴趣。此外，由于父亲和叔父均做过高官，与中国近代史上很多有名有姓的高官、政治人物均有交往，少年时期随父亲宦游于江南各省的孙诒让，很早就已开始结交各地社会名流。与众多长者的交往，对孙诒让的治学产生了相当大的影响。与政界人士的交游使他的政治观点相对正统，拥有了较为开阔的视野；另外，父辈抗颜犯上、"不知进退"的耿直秉性，"素抱在经世，文章兼事功"的治学思路，在孙诒让身上均有相当程度的体现，有的方面甚至比父辈有过之而无不及。

除此之外，孙家祖辈以"诒善"为家训，要求子弟忠厚朴俭，不专利，不倚势，安分守法，勤苦读书，等等，以及孙衣言与兄弟孙锵鸣之间融洽的关系，也对包括孙诒让在内的孙家后辈有着不可忽视的影响。

可以说，正是有了孙祖铎、孙希曾、孙衣言和孙锵鸣三代的培养浇灌，孙家才出现了一朵明艳夺目的奇葩——晚清朴学大师孙诒让。

第二章　读书游历

咸丰元年（1851），即孙衣言中进士第二年，这年冬天，孙诒让和全家人一起随父亲北上进京，在桐庐舟中迎来了次年的春节。次年二月，全家住进玄武门外香炉营四条胡同，这一年孙诒让只有4岁。从5岁旅居京城，至32岁随父亲告老还乡，在近30年的时间里，孙诒让随父亲游历了很多地方。这也是孙诒让一生的黄金时代，随父宦游的生活并没有让他荒废学业，相反，在严父监督下，少年早慧、博闻强记的孙诒让在学术上的进步可谓一日千里，这也为他硕果累累、如日中天的中年时代的到来做好了充分的准备。

读书访书

随父侍读的孙诒让很早就涉足朴学的各个领域。咸丰五年，时七八岁，父亲授诒让四子书和《周礼》，开始读书识文义。10岁左右，即旁涉群籍，以浏览明刻《汉魏丛书》为乐。12岁时，孙衣言归寓永嘉县城南，即授诒让以做诗方法。孙衣言本希望儿子能治史，认为史能经世致远，孙诒让却偏重治经。

咸丰十年，时年仅13岁的孙诒让即开始治校雠之学，草创《广韵姓氏刊误》1卷，七月动笔，十月成书。[1]虽然孙诒让成年后视《广韵姓氏刊误》为读

[1] 朱芳圃所编《清孙仲容先生诒让年谱》误题为同治二年（1863）作，雪克先生据孙诒让自题同治三年（1864）《广韵姓氏刊误》稿尾识语，考定为咸丰十年（1860），时孙诒让年仅13岁。

书札记，从不以专著视之，但其考订《广韵》人名来源时旁征博引，言之有据，足以说明年仅13岁的他对经史与韵书熟悉的程度。

14岁时，作《温州杂事诗》数十首。

16岁，读江藩《汉学师承记》及《皇清经解》，前者阐述清代经学大师的学术思想、师承关系，其中最吸引孙诒让的是乾嘉学派中吴派、皖派领军人物的师承传记，以及其与东汉古文经派的渊源。后者汇刻乾隆、嘉庆年间74家儒家著作，共188种1400余卷解经巨著，熟读该书使孙诒让对清朝儒家各派治经、史、子、小学家法有了更深的认识。

17岁，侍父于寿州官斋，收得元管军上百户铜印，晋太康三年砖一块；秋季于淮颍得东汉卫鼎，有考跋文。据次子孙延钊所作年谱，孙诒让是年得阮元校刊本宋人薛尚功《历代钟鼎彝器款识法帖》，爱不释手，"尝取《考古》《博古》两图，及王复斋《款识》、王俅《集古录》"，对薛氏《历代钟鼎彝器款识法帖》加以校对。从此，孙诒让对金石学的爱好一发而不可收，"盖欲推原篆籀，借为读经讽字之助"。同年，随父南归，途中购得元大德本《白虎通德论》2册及乐意轩吴氏藏旧抄本《水心别集》8册；又于杭州购得扫叶山房刻本《契丹国志》27卷、《大金国志》40卷，总计为4册。孙诒让考订后曰：

> 得寻其刊正之迹，盖所改者亦不过字句之间稍为修饰，使归一律，初未尝改弦更张也。至元本卷中多引胡文定曰云云，重校本无之，则亦当时以语多乖谬，奉诏所删。惟元本纪年，每年之上，悉注甲子，重校本亦无之，此无关体例，或当时所见本偶无之耶……朱笔校本，不著姓名，惟卷首有"香圃珍藏"及"陆氏三间草堂藏书"二印……朱笔当即其所校也。[①]

据《永嘉孙氏谱》，孙诒让发现该刻本为孙希旦在四库全书馆时刊正，还提及朱笔校语者陆氏，名芝荣，字香圃，萧山人，藏有许多抄本和初印元明版本。从此，孙诒让开始鉴定和收藏古籍善本。

---

①〔清〕孙诒让撰，雪克辑点：《籀庼遗著辑存》，齐鲁书社1987年版，第147页。

18岁，在仔细阅读了元大德本《白虎通德论》之后，成《白虎通校补》草稿1卷，并将《广韵姓氏刊误》由1卷增订为2卷。

19岁，因读经史子集有感，成笔记《讽籀余录》。

20岁，校勘宋王致远《开禧德安守城录》抄本一卷。

每到一处，孙诒让或购求古籍，或椎拓刻石，总是尽最大可能地积累学术资料。这一时期，孙诒让除了在为治学做准备外，主要便是随父侍读。从咸丰元年（1851）冬随父亲到北京赴任开始，孙诒让曾到过安庆、永嘉、寿州、杭州、江宁（南京）、武汉等很多地方。在这期间，孙诒让也几次进京应进士考。俗话说：读万卷书不如行万里路。在辗转于各地的同时，其见闻也大增。

其实，孙家的许多藏书都来自父子二人所经之地的书肆。如前所述，同治三年（1864）冬，孙诒让随父南归时从杭州购得元大德本《白虎通德论》2册、乐意轩吴氏藏旧抄本《水心别集》8册。在《白虎通校补》自序中，他介绍了得书的前后经过：

> 同治甲子冬，余侍家大人自皖归里，道杭州，购得旧刻《白虎通》，乃十卷本也。余喜其分卷与宋人著述者同。既抵家，乃即家中所有之本校之，凡得数百条。今年夏，仲叔自吴门归，又为携卢君抱经校本来，乃知此本即元大德本也。[①]

孙诒让的兴奋之情溢于言表。同治六年秋，孙诒让到杭州应试，中举人，出张之洞门下。此次到杭州，除考取功名之外，访得大量古书是他另一个大的收获。同年夏天，应考前的孙诒让外出访书，得明代张文忠公宝纶楼原刻本《敕谕录》上下2卷1册；又购得罗以智校本《集韵》5册，罗本校雠精审，非常难得。考试完毕，又于"吴山寿肆见到日本宽政六年刊本《孝经郑注》一册，以百钱收得之"，并为其作跋；又先后购得旧本4种：吴拜经藏抄本宋抄赵叔向《肯綮录》1册，卢抱经堂藏书抄本宋人刘安上《给谏集》4册，钱大昕《十驾斋养新

① 〔清〕孙诒让撰，雪克辑点：《籀庼遗著辑存》，第294页。

录》印本1册，卢文弨刊《白虎通德论》1本。此外，又从同时中举的浙江仁和人谭献处，得到卢文弨校本《白虎通德论》1册，并云："绍弓先生此本颇精善，然亦有疏略处，余当依元大德十卷本写定，而录卢君及鄙校语附于后，以为札记，则庶几可读乎？丁卯秋闱后十有五日。"孙诒让这次出门至少访得8种旧本，收获不可谓不丰。

同治七年（1868），孙诒让随父入京觐见，一路上又收得多种善本。父亲从北京琉璃厂书商处得到《宋宰辅编年录》、南雄本项乔《瓯东私录》、闽版聚珍本周行己《浮沚集》等。孙诒让则在上海购得明代嘉靖壬子张瓯江编黄子笃刊《十二家唐诗》10册，永嘉赵常吉《神器谱》2册，侯舜举《二谷山人近稿》6册，后两书均为明刻本，并且得以见到陆存斋藏宋本赵汝愚编《诸臣奏议》150卷，及宋刊本杜大珪编《名臣碑传琬琰集》，可惜不是全本。他还在北京厂肆见到了明内府本《广韵》，但未能购得；收得明嘉靖中许祐昌刊大字本《太平广记》和明本永嘉方氏《古今韵会举要小补》12册2种。尤其是后者，孙诒让评价曰：

> 所注异义异音，视黄公绍原书增益几倍，采摭至为赅博，刊正讹误，考证亦复详审。虽不无繁碎，如顾亭林所讥，而其时古音之说尚未大明，精审如陈第《毛诗古音考》，亦不免沿才老升庵之旧例，未可独议子谦。①

由此看来，孙诒让在音韵方面的造诣已相当深厚，这也难怪他在访求此类善本时会有如此独到的眼光。在回来的路上，经过甬东时，他又购得罗氏手稿本《蔡中郎集举正》《金石综例跋》各1册，写本《刘忠肃公遗稿》2册，宋本刘攽《汉官仪》1册。

同治八年三月，孙诒让从吴门玄妙观前的书摊上购得影宋抄本《永嘉四灵诗集》4卷1册，一年后作校记云"此书久已失传，幸而得此，虽后有缺，实至宝也"；又得张金吾《爱日精庐藏书志》8册，赞之曰："此近时书目之最精博

---

① 孙延钊撰，徐和雍、周立人整理：《父子年谱》，第78页。

者……披览一过，为之神往”，“志内所收旧本至多。然宋刊本亦止五十四种，益叹百宋一廛之盛，为不可及也”。同治十三年，又从厂肆收得旧抄本薛居正等撰《旧五代史》，逐条注明《永乐大典》卷数及镶补书名卷数。

另外，孙诒让外出游历遇见善本不能购得时，往往抄录副本，以作校雠收藏之用。

同治十年（1871）四月，孙诒让到北京应进士试，抄录翰林院藏明天一阁本，即乾隆年间由浙江巡抚采进的本子。同年，又从翰林院借抄了四部书。一部是明刊小字本黄文简公《介庵集》，册面印记表明，该书为乾隆三十八年（1773）浙江巡抚采进的汪启淑家藏本，当时为全集15卷，孙诒让移录副本时仅有11卷，录后装订为4册，并对其做了认真校对。另一部是明刻胡汝宁《万历雁山志》2册，也是浙江巡抚采进的汪启淑家藏本。《四库提要》认为这本书是朱谏《嘉靖雁山志》原本，胡汝宁则自称是翻刻的朱谏、章玄梅两个本子。孙诒让在仔细考订书中错误后发现这两种说法都不正确。第三部是陈止斋的《论祖》2册，第四部是王廷望《东嘉先哲录》4册，两种都是翰林院所藏的明刻本。这次进京赶考，孙诒让抄得大量善本，收获颇丰。

椎拓碑铭

读书游历的这段时间里除访书、抄书之外，孙诒让还有过多次访古椎拓金石文献的经历。

同治十年，孙诒让与从妹夫杨晨北上应进士试，出京口，游金山、焦山，手拓汉定陶鼎及唐经幢石刻。对于文人雅士来说，游金、焦二山是人生一大快事。尤其是焦山，因临江的峭壁上曾有南朝《瘗鹤铭》摩崖石刻，素有“书山”之称。对于当时以购藏金石碑刻为风尚的方闻之士来说，不上焦山无异于农夫不辨菽粟，工匠不识绳墨。《瘗鹤铭》是一块有传奇色彩的摩崖石刻，碑文虽残缺不全，但因字势雄强秀劲，为历代书法家所称道。铭文是为祭悼仙鹤所作，署名华阳真逸，上皇山樵书。后因山石崩塌，坠于江中，不为人知。关于刻于山石的时代和书者，历来众说纷纭。有的认为是晋王羲之，有的主张为梁陶弘景，有的以为是隋人，还有的以为是唐王瓒、顾况，这些说法都没有确凿的根据。至北宋初年，天旱水面下降，漏出石刻，经藏家考定，才确定为《瘗鹤铭》。书家如获至宝，纷至沓来，等候着冬季水枯，下水椎拓。坠于江中的石刻或仰卧不一，或两石相夹，拓墨人亦须在天寒地冻、朔风凛冽之时，或仰或卧，于石缝间操作，那场面，让人感叹不已。由于下水椎拓的时间长短不一，拓本的字数也就多少不一了。据说北宋欧阳修曾泛舟下水椎拓，并且是早期拓得字数最多的人。康熙五十二年（1713），闲居镇江的苏州知府陈鹏年雇人，将《瘗鹤铭》的五块残石从水中打捞出来，移置山上。也正是因了这一点，孙诒让三年后又登焦山。同治十三年（1874）与从妹夫杨晨北上，至京口，登金山，至焦山海云堂，观无叀鼎及《瘗鹤铭》石刻，手拓之，终于与《瘗鹤铭》有了最亲密的接触，孙诒让的喜悦之情可想而知（1960年政府将五石合而为一，砌入定慧寺壁间）。

早年读书游历时，孙诒让常常回温州。在故乡访古、椎拓碑文石刻给他带来了无穷的乐趣。光绪四年（1878），孙诒让与从弟孙诒燕同至瑞安陶山访碑，乘潮上驶，过焦石，舣舟登览当地石塔上的《绍兴辛巳题记》。塔在飞云江中小山上，江水湍急，以前无人敢登上去。孙诒让拓得宋代石刻，欣喜异常。同时，又访得宋代天禧四年（1020）陶山寺佛顶尊胜陀罗尼经幢、治平二年（1065）陶山寺井栏石刻、宝庆二年（1226）鲤鱼山摩崖及元贞隐处士张公墓碣，手拓以归。光绪四年二月，与从弟孙诒燕至瑞安陶山访碑；光绪六年，游永嘉十三都密印寺，手拓宋代元丰年间所建证觉院钟款；次年，遍访永嘉县城古砖。

孙诒让游历各地，并不仅仅是游山玩水，更多的是在尽量搜寻椎拓古代的碑铭、题记、诗文等，这为他以后治金石文字和潜心于校雠学积累了丰富的素材。仅仅是光绪六年，孙诒让就收得晋、宋、齐、梁、陈各朝砖一百多种，还以此为基础，撰成《百晋精庐砖录》，足见游历各地对他的巨大帮助。

辗转各地的生活并没有影响孙诒让对学问的追求，在严父的指导下，凭着对学问的执着与偏爱，孙诒让广泛阅读经史子集，做了大量的笔记。回忆早年的读书生涯，他说："少耽文史……恣意浏览。久之……则知凡治古学，师今人不若师古人，故诒让自出家塾，未尝师事人……盖以四部古籍具在，善学者能自得师。”[①]可以说，孙诒让后来著作等身，学术上超越前人，除了父辈的影响外，主要是由于自己的专攻，这也是他敢自诩“未尝师事人”的一个重要原因。就是这样一位不曾真正拜师的年轻人，除了校雠、金石、藏书等领域，在经学、小学、方志学、目录学等各方面均有相当的造诣。

像父亲一样，孙诒让嗜读书，更嗜藏书，还喜欢收集古器。彼时，当他还在随父亲辗转各地时，恰逢太平军起义，故家秘笈因战乱而大量散出，使喜好收藏的父子二人往往能有意想不到的收获。从17岁购得元大德本《白虎通德论》、旧抄本《水心别集》和阮元校刻本《薛尚功钟鼎款识》开始，此后长达40多年的时间里，他一直坚持收藏金石文献与古代经典，收藏颇为丰富。见到儿子年纪轻轻就对古书有如此浓厚的兴趣，孙衣言喜不自禁：“东南寇乱之余，故家遗书，往往散出，而海东舶来，且有中土所未见者。次儿诒让亦颇知好书，乃令恣意购求。十余年间，致书八九万卷。”[②]后来，他专门建玉海楼，作为儿子读书藏书之所。父亲的敦促，对于儿子的治学提供了巨大的助力。搜辑甄别图书，使孙诒让很早就对目录、版本、校勘等学问有了深刻的认识，而对经典古籍的仔细揣摩比勘，也成为他日后治学的重要内容。

---

① 张宪文辑：《孙诒让遗文辑存》，浙江人民出版社1990年版，第158页。

② 孙衣言：《玉海楼藏书记》，转引自朱芳圃编：《清孙仲容先生诒让年谱》，第15页。

第三章　交游广泛

孙诒让的一生，交游相当广泛，这不仅与他本人的性格有关，也与父亲孙衣言一直以来喜欢结交文人雅士、政界名流的做派不无关系。

孙衣言一向交游广泛，同治二年（1863）曾编纂同时交游者的文字，取其有关世教者，为《师友集》，这种乐于交友的做法，对儿子孙诒让影响很大。咸丰二年（1852）至光绪五年（1879），孙衣言或在翰林院担任编修、侍讲、侍读，或在江南任知府、兵备道、布政使、按察使等职，随在外做官的父亲辗转于北京、江南读书游历，不仅使孙诒让增长了见识，也让他在学问上大有长进。

孙诒让自称“未尝师事人”，成年以后他也一直没再正式拜过老师。一来他反对标揭夸耀师承关系，二来他相信“盖以四部古籍具在，善学者能自得师”。[①]另外，他还笃信古训“三人行，必有我师焉”，认为通过交游访学来增长见识、开阔视野，在中国古代读书人那里是常有的事。孙诒让能使朴学至晚清再度振兴，完成第一部研究甲骨文的著作，除了有父亲影响和个人努力等因素，便是得益于其丰富的交游。此外，孙诒让的政治思想开明又不乏守旧因素，这与其家庭出身、交游广泛及复杂的社会关系应有一定的关系。关于孙诒让交游的研究，目前见到的文章不多，即使有学者偶尔提及，也往往是泛泛而谈。研究孙诒让的交游，对我们了解这位晚清经学大师、金石学大家、开明士绅的成长过程将十分有帮助，故这里设专章加以讨论。

---

① 孙延钊撰，徐和雍、周立人整理：《父子年谱》，第350页。

父辈交游

一、政界巨擘

孙衣言历任江南各省藩司，在官场上驰骋几十年，与许多朝廷大员相熟，其中既有权倾一时炙手可热的朝廷重臣，也有称雄一方大权在握的封疆大吏；还有硕彦宿儒，藏书大家。他们或在政治上与孙衣言为同道，或与孙衣言为学术至交，或兼而有之，这些都或多或少地影响到了孙诒让的治学道路和政治观点。

曾国藩，是孙衣言中进士时的座师——读卷师，曾十分赏识孙衣言的才干。受曾国藩调遣，孙衣言于同治二年（1863）十一月担任庐凤颍兵备道。这是正四品的军事长官，负责掌管安徽庐州、凤台县、颍水等地战事。孙衣言极为重视与座师的友谊，同治二年十二月，将曾国藩所作《孟子要略》序跋二文，编入专门记载友人言辞的《师友集》。同治七年十二月，曾国藩调任直隶总督，临行前，孙衣言成一长篇，颇述离散之感。曾国藩也以诗文赠别，云：

大笔高名海内外，君来我去天东南。①

琴西仁弟重来金陵，而余将北行，纂句奉赠。琴西有琉球弟子，东洋盛传其诗，故首句及之。戊辰冬月，曾国藩并识。

翻检马新贻上疏中“曾国藩许其（孙衣言）器识过人，屡登荐牍”一段文字，可以看出曾国藩对孙衣言的器重。曾国藩对这位后学的欣赏，从其对孙衣言这位弟子的屡次举荐就可以看出来。他曾不止一次推荐孙衣言任江宁盐巡道。同治十年三月，曾国藩第四次担任两江总督，奏署孙衣言为江宁盐巡道，但吏部认为，候补道补授江宁盐巡道不合惯例，因此曾国藩的奏请只好暂且搁置。后来，曾国藩坚持上书，称“盐巡道事烦任重，非资望素著之员，不足以资治

① 《曾国藩全集》（十四），岳麓书社2011年版，第107页。

理，江宁盐巡道员缺”，非孙衣言不足以担任此职，最后朝廷终于同意补授，事情才算告一段落。就连在病中，当接到朝廷要其推荐堪胜两司的圣旨时，曾国藩也不忘首先保荐孙衣言。曾国藩去世后，深受其器重的孙衣言作挽联曰：

> 人间论勋业，但谓如周召虎、唐郭子仪，岂知志在皋、夔，别有独居深念事；天下诵文章，殆不愧韩退之、欧阳永叔，却恨老来湜、轼，更无便坐雅谈时。①

从某种程度上说，两人在学术理念和人生志趣上足以算得上是至交的。

李鸿章与孙家也有着很深的渊源关系。他和沈葆桢均为孙衣言之弟孙锵鸣于道光廿七年，选拔出来的进士，当时李鸿章位列第25名，沈葆桢第73名。二人后来的仕途都十分顺利，李鸿章官至傅相，秉政多年；沈葆桢官至船政大臣，两江总督。虽说沈氏与孙衣言在政见上有很大分歧，但对孙家，沈葆桢并非没有感念之情，这从师傅孙锵鸣落魄后被其邀至金陵钟山书院和惜阴书院这一举动就可以看出来。至于李鸿章，不仅在老师被罢官时邀其主持苏州紫阳书院，而且对孙家的事情更是鼎力相助。比如，同治十年（1871）二月，金陵书局开始刻印《薛常州集》，次年，书成。此书为孙衣言所汇刊的《永嘉丛书》一种，刻书花费皆来自李鸿章捐俸。可以说，李鸿章为孙家保存永嘉文化遗产的事业尽了一臂之力。

马新贻与孙衣言始识于咸丰八年（1858）。当时马为庐州知府，二人交谈后孙衣言极力称道其趋向正而论事知根本，将其引为良友。同治四年十月，孙诒让被时任浙江巡抚的马新贻聘为杭州紫阳书院主讲。同治六年四月，马新贻等奏设浙江书局于杭州之篁庵，聘孙衣言和薛某为总办，主持其事，议定章程12条，集方闻之士百十人，刊写经史子集，当时参与者有清末著名词人、今文经学家谭献（1830—1901），著有《越缦堂日记》的文学家李慈铭（1830—1894）等。同治七年闽浙总督马新贻调任两江总督，上疏极力推荐孙衣言曰：

---

① 董朴垞著，董铁舒清抄，陈光熙点校：《孙诒让学记》，研究出版社2023年版，第480页。

> 兹者初莅江省，事繁责重，在在需任本省现任司道均经圣明特简，各有专司。此外候补道府中虽不乏可用之才，而性情才具一时未能尽悉，必得一二体用兼备之员为臣所深知者，方可收指臂之助。兹查有候选道员孙衣言……老成忠亮，秉正不阿，前在安徽庐凤道署任，以去扰崇廉为培养元气之计，曾国藩许其“器识过人”，屡登荐剡。嗣丁忧回籍，前安徽抚臣乔松年复以为守，兼优夺情请调，该员守礼自重，未肯出山。臣微察该员，实有处为名儒，出为名臣之志……可否仰恳天恩，俯准将候选道员孙衣言发往两江补用。[①]

朝廷应马督之请，十月二十四日，同意将孙衣言发往两江，以道员补用。到金陵后，孙衣言进入两江总督的幕府，负责出谋划策。到十一月，马督委托孙衣言办理善后局事宜，孙衣言条陈善后十要，马公深然之，盖知无不言，言无不行。同治八年（1869），马督奏明，孙衣言在任六月左右，清积牍，澄吏治，凡事循照定章，实事求是，而清理道咸以来藩司所属交代，尤费心力，遂升任江宁布政使。

咸丰五年（1855），孙衣言曾与倭仁等人同在尚书房授惠亲王绵愉诸子读书。另外，侍郎彭玉麟，安徽巡抚乔松年，在中国近代政治史上有很大影响的翁同龢，均与孙衣言有交。

此外，孙衣言与著名藏书家丁丙、陆心源也有相当不错的交情。孙衣言时常从丁丙处借书。同治六年，借得文澜阁本陈君举《止斋集》、薛艮斋《浪语集》、朱希晦《云松巢集》三种。次年，从丁丙处借得《水心集》残本以校箧藏旧勘乾隆重刻本，补正百余字。又借丁氏所藏旧本陈潜室《木钟集》，并寄给郡守陈某，嘱为重新刻印。同治七年，丁申、丁丙兄弟，收拾兵灾之后的文澜阁残书，移藏杭州郡学，并作《书库抱残图》，孙衣言为文以记之，并征集文人字画，极一时之盛。而时论独以孙衣言文、莫友芝篆额、李鸿裔和王先谦之诗称

---

① 高尚举主编：《马新贻文案集录》，中央民族大学出版2001年版，第200—201页。

四美焉。丁松生以文澜阁残本《浣川集》见寄，又从陆心源处借来抄本戴文子《浣川集》，陆抄亦出阁本，而阁本较善，互相校勘一遍。孙衣言校读丁丙所藏明抄本《习学记言序目》有记。孙诒让也像父亲一样时常从丁家借取善本以校对家中藏本。如同治十三年，孙诒让从丁丙处借得《渔溪隐居诗》，并对其作了校勘。陆心源于同治八年来书论永嘉学派，孙衣言以乡先生遗书目一帙寄答，嘱觅求之。同治九年，陆氏购赠《刘给谏左史集》2册给孙衣言。

除了与金陵书局的一帮学者有不错的交情外，孙衣言还与何绍基时相唱酬。称何氏“娇云擎水红映空，翠叶无风响成阵”，为韩愈所无仅有的诗句；何方以言事罢，孙云何氏诗句“天上归来学闭关，独与幽人通诗信”；又谓何氏澄怀园看荷花之作曰，“新诗出险奇无穷，片纸投入了不吝。知君此事有天机，解道翠叶成风阵”。①

另外，钱警石也与孙衣言有交。同治二年（1863），钱警石以《陈止斋集》相示，陈硕士刻本，有项几山先生手笺。同年九月，以古文稿乞序于钱警石：“先生以为碑板述事之文，造句尤似昌黎，更以永嘉经制为浙学大宗，愿衣言益推广而昌明之。”②

善于结交后学，与同乡黄体芳、黄体立交情深厚。黄体芳时与张佩纶、邓廷獬、宝廷并称“翰林四谏”，为官清正，声震朝廷。孙、黄两家为世交，都是当地名门望族，可以说三孙（孙衣言、锵鸣、诒让）五黄（黄体正、体芳、体立兄弟，体芳子绍箕、体立子绍第）的崛起，是温州近代史上的大事。孙衣言与其兄弟二人同为浙江瑞安人，在推广刊刻永嘉文献方面为同道，遇有校雠刊刻之事，黄体芳往往身体力行。并且，黄体芳之子黄绍箕与孙诒让是莫逆之交，两人在政治观点、教育理念、金石文字、古书校勘方面交流颇多。谭献是孙衣言的学生，孙衣言与之交好，曾以所得琉球扇分赠。事实上，谭与孙诒让为举人同年，虽然年龄相差近20岁。孙诒让从谭献处得到卢文弨校本《白虎通德论》1册，于册末作记称其虽精善尚有缺漏，感念不已。

---

① 孙延钊撰，徐和雍、周立人整理：《父子年谱》，第31页。

② 孙延钊撰，徐和雍、周立人整理：《父子年谱》，第46页。

王棻是孙衣言门人，同时，他还与孙诒让为同治六年中举时的同年。在校刊《杜清献集》时，孙衣言对王棻影响很大。他与孙诒让学问上的切磋较多，两人在善本鉴藏方面均有独到之处，因而共同语言较多。孙诒让经常与王氏交换版本，或共同欣赏，或作校雠之用。

二、学界名流

（一）书局长辈

同治七年十月，孙诒让离开家乡，到金陵去陪伴父亲。当时江宁设有官书局，书局原先由两江总督曾国藩于同治三年（1864）四月创设于安庆，在率湘军收复江宁后，曾国藩要做的第一件事就是大兴儒学，因此他将书局移至金陵冶械山，于山的东北隅修葺“飞霞阁”，作勘书之庐，这即是人所共知的金陵书局。曾国藩大量刊刻图书，以飨东南之士，因此深得通经博学者之望。当时与其事者，皆通经知古硕彦之士，如张文虎、戴望、刘毓崧、刘寿曾、刘恭冕、唐仁寿、梅延祖、莫友芝、成蓉镜等。公事之余，时任江宁盐法道的孙衣言偕次子孙诒让与诸先生同游，或宴饮歌诗，以为笑乐；或谈古论今，激扬文字，以成文章。很快，与书局长辈们一起切磋学问便成为寓居金陵的孙诒让的一大乐事。每当有不解之处，登上飞霞阁，与他们讨论一番，便可茅塞大开，疑惑顿消。

这些人中，以张文虎年纪最长，他喜欢钻研惠栋、江声、戴震、钱大昕等乾嘉学派大师的学问，尤擅长校勘古籍。刘恭冕，则承家学治《论语》。刘寿曾，继祖刘文淇和父刘毓崧之后，治《春秋左氏传》。唐仁寿，是“浙江二钱”之一钱泰吉的高足，不仅学问出色，家中藏书也十分丰富。成蓉镜，擅长考证，兼通历算。这些人的治学特点是宗乾嘉学派，以尊古稽古相标榜。孙诒让在自同治七年起近三年的时间里，天天与他们切磋学问，一同探讨治学方法，为他以后重疏《周礼》，从事校勘及古文字研究打下了良好基础；而与以上学者坦诚地交换意见，也培养了孙诒让敢于挑战学术权威、不违心附和的品质。

金陵书局的这批学者中，与孙诒让关系最为密切的是戴望。戴望（1837—1873），字子高，浙江德清人。他得精通小学的外祖父周中孚真传，又曾向著名经学大师陈奂、宋翔凤问学，从宋翔凤学《公羊春秋》。最初好为辞章，继而治颜元、李塨谷之学，以为颜李之学（颜元、李塨谷）才是真正传达周公、孔子思想的学术。戴望曾入两江总督曾国藩创设的金陵书局校雠经籍，金陵书局刊行的《穀梁》《毛诗》《后汉书》的校勘都出自他手。[①]而且，戴望写文章好用篆书，为此，不少人都称他是江声再世。

戴望本与孙衣言为学术同道，两人对永嘉学派的看法极为相近。从同治四年（1865）十月六日戴望写给孙衣言的书信，我们可以看出这一点。信中云：

> 偶见夏弢甫《读朱质疑》，于陆学尚为持平，对陈学肆其偏诋，彼目不见止斋遗书，而放论如此，可谓轩渠。望意以为南宋儒者，实推永嘉为最，上不淆于心性之空言，下不杂以永康之功利，非建安、金溪所得而盖之也。项先生傅霖云："永嘉之学，超于宋而不为空谈，方之汉而少其附会。"知言哉！敬述所闻，以质长者。[②]

而孙衣言在给俞樾的信中，则对戴望推崇永嘉学派并帮他搜讨相关文献大为叹赏：

> 子高极推重永嘉学人，大可感。某欲略考永嘉学派，苦于俭漏，幸属子高为一搜讨，晚宋、元、明以来，有非永嘉人而私淑郑、陈、蔡、薛者，尤可贵也。[③]

恐怕也正是这一点，使得以推广永嘉之学为己任的孙衣言、孙诒让父子与戴望成为莫逆之交。翻检孙延钊所作《父子年谱》，我们会发现，在江宁为官时，孙衣言就经常与戴望等宴饮聚会，两人的关系十分密切。

孙诒让曾在《古籀余论》后叙中，这样回忆两人一起治古文篆籀之学及彼此间的亲密过往：

---

① 《清代碑传全集》（下），上海古籍出版社1987年版，第1196页。

② 孙延钊撰，徐和雍、周立人整理：《父子年谱》，第64页。

③ 孙延钊撰，徐和雍、周立人整理：《父子年谱》，第64页。

> 犹忆同治间余侍亲江东时……时德清戴子高茂才亦客秣陵，与余有同耆，朝夕过从，余辄出所得汉阳叶氏旧藏金文拓本二百种同读之，君亦出旧藏季妘鼎相与摩挲椎拓，竟日不倦，时余书方揞稿，而戴君得羸病甚剧，然犹力疾手录余说于《积古斋款识》册端。又尝属余为毛公鼎释文，其殁前数日，犹迻福不遗一字，盖余治此学，唯君知之最早，亦爱之独深，子云奇字，见之伯松，欧文公集古，每资贡父，不是过也。[①]

文中“子云奇字，见之伯松”，是指汉代扬雄与张竦的故事。今本扬雄《方言》附有《扬雄〈答刘歆书〉》[②]：“张伯松不好雄赋颂之文，然亦有以奇之，常为雄道，言其父及其先君喜典训，属雄以此篇目，颇示其成者，伯松曰：‘是悬诸日月不刊之书也。’”据扬雄的说法，《方言》的著成，与张竦有关。《汉书·杜业传》曰：“初，业从张吉学，吉子竦又幼孤，从业学问，亦著于世，尤长小学。”张竦为张敞之孙，也是杜业的学生，张敞与杜业在汉代都有能解读古文的美名。扬雄曾作《训纂篇》和《方言》，是文字学家，张竦也精小学，孙诒让以这两人来比附他与戴望在金石文字学上的志同道合。

文中之“欧文公集古，每资贡父”，今疑“贡父”乃“原父”之误。欧阳修作《集古录》，金文器物铭文主要得自刘敞。刘敞，字原父，著有《先秦古器图》一卷。其弟刘攽，字贡父，与欧阳修虽也有交情，但在金文学的交往方面，还是刘敞与欧阳氏关系更密切些。欧阳修《〈集古录〉跋尾》“伯同敦”曰：“故余家《集古录》自周武王以来皆有者，多得于原父也。”由此可证“贡父”有误。

孙诒让引此两典故，来说明他与戴望在文字学方面的交往，一如孙诒让在《新始建国铜镜拓本跋》中所说：

---

① 转引自〔清〕孙诒让撰，戴家祥校点：《古籀余论·后叙》，《古籀余论》，华东师范大学出版社1988年影印本。

② 周祖谟：《方言校笺》，中华书局1993年版，第93页。

> 同治季年，余与莫、戴两君，同客江宁，莫先生于让为父执，尝得试燕谭，而子高与余同为金石篆籀之学，踪迹尤密。始以此镜拓本见示，诧其奇古，而未及悉心审校。云烟过眼，忽忽二纪，两君墓木已拱。而余幸从鹤亭重观此拓，得相与精释其文字，惜不令两君见之，俾同此愉快也。[①]

对于和亡友同治金石学的情景异常的怀念。据《父子年谱》称，孙诒让在得到汉阳叶氏《金文拓本》百余种后，连同家中原藏拓本总计有200多种，编成四大册，自署《商周金文拓本》，亲自在册首题词。就在去世前夕两人还一起研读，可见学术志趣极为一致。应该说，戴望是孙诒让在金石学方面往来最密切的一位。

戴望金石篆籀学根底深厚，又曾从陈奂学习声韵、训诂，因而能给孙诒让以指导和帮助。戴望在得到桐城吴氏毛公鼎摹本后，嘱孙诒让校读。后者遂结合《说文解字》中的古篆体字，及薛尚功、阮元、吴荣光诸家著录的金石文字加以考定，形义不清楚的则阙疑。[②]可以说，孙诒让著成《毛公鼎释文》，与戴望的督促密不可分。惜乎戴望英年早逝，失去这样一位良师益友，孙诒让的损失不可谓不大。

在校勘古籍时，孙诒让十分重视戴望的观点。同治十一年（1872），孙诒让传抄了戴望所校的《春秋繁露》。同治十二年，孙诒让传录戴望所校毕沅刊本《墨子》。孙诒让不仅请朋友重新抄录戴望的《墨子》校本，而且“书中增乙处，一一依录”。孙诒让认为，倘若对戴望校本作一些更改，完全可以自成一书。对去世的老朋友的校勘成就，孙诒让十分欣赏。[③]

戴望藏书甚丰，孙诒让常从他那儿借抄旧籍。同治九年，孙诒让从戴望处借得《魏氏碑录》，从中抄出《道德经注》15页成一小册。同治十一年十二月，又从戴望处借得寿经阁写本、庄有可《周官指掌》五卷本一册及宋翔凤校本《陆子新语》二卷本一册，命人抄写。同年，孙诒让又从戴望处借抄卢文弨校本

---

① 〔清〕孙诒让：《籀庼述林》卷八《新始建国铜镜拓本跋》，1916年刊本。

② 孙延钊：《孙征君籀庼公年谱》卷六，稿本。

③ 孙延钊：《孙征君籀庼公年谱》卷二。

《越绝书》1册，还考定了《内经》8篇目录。戴望去世后，其藏书尽归孙诒让与海宁唐仁寿二人。其中，戴氏校本郝懿行《山海经笺疏》2册、宋保《谐升补逸》14卷2册等均为难得的善本，为孙诒让所珍视。据称，孙诒让、唐仁寿二人“并持所藏书分别沽之，以其资刻遗书”[①]，这也算孙诒让对这位金石同道的回报。据孙延钊所作年谱，孙诒让家中藏书中不少有戴望的图记，如武进庄氏的《拜经堂丛书》12册，金鹗《求古录礼说》6册，严可均《唐石经校文》3册，郝懿行《山海经笺疏》2册，卢文弨校《贾子新书》2册，任启运《宫室考》1册，董丰垣《识小编》1册，江声手书《恒星说》《艮庭小慧》合刻本1册等。另外，郝懿行《山海经笺疏》及卢文弨校《贾子新书》中还有戴望的校语，严可均《唐石经校文》中则是孙诒让与戴望校语并存，以上书籍都应该是戴望的旧物。藏书能有如此归属，戴望在天之灵或许会感到一丝欣慰。

金陵书局中另外两位绍承家学的学者刘寿曾、刘恭冕也经常与孙诒让切磋经学，对他帮助也很大。

刘寿曾（1838—1882），字恭甫，一字芝云，江苏仪征人。其祖父刘文淇（字孟瞻），撰《左氏疏证》，草创40年，仅写定1卷。其父刘毓崧，继承父业治《春秋左氏传》，未完而卒。刘寿曾继承家学，考订《左传》亦仅到“襄公四年”，就不幸离世。

刘寿曾常和孙诒让交换有价值的版本。同治十三年（1874）正月，孙诒让借刘寿曾所藏会稽章氏《隋书·经籍志考证》文选楼藏本一校，并录评语于简端。[②]同年正月，刘寿曾又赠以《周虢季子白盘》拓本。同年，孙诒让又从刘氏借抄明抄本张永嘉《钦明大狱录》1册。据孙诒让次子称，此书世间传本绝少，这之前唯有范氏《天一阁书目》尚有著录，太平天国起义后也不知下落。因此，孙诒让得此善本后，惊喜异常，将其视为稀世秘笈。

刘寿曾常与孙诒让在治经学的过程中互相劝勉。去世前的两个月，刘寿曾说自己编《左传》已到“襄公”，希望孙诒让能早日完成《周礼正义》。朋友的

---

① 《清代碑传全集》（下），第1196页。

② 孙延钊：《孙征君籀庼公年谱》卷一。

督促，让孙诒让加快了治《周礼》的进度，“方叹恭甫勤敏，其书旦暮且有定本，自顾庸窳，六官疏未及半，深恐不能速成，以副良友之望，而孰知恭甫之遽止于斯乎”[①]。此外，刘寿曾还介绍治《穀梁传》的梅延祖向孙诒让问学，孙诒让则以校读所得询问梅氏。这种互相激励的学术氛围对孙诒让学问的精进大有裨益。

江苏宝应人刘恭冕（1824—1883）与孙诒让也十分相熟。刘恭冕的父亲刘宝楠，撰《论语正义》未成而去世。刘恭冕继承家学，把平生精力都用在《论语正义》上。他擅长训诂文字校勘，“喜研究微言大义，无汉宋门户之见”[②]。刘恭冕在金陵书局校书与孙诒让定交时，后者正在撰写《周礼正义》，而刘氏刊补《论语正义》的工作也刚刚完成，于是两人时相过从，商榷经义。

通过校读《论语正义》，孙诒让收获很大，也指出了刘氏的一些失误。比如，刘恭冕怀疑汉石经“盍肆乎其肆也”为逸文。孙诒让则认为那当是“颜渊篇”“哀公问于有若章”之异文，“盖肆乎”即“盍徹乎”之异文，“其肆也”即“如之何其徹也”末三字之异文。刘氏深以为然，但因书已刊成，未及追改。[③]

同治十二年（1873），孙诒让还从刘恭冕处抄得《大戴礼记》的一个精校本，此本为其父刘宝桢所录乾嘉诸儒旧校本。[④]这一校本有助于孙诒让了解乾嘉朴学大师对三礼的看法，其中不少校勘成就为孙诒让校《周礼》提供了参考。孙诒让在《古籀拾遗》初稿完成后首先请刘恭冕作序，说明他对刘恭冕的古文字训释水平相当推重。

前面几位要么从治学方法上对孙诒让有所启发，要么在治学中与孙诒让相互督勉。至于另一位学者唐仁寿，则在与孙诒让交流心得的同时，于借阅抄校善本时相过从。

唐仁寿（1830—1877），字端甫，浙江海宁人，出身于富商家庭，家中富藏书。唐仁寿本与孙衣言为至交，在孙衣言主持金陵书局时两人“酒樽诗卷，时

① 转引自朱芳圃编：《清孙仲容先生诒让年谱》，第43页。

② 《清代碑传全集》（下），第1790页。

③ 朱芳圃编：《清孙仲容先生诒让年谱》，第17页。

④ 朱芳圃编：《清孙仲容先生诒让年谱》，第30页。

时酬酢”，及孙衣言任安徽按察使时，则“邮筒往复，恒以篇什相赓唱”。两人所以成为学术至交，用唐仁寿自己的话来说就是，“先生笃嗜其乡先正经制之学，尝欲采访永嘉诸君子遗著，其目凡数十百种。而仁寿亦尝粗涉吾浙学术之流别”①，对永嘉学术的推崇是一个非常重要的原因。孙诒让与唐仁寿的友谊，既是从父亲那里延续下来的忘年交，也是同为校雠家藏书家的惺惺相惜。

孙诒让从唐仁寿处曾借钞大量善本。仅同治十二年，就至少借钞了6种，它们是：顾千里《说文辨疑》1册，马钊撰《影宋本集韵校勘记》1册，苏时学《墨子刊误》1册，翁覃溪校本宋娄机《汉隶字源》，蒋生沐所藏《苏学士集》，戴望校《荀子》本4册。孙诒让将《汉隶字源》以朱墨两色录入家中所藏汲古阁本各卷中。同治甲戌十三年（1874）八月，唐仁寿又将齐天保五年造像拓本寄赠孙诒让。②孙诒让据清代金石学者王昶（1725—1806）《金石萃编》考定造像中的“瓫”即“盆”，又据顾炎武的《唐韵正》将造像中的“先方”释为“西方”。

交换古籍版本之外，两人还经常交流治学心得。光绪元年（1875），唐仁寿致书孙诒让，论贾子“伦猥”之义，孙诒让极为认同唐氏观点；孙诒让则拿段玉裁《说文解字注》、严可均《说文解字校议》与王筠句读互相参校，将自己关于《说文解字》的十余条看法告诉唐仁寿。如示部之“禳”“祀”意为“除疠殃也”，段玉裁校改“疠”为“厉”，孙诒让认为值得商榷。他还向唐仁寿谈到校勘《墨子》的情形，唐氏认为孙诒让所校《墨子》在毕沅、苏时学等校勘的基础上颇有创获，尤其将《经》（上、下）、《经说》（上、下）与旁行句读分开，为“略得其理”。同时，唐仁寿非常客观地说，由于《墨子》流传日久，讹脱太多，在校勘方面要想一蹴而就也并非易事。

正是经常能与以上几位博学、坦诚的朋友互相砥砺，孙诒让在学术上才得以日益精进。与前面几位学者的交往，也提高了孙诒让的校勘学水平。而与莫友芝的交往，更反映出他罕见的学术勇气和在版本学方面的深厚素养。

① 孙延钊撰，徐和雍、周立人整理：《父子年谱》，第122页。
② 孙延钊、张宪文：《孙诒让序跋辑录》，《文献》，1986年第1期。

莫友芝（1811—1871），字子偲，号郘亭，贵州独山人，工于版本辨伪。莫氏从安徽黟县县令张仁法（字廉臣）处得“唐写本”《说文解字·木部》残卷共一百八十八字，自谓“此吾西州漆书也”，并撰《笺异》一卷，以举正严可均、段玉裁两家校注之不足。莫友芝认为，《木部》残卷中有《周礼》释文等，是一字千金的稀世之珍，残卷于《说文解字》全书仅占五十五分之一，但假如校定《说文解字》时能广求民间，多收几部像《木部》这样的文献，就能帮助订正《说文解字》的错误。莫友芝此论一出，在晚清学界影响极大。著名学者刘毓崧通过详考唐代避讳规律，得出了此残卷刊印于唐宪宗元和十五年（820）的结论。[①]谭献也说：

> 子偲撰《笺异》一卷跋语，证之群籍，而段若膺注、严铁桥校语多与暗合。予尝言《许书》原本为传写所讹夺者不少，此唐本流传仅当全书五十五分之一，而异同之多如此。徐氏二本所不逮，亦有当用徐本订正者。字经三写，何能画一？是所望于好学深思者矣。[②]

可以说，学界出现了一边倒的局面，将《说文·木部》残卷视为惊世秘笈。

面对这样一部海内烜赫的文本，孙诒让并没有盲目推崇。同治三年（1864），即莫氏《笺异》问世的第二年，年仅17岁的孙诒让通过对《说文解字·木部》残卷的悉心雠订，提出了自己的看法，在《书戴侗〈六书故〉后》曰：

> 此书所引唐本《说文》，今之治小学者习知之。近独山莫氏友芝得唐本《说文》木部之半，笺校刊行。以此书木部所引唐本二条核之，并不合（此书木部椅字注，唐本及莫本止竹革一纽，械字注唐本《说文》或说内盛为器，外盛为械。莫本作一曰有盛为械，无盛为器）。友人歙县汪茂才宗沂语

① 张其昀：《“说文学”源流考略》，贵州人民出版社1998年版，第213页。

② 〔清〕谭献：《复堂日记》，范旭仑整理，河北教育出版社2001年版，第35页。

余曰：此乃其乡一通小学者所伪作，其人彼尚识之。莫号能鉴别古书，乃为所欺，可口（笑）也。近人得莫本，多信为真，虑世之为雠校之学者将据以羼改诗书，故附识之。（孙诒让自注：莫本每页十八行，每行上下匀写二文，行款与二徐大异。唐本字书，今不可见，然石刻《五经文字》《九经字样》，并不匀排字数，足验唐宋字书行款不甚相远。又莫本卷尾附米友仁鉴定跋，称篆法说文六帙。案：唐本在宋时犹今之明写本，固非绝无仅有之物，况许书唐本全帙，彼时尚有流传，何得残剩六纸，遽登秘府，又命词臣鉴定，其为伪迹显然，莫氏自不察耳。）[①]

这是孙诒让对《说文·木部》残卷的首次公开批评。他认为，残卷与元代戴侗《六书故》所引的真正唐本《说文解字》"木部"内容不符，加上友人汪宗沂又认识残卷的作伪者，且卷后题跋也有作伪的可能，因此，所谓的"唐写本"在孙诒让看来毫无疑问是一时伪作。

后来，孙诒让对《说文·木部》残卷又有过一次批评，今存于雪克先生辑录、整理出版的《籀庼遗著辑存》"讽籀余录"条下。[②]据雪克先生考订，"讽籀余录"约作于同治五年（1866）后，是孙诒让19岁时的作品。其中的"唐写本《说文·木部》"曰：

独山莫氏友芝得唐写本《说文·木部》残帙于皖中，仪征刘氏毓崧考定为元和时人书，其间于唐讳间有失避者，刘氏又据唐碑刻证为笔误，其本善处多异二徐，而与段注、严议暗合。莫氏既为影摹刊行，又校其文为《笺异》一卷。世之治小学者诧为秘籍，而余窃有疑焉。二徐本惟部首字跳行书，余文则皆随注之繁简连属书之，唐本乃均排字数，每叶必三十六文，上下分为二列，与二徐本绝异。或谓二徐注本增多，今本行款，或其所改。然宋刻字书若《玉篇》、《类篇》诸书无不如是，即《五经文字》、《九经字

① 〔清〕孙诒让：《温州经籍志》卷七《戴氏侗〈六书故〉》，浙江图书馆1921年刊本。

② 〔清〕孙诒让撰，雪克辑点：《籀庼遗著辑存》，第144页。

样》唐石刻本亦然，是二徐本固未可遽谓非许书旧式矣。

至篇末有米友仁跋二行云："右唐人书篆法《说文》六纸，臣米友仁鉴定恭跋。"莫君据以为南宋初曾入秘府，经元晖鉴定，故夹缝中尚有绍兴小玺。此则可疑之大者。盖唐本之在宋代，犹今之明写本耳，流传虽少，要非绝无仅有之物，故南渡后，晁、陈书目尚有著录，其时内府所储，当尚不少。而许书唐钞，汴宋时尚有全帙，晁以道犹得记其异文，此六叶者，在全书止四十四分之一，既非知名人书，且原书具在，又非若《文馆词林》（见《中兴馆阁录》）、《文思博要》（见《云烟过眼录》）诸书之残帙仅存者，乃何以亦蒙收录，登诸秘阁，且命词臣为之鉴定？然则唐本之真赝，故亦未可定也（宋时法书、名画及秘本书籍，悉降付秘书省，《中兴馆阁录》载之颇详，亦无唐本《说文》也）。①

可以说，孙诒让这次的意见比第一次更加详密，言语表述也客观缜密得多。孙诒让的考证有理有据，非常有说服力。这种敢于质疑、敢于向权威挑战的治学态度是难能可贵的。

曾国藩幕僚之一的张文虎，也时常与孙衣言交接。文人雅会，二人经常一起参加，张氏的《舒艺室诗存》中就对此有所记载。时莫友芝得唐写残本《说文·木部》之半，自撰笺异，曾国藩命刊行于世，杨见山、张文虎为之校勘。孙诒让览而疑之，有书一篇以著其说。

孙诒让在金陵大概待了三年时间，前面几位学者的治学态度、方法和见解都给他很大启发。此后，他视野更加开阔，也更自觉地走着乾嘉朴学的治学道路。几位师友的治学，涉及经学、小学、历算、金石、版本等诸多领域，并各有专攻。而孙诒让后来的学术理路，称得上集经学、小学、历算、金石、版本于一身。侍父期间的交游，使孙诒让的学术视野更加开阔，学术素养得到了极大的提升。

---

①〔清〕孙诒让撰，雪克辑点：《籀庼遗著辑存》，第145—146页。

（二）前辈俞樾

与金陵书局学者的交往发生于孙诒让青年时期，中年以后，与孙诒让交往较多的是父亲的好友俞樾。俞樾（1821—1906），字荫甫，浙江德清人，道光三十年（1850）进士，人称其“训诂主汉学，义理主宋学，教弟子以通经致用，蔚然为东南大师”。①

关于孙诒让的父亲与俞樾的交情，俞樾曾这样回忆：

> 余与孙琴西衣言，三为同年。道光十七年丁酉科，君得拔贡，余中副榜；廿四年甲辰科同举于乡；三十年庚戌科同成进士。相得甚欢，而论诗不合。故余尝赠以诗曰：“廿载名场同得失，两家诗派异源流。”然君刻《逊学斋诗》十卷，止余一序；余于咸丰九年刻《日损益斋诗》十卷，亦止君一序也。同治四年，两人分主苏、杭紫阳书院，又赠以诗曰：“廿年得失共名场，今日东南两紫阳。”一时以为佳话。②

俞樾与孙衣言曾三度相逢科场，庚戌年同时考中进士。因试卷中有“花落春仍在”一句，俞樾深得阅卷大臣曾国藩的赏识，认为咏落花而无落寞之意，便与其他主考官将俞樾的卷子列为复试第一名，俞樾一时名噪科场。

咸丰年间，孙衣言、俞樾两人同为翰林院编修。后俞樾于咸丰三年（1853）南归，孙氏以诗送行，从此与俞氏开始文字论交。咸丰五年六月八日，与俞樾等游龙树寺。似乎这时二人虽有交往，但从文字记录来看，还不算十分密切。

咸丰六年，翰林院编修俞樾被任命为河南学政，被咸丰帝如此赏识，俞樾喜不自禁，接连做诗两首。一首写于刚刚接到圣旨时：

> 纷纷星使出词曹，自问无才敢滥叨。
> 谁料圣恩偏最渥，竟容玉尺两河操。③

---

①《清代碑传全集》（下），第1199页。

②〔清〕俞樾：《春在堂随笔》，张道贵、丁凤麟标点，江苏人民出版社1984年版，第2页。

③〔清〕俞樾：《曲园自述诗》，日本博文馆1890年版，第9页。

另一首写于上任前：

去岁风霜赋北征，今年乘传又南行。
一樽仍喜家人共，千里频烦侯吏迎。
烽燧平安官堠近，琴书潇洒使车轻。
男儿驷马寻常事，每把题桥笑长卿。[①]

春风得意，乐意为国效劳的心情跃然纸上。他认为，只要忠心耿耿为朝廷出力，总会有飞黄腾达的那一天。

在河南学政的任上，为替国家招揽人才，俞樾殚精竭虑，煞费苦心。主持河南的童生考试时，他每每亲临各县考场，即使车马劳顿，也毫不在意。不仅如此，他还想革除历来命题的积弊。一直以来，科举考试题目都是取自“四书”，时间长了，考生们只要背过前些年的考卷，就可以轻松应试，但如此一来，往往不能选拔到真正的贤才。俞樾的做法是，尽量出截搭题。所谓截搭题，就是截取上句的后半部分，加上下句的上半部分，成为全新的一句话。虽然还是取自“四书”，但是要靠动脑筋破题才成，原先那种靠背题应试的人便无从下手。也是合该有事，俞樾所出的题目中有一个是“王速出令反”，由《孟子·梁惠王》“齐人伐燕”一章中“王速出令，反其旄倪”截搭而成。咸丰七年（1857），御史曹登庸认为此题的本意是“王出令便造反”，俞樾出题用心不良，于是上疏加以弹劾。咸丰怒不可遏，下旨将俞樾“革职永不录用”。可怜才华超群的俞樾刚入仕途便惨遭打击，壮志难酬的他只好隐居民间闭门著述。与俞樾一起参加甲辰年乡试并了解其才气的李鸿章，一直非常惋惜他的不幸遭遇。同治六年（1867），已是江苏巡抚的李鸿章派人四处打听俞樾的消息，在苏州找到他后便恳请其担任了当地紫阳书院主讲。

咸丰八年，孙衣言因言事触怒皇帝，被简放安庆府知府。与孙衣言同病相

① 《俞樾全集》（第十六册），徐元点校，浙江古籍出版社2021年版，第105页。

怜的俞樾自吴中闻知此讯，深为同情，寄诗送行（见《春在堂诗》五）。咸丰九年九月，俞樾刻孙衣言《逊学斋诗抄》十卷成，认为孙诗上追汉魏，近作尤似苏黄，而立言之体，视三百篇之大小雅为近，遂为其作序。同治四年十一月，孙衣言抵达杭州，主讲于杭州紫阳书院，当时俞樾主讲于苏州紫阳书院，东南士人戏称为东南两紫阳。俞樾寄诗抒怀道：

> 廿年得失共名扬，今日东南两紫阳。
> 乱后须眉都小异，狂来旗鼓尚相当。
> 主盟坛坫谁牛耳，载酒江湖旧雁行。
> 寄语执经诸弟子，莫争门户若参商。[①]

孙衣言用琉球贡纸作诗与老友相和。俞樾认为孙诗虽用语生硬，但仍有格调韵味，像极了宋代大诗人黄庭坚。孙衣言则对俞樾之《群经评议》极为推重，称其为“近来闳制，有此书数十卷，不复知有千户侯矣”。

俞樾治学，宗高邮王念孙父子，曾照王引之《经义述闻》的体例撰成《群经平议》，仿王念孙《读书杂志》作《诸子平议》。而他所作《古书疑义举例》10卷，被有些学者认为，与王引之《经传释词》体例极为接近。无独有偶，孙诒让也一向佩服包括二王在内的乾嘉朴学大师，曾云：

> 我朝乾嘉以来，此学大盛，如王石臞先生（念孙）及其子文简公引之之于经、子，段若膺先生（玉裁）之于文字训诂，钱竹汀先生（大昕）、梁曜北先生（玉绳）之于史，皆专门朴学，择精语详，其书咸卓有功于古籍，而某自志学以来所最服膺者也。[②]

由于孙诒让与俞樾治学志趣相投，故两人常在一起讨论学问。光绪二十一

① 孙延钊撰，徐和雍、周立人整理：《父子年谱》，第63页。
② 孙延钊撰，徐和雍、周立人整理：《父子年谱》，第351页。

年（1895），孙诒让将《札迻》《墨子间诂》两书赠给俞樾。俞氏不仅为之作序，而且还与他探讨《墨子·号令》中“射”字的含义。两人都治《墨子》，互相启发。孙诒让在《墨子间诂》中引用了俞樾的不少校勘意见。俞樾对年家子孙诒让的博学笃志也非常欣赏，曾称赞曰“仲容学过于余而年不及余，好学深思”[①]，“凡前人所未识之文及误认之字，皆以深湛之思，一索再索而得之”[②]。

对于两人的治学方向，梁启超曾评价他们均“得流于高邮王氏”，是清学衰落期“正统派死守最后之壁垒的”两位大师。[③]其实，梁启超的话并不全面，俞樾于古文经学之外，兼涉今文经学；而孙诒让则于古文经学之外，兼受西学影响。俞樾除在经、子、训诂之学尤为用心并卓有成就外，还受宋翔凤等今文学派的影响治《春秋公羊传》。可以说，俞樾治学以古文经学立身而兼及今文经学。孙诒让则在早年以古文经学为根柢，对今文经学持否定态度。他本人不喜欢公羊学，曾讥讽信奉公羊学说的康有为：“是当哗世三数年，荀卿有言，狂生者不胥时而落，安用辩难？其以自薰劳也。”[④]及至晚年，虽仍不改尊信古文经学的态度，但拿《周礼》比附西学，以古文经学论治，经子训诂以外、也写自己从前不屑的所谓“虚矫之论”，有意识地向所谓新学靠拢。也就是说，孙诒让晚年虽不承认今文经学，但以古文经学讨论政治的做法与当时今文经学派并无本质的区别。

与孙诒让相比，俞樾的政治态度也比较保守。章太炎离开诂经精舍后任职于东吴大学，其间曾登门拜望老师俞樾，俞樾因章太炎宣传反满言论而斥之为“不忠”。而孙诒让则在章太炎被列为通缉要犯时，通过朋友转告章太炎，使后者得以及时避祸海外。[⑤]在此之前，孙诒让就与章太炎联系密切，在给章太炎的书信中，常有不满清朝统治的言论，还为避文网之祸，以“荀羕”为笔名。

与俞樾保守态度形成鲜明对比的是，孙诒让不仅积极支持章太炎在东南倡

---

① 〔清〕俞樾：《札迻·俞序》，见〔清〕孙诒让：《札迻》。

② 〔清〕俞樾：《古籀拾遗·叙》，载〔清〕孙诒让：《古籀拾遗》，上海扫叶山房1918年版。

③ 梁启超：《清代学术概论》，上海古籍出版社1998年版，第6—7页。

④ 《清代碑传全集》（下），第1502页。

⑤ 马叙伦：《陈先生墓表》，《瓯风杂志》，1934年第5期。

导的反清运动，还在自己开办的瑞安普通学堂中选用章太炎主编的《民报》文章作为学校国语教材。与同时代的俞樾相比，孙诒让不仅学问一流，其开明进步、深明大义也是晚清大儒中少有的。

金石同道

我们知道，孙诒让不仅在校勘学上成就卓著，在金文学上的造诣也很深。而这一点，与一批治金石文字的晚清学者的砥砺是分不开的。

金石学萌芽于宋代，大兴于清代。王国维指出，金石学继承训诂小学发展而成，自清代嘉庆年间阮元大力提倡后，逐渐发达，可是学术水准并不太高。这是因为，这一时期的金文研究者功底不够扎实，主要表现为“不通字例”，金文素养不足；“未习旧艺”，经学根底不深。[①]如吴荣光《筠清馆金石文字》一书，由于存在着学养上的不足，谬误就很多。到同治、光绪年间，潘祖荫、吴大澂继起，“综合群言，时窥真义”，情况就有所改善，但吴大澂等能辨形体却不懂声韵，对研究金文来说，也是不小的短板。

与这批金石学者相比，孙诒让的条件就好得多。他在治经之余研读古文，故而治金石学时能“石破天惊，独多妙论，以视余人，优乎卓矣”[②]。孙诒让在清代最后出却能达到金文研究的高峰，除了因为他通经学，熟悉文字原则外，还因为他见过大量金石文献拓本，符合王国维所说的“通字例”“习旧艺”的条件。此外，孙诒让还是潘祖荫府上的常客，时常与聚在那里的一帮学者交流、交换金文资料，取长补短，久而久之，金文校释水准日渐卓越。

潘祖荫（1830—1890），字伯寅，江苏吴县人，对金石学很有研究，所著《攀古楼彝器款识》一书，考释精审，仅完成十之一二。家中藏有800余件鼎彝器物，尤其像盂鼎、克鼎、齐侯镈，皆为海内重宝。潘祖荫尚交游，“既官京师，遍交天下士，士之至都者无不欲识公，公爱才出天性”[③]。潘家成为朋友们

---

① 王国维：《观堂集林》（外二种），河北教育出版社2003年版，第568页。

② 杨树达：《积微翁回忆录·积微居诗文钞》，上海古籍出版社1986年版，第89页。

③ 《清代碑传全集》（下），第1284页。

一起辩证彝器的极好场所。此外，潘祖荫还喜刻书。比如，孙诒让曾对潘氏滂喜斋刻本《求古录札记补遗》（作者为金鹗）作过补正。

据目前见到的文献，孙潘两人结识的时间，至晚应在同治十年（1871）五月。当时潘祖荫与张之洞在龙树寺宴请了17人，这些人学术根柢、性情、学识俱佳，24岁的孙诒让也在其中。从此以后，只要入京，孙诒让总要前往潘祖荫府观摩彝器。经常参加聚会的还有潍县陈介祺、宗室盛昱、福山王懿荣、元和江标、阳湖费念慈和孙诒让的同乡黄绍箕等。[①]每次聚会，潘祖荫都要取出所藏彝器，让大家考证上面的难字。当然，二人也可能早就认识，潘祖荫与孙衣言有交，早先二人会面时孙诒让可能在场。由于没有见到直接的记录资料，笔者只能如此推测。

得克鼎后，潘祖荫见其中文字奇瑰，便先请王懿荣、江标、叶昌炽、李文田、费念慈等为之校读。几位学者详细考订后分别作了释文和长跋。潘祖荫意犹未尽，又请孙诒让加以定夺。孙氏结合诸家观点，得出了较为全面的解释。比如鼎中“扰远能执”一语，根据《诗经》和《尚书》行文，“扰”当为“柔”，“执”当为“迩”，它们应属于声近假借。后来，黄绍箕又举出《尚书》中‘执祖’即‘祢祖’例子来证明孙诒让的观点。潘祖荫对孙诒让的考证大为叹赏，得井人残钟后，潘氏又以拓本寄孙诒让，请他考释。

潘祖荫为孙诒让提供的是一个共同探讨金石学的学术圈，这个圈子里的许多成员在之后相当长的时间里与他保持着联系，像黄绍箕、费念慈等人还给了孙诒让非常大的帮助，他们经常为孙诒让提供金文资料，与他交流校释心得。在潘府，孙诒让集众家之长，辨释金文的能力得以展现。正因如此，潘祖荫卒后，孙诒让“不复至都，意兴销落，此事几辍”。

黄绍箕（1854—1907），字仲弢，号鲜庵，浙江瑞安人，光绪六年（1880）进士，与孙诒让共同被称为“瑞安二仲”。

黄绍箕于金石文字学颇有造诣，在治金石文字的方法上与孙诒让极为接近，褚德彝《金石学录续补》称其“精研经训，治小学，能探古籀之原，好金石文，

---

① 孙延钊撰，徐和雍、周立人整理：《父子年谱》，第99页。

谓鼎彝文字可补经训之缺”[①]。黄氏曾纠正吴大澂《说文古籀补》疏失14条，并将它寄给孙诒让，孙称“其为确释，足正沿伪”。

孙诒让经常参考黄绍箕的金文学观点。光绪十六年（1890），孙诒让作《克鼎释文》，以“扰远能執”为“柔远能迩”，就引用了黄绍箕提供的证据。为找到“扰远能執”的金文例证，孙诒让在两年后又致书黄绍箕曰：“盛祭酒（昱）、王编修（懿荣）所盍铜器及前见某旗人所得周敦有‘扰远能執’四字者，便中乞为致一拓本。”[②]

孙诒让在采用黄绍箕看法的同时，也往往提出自己的修正意见。黄绍箕认为，金文中的“参回”即“縿絗”；孙诒让则根据《礼记》“玉藻”“檀弓”“郊特牲”各篇，提出“縿”当读为“绡”，“縿”“绡”乃一声之转。[③]孙诒让当然也十分重视黄氏的观点，常与黄氏商榷讨论自己相当看重的《古籀余论》。可惜的是，《古籀余论》在孙诒让生前未及刊行，黄绍箕、孙诒让又于光绪三十三年（1907）、三十四年相继辞世。黄绍箕是否真的见过《古籀余论》的手稿，也就无从得知了。

除讨论学术之外，孙黄二人在金石文献资料的交流上也相当频繁。光绪二十二年，吴式芬《攈古录》初版，黄绍箕急购两册，以其一寄赠孙诒让。孙诒让所做《攈古录》的考校笺记，即是以后《古籀余论》《名原》两书的底本。光绪二十二年四月，孙诒让手拓周麦鼎铭文一纸寄黄氏。他觉得，黄绍箕既有考证的功夫，又擅长篆书，见到麦鼎拓文可能会有所发现。光绪二十五年，黄氏又以曹氏《怀来山房吉金图》及画拓本两册赠孙诒让。[④]

黄绍箕不仅是孙诒让重要的金石学知己，在其他领域对孙氏的帮助也很大。光绪癸巳（1893）孙诒让著《墨子间诂》初成，黄绍箕为之校勘，举正十余条，并跋其后。[⑤]可以说，凡是与有关学术者，孙诒让无不与黄绍箕商讨，而黄氏对

---

① 转引自陈玮仁：《孙诒让的金文学》，台湾大学中国文学研究所1996年硕士论文，第41页。

② 孙延钊：《孙征君籀庼公年谱》卷五。

③ 张宪文：《孙诒让遗文续辑》（中），《文献》，1989年第4期。

④ 张宪文辑：《孙诒让遗文辑存》，第426页。

⑤〔清〕孙诒让：《墨子间诂·自序》，孙启治点校，中华书局2001年版，第760—762页。

他的治学倾向也了如指掌，并及时寄赠相关文献资料。孙诒让能取得后来的学术成就，与老朋友的支持是分不开的。

孙诒让与好友黄绍箕，不仅是学术至交，在政治上也保持着密切的关系。黄绍箕为晚清著名的维新人士，思想比较进步。孙诒让晚年较少离开温州，很多新思想就是由黄绍箕传递给他的。据孙延钊《孙征君籀庼公年谱》称，光绪十三年五月，出使英、法、意、比四国的薛福成上疏言铁路有百利而无一害，这份奏章震动朝野，黄绍箕随即抄录一份寄孙诒让。孙诒让读后作了不少笔记，也更加坚定了自己兴实业、改革秕政的决心。

黄绍箕虽支持维新，但对西方文化存有偏见。在《墨子间诂》的校后跋中，黄绍箕指出，墨子在两千多年前的光学、重学等思想即“今泰西之所以利民用而致富强者也”，而这些中国出现得要更早些；“然西人覃思艺事，期于便己适用，为闳侈以自娱乐而已”，认为西方人的科学发明只是为了享乐，不利于修身养性，这种观点的偏颇显而易见。他这样讲的目的，是为了强调墨子的学说优于当时西方人的观点，从而得出一个结论：

今西书官私译润，研览日众，况于中国二千年绝学，强本节用，百家不能废之书？知言君子，其恶可遇而废之乎？[①]

这些说法与张之洞“中学为内学，西学为外学；中学治身心，西学应世事”的观点如出一辙。实际上黄绍箕与张之洞的关系的确不一般。黄绍箕既是张之洞的学生，又是他的姻亲，很得张的赏识。张之洞为划清与维新派的界限而抛出的《劝学篇》，就是由黄氏呈给当政者的。黄绍箕也非常尊重张之洞，言必称“南皮尚书”。[②]孙诒让对此了如指掌，所以他写给张之洞的书信都是托黄绍箕代转。孙诒让后来在《周礼政要》中为保全国粹强调“西学中源”的理念也并非凭空产生的，黄绍箕、张之洞等人中学优于西学的观念对他应当是产生了一定

① 〔清〕黄绍箕：黄跋，载〔清〕孙诒让：《墨子间诂》，第762页。
② 孙延钊：《孙征君籀庼公年谱》卷四。

的影响。

黄绍箕还给予一心通过办教育兴实业来实现救亡图存宏愿的孙诒让许多实实在在的支持。光绪乙未丙申间（1895—1896），黄绍箕暂居家乡，与孙诒让等数人发起创办瑞安学计馆、方言馆，撰布序启，草订章程，筹募捐款，还亲自担任职务，为一邑教育启新运动之先声。[①]在这件事上，黄绍箕与孙诒让配合默契。光绪二十八年（1902）春，瑞安普通学堂于学计馆原址开学，黄绍箕又应孙诒让之请，在京遥领总理，黄绍箕还负责为孙诒让等所办学校聘请西文教习。[②]孙诒让办教育，常常遇到地方守旧势力寻衅滋事，他虽然在经学领域影响很大，但这种清名对守旧者起不了多大作用。光绪三十二年（1906），孙诒让写信给黄绍箕，和他商量如何对付办学时遇到的种种障碍，希望他“致函上游时能为一达”，并“幸赐留意，以惠乡里”。像下情上达，任命关心教育的官吏等事宜，若无黄氏帮助，孙诒让可以说是寸步难行。为此，浙江瑞安籍的著名革命党人陈黼宸曾戏称孙诒让为“孙悟空”，调侃孙诒让神通广大之余，也反映出黄绍箕对孙诒让支持力度之大。[③]

黄绍箕与孙诒让为同里同学，两人交往20多年，既有相近的政治立场，又可深入地探讨学术，这份纯洁而又向上的友谊是非常可贵的。如果说孙诒让从黄绍箕那里得到了切磋学术的快乐，费念慈、端方所提供的大量金石拓本则让他感到如获至宝。

费念慈（1855—1905），字峐怀，号西蠡，后号趛斋，江苏武进人，金石学修养很深。光绪十五年（1889）进士，翰林院编修。费氏自称，从五六岁时即好弄古钱，稍长治小学，喜读古文。

孙诒让与费念慈的往来，始于光绪十一年，两人同在潘祖荫家校释金石文字[④]，后交往日渐频繁。光绪二十二年，费念慈请孙诒让考释师和父敦中“汎告于王”等字。此后，陆续将许多拓本寄给孙氏，求其校订。孙诒让先后从费念

① 雁迅：《谈瑞安孙黄二氏遗事》，《图书展望》，1947年第5期。

② 孙延钊：《孙征君籀庼公年谱》，卷七。

③ 陈德溥：《陈黼宸集》，中华书局1995年版，第1044页。

④ 〔清〕孙诒让撰，戴家祥校点：《古籀余论·后叙》。

慈处收到50余件金石拓本，其中不少是吴式芬不曾见过的。[①]比如，仅《籀庼述林》卷七中就收有孙诒让为四篇铭文所作的题跋，原器为费念慈收藏，拓本应该是他寄给孙诒让的。孙诒让在《古籀余论》后叙中说："迩年杜门课子，旧友云散，唯峐怀收罗彝器，时以拓本寄赠，其所得师奎父鼎……亦多足校正吴录（即《攈古录》）。"通过校读这些铭文，孙诒让还发现《积古斋钟鼎彝器款识》中伪阙很多，如以"厝"为"昔"、以"市"为"朿"等。[②]

除从费念慈处得到大量金石拓本，孙诒让也常与其交换校释意见。孙氏《克鼎释文》中就提到了费念慈的观点。另外，孙氏《古籀余论》一书也准备与费念慈商榷后再定稿。同样，费念慈也非常服膺孙诒让，曾云"于朋旧中所愿师事者唯先生一人"。可以说，费念慈是孙诒让重要的金石学同道。

另外，费孙二人还常一起讨论金石学以外的问题。光绪二十年（1894），费念慈致书孙诒让，称自己见到四种《周礼》版本：一北京小字本，一建本，一巾箱本，一纂图互注本。校读其中三个本子后，他发现小字本最佳，其特点是疏没有误入注，估计它可能源于明嘉靖本。一年后，费氏又致书孙诒让，主要介绍了自己一生所见到的《周礼》的6种珍贵版本。费氏还在光绪二十二年将缪荃孙所藏的宋刻巾箱本寄借孙诒让，又将另一北宋校本寄赠。孙诒让在《周礼正义·略例十二凡》中提到，所据版本中就有"阳湖费编修念慈所校宋代婺州唐氏本"。

另一位与孙诒让相熟的金石学者是端方。端方（1861—1911），字午桥，号陶斋，满洲镶白旗，光绪八年举人。端方好金石文字，收藏的碑埴彝器，集古今中外之大成，喜精拓文字，并制成多种彝器范形，著有《陶斋吉金录》10卷，又《续录》4卷。

根据目前见到的资料，端方与孙诒让之间的交往，主要是书稿与金石拓本的寄赠往还，关系似乎不深。光绪二十七年腊月，端方将所藏秦权铭文精拓后托黄绍箕寄孙诒让[③]，求其审定，同时寄去的还有大騩权拓本。孙诒让则投桃报

① 〔清〕孙诒让撰，戴家祥校点：《古籀余论·后叙》。

② 孙延钊：《孙征君籀庼公年谱》卷五。

③ 两拓本释文见〔清〕孙诒让：《籀庼述林》卷八《秦权拓本跋》《秦大权骢权拓本跋》。

李，在《契文举例》撰成后，以原稿寄赠端方。关于这一点，从孙诒让临终前与门人的对话中可找到证据："《契文举例》前以原稿寄示端午桥方，家藏副本，篆文不完，皆非我手定不可。"[①]可见，他对端方在晚清金石学领域的地位相当认可。

温州乡贤

孙诒让的一生，曾有29年时间跟随父亲辗转各地，剩下的30余年里，除去北京考过8次进士外，多数时间蛰居浙江瑞安。因此，他与当地乡贤的学术交往值得重视。这种交往主要体现在金石学和方志学领域。

光绪八年（1882），孙诒让以自己所著《温州古甓记》中的素材为《东瓯金石志》做校补，将其增成12卷。《东瓯金石志》，系温州府学教授戴咸弼所作，原为10卷。[②]戴咸弼在《东瓯金石志・凡例》中也说，"瑞安孙仲容孝廉录示数十种，其古甓文字八十余种，搜采不遗余力。考核尤精详，俱唐以前物，亟录入第一卷，依《两浙金石志》例也"，承认孙诒让将80多种古砖上的文字增补进了《东瓯金石志》第1卷。[③]而孙诒让《〈不系舟渔集〉钞本跋》则曰："至正十五年刻石，今在平阳金舟乡。余据拓本补入戴教授咸弼《东瓯金石志》第十一卷。"[④]可见，孙氏对《东瓯金石志》增补的确不少。孙诒让校补戴氏《金石志》，除增益材料外，于考证方面，也有不少精辟之处。在《东瓯金石志》卷三《跋陶山寺广照院造夹苎释伽佛一身》中，孙诒让认为"夹苎"乃以苎麻夹土塑成的佛像，解决了长期以来不知"夹苎"为何物的难题；卷九《跋徐德宝造墓告神文》，又对地券沿革详加考订。孙诒让的校补工作，大大增加了《东欧金石志》的学术价值。时永嘉修县志，戴咸弼为总纂兼提调总校，孙诒让为协纂。他对戴咸弼修《永嘉县志》也提供了许多帮助，"诒让博雅淹通，近在咫

① 朱芳圃编：《清孙仲容先生诒让年谱》，第99页。

② 孙延钊：《孙征君籀庼公年谱》卷三。

③ 朱芳圃编：《清孙仲容先生诒让年谱》，第52页。

④ 孙延钊辑，张宪文整理：《孙诒让序跋辑录》。

尺，每有疑义，辄移书咨询，获益滋多”[①]。

在众乡贤中，给孙诒让治金石学以实际帮助的是周氏兄弟。周珑，字伯龙，浙江瑞安人，为孙诒让从妹夫。其弟周璪，字仲龙，光绪举人。周璪在金文学方面修养很深，光绪十四年（1888）孙诒让《古籀拾遗》的重新校定，就是由他亲自手书上版，并校正其中文字。

因是姻亲关系，周氏兄弟与孙诒让的交往比较多，正如孙诒让自己所说：“光绪己卯秋，诒让侍家大人归自江宁，里居多暇，与二三同志若林祈生庆衍，周伯龙珑，龙仲璪辈，恣意游览，穷搜古刻。”确实，凡搜访椎拓古碑刻彝器，孙诒让要么与周氏兄弟同往，要么带回来与他们一同赏析，有时甚至直接让二人代为搜求访购。[②]乡里百姓每每以发现古砖来告，孙诒让和二周外出访古，每次收获都很大。

光绪七年，孙诒让写信给二周：

> 兹送上康熙《平阳志》三册，内有古刻宜访者，均已签出。吴越铁塔及凤山魏晋人题字最要，不可不访。闻坡南学宫边墙间，有字古砖极多。又，仙坛山近在咫尺，当亦有晋宋古砖。钱仓大日寺有唐咸通间砖，书城云，并望留心。刘顺所呈吴太元砖，云在陇头寺中，一缙云人携来，乞一询寺僧，以定其真赝。又，小泉丈所云乡人掘得古剑泉，亦望留意。如到江南，则郭宕郭氏汾阳铁券尤不可不博访也。书城云，二都冠屿太平寺墙间嵌一碑，高凡六尺，极剥落，恐是唐宋古刻。
>
> 泉仓之行，弟不暇去。谨遣一力奉随，乃是平阳人，于泉仓极熟。日内水极干，河已见底，井中唐石，正好椎拓，不可失此机会。[③]

孙诒让仔细叮嘱两人，外出时应如何甄别古刻，还交代了椎拓的内容、地

---

①〔清〕戴咸弼：《永嘉县志》序，见〔清〕张宝琳修，王棻、孙诒让等纂：《光绪永嘉县志》，《续修四库全书》第708册，上海古籍出版社2002年版，第3页。

②〔清〕孙诒让：《温州古甓记叙》，《温州古甓记》，1912年刊本。

③孙延钊辑，张宪文整理：《孙诒让书札辑录》（上），《文献》，1986年第3期。

点、时间及方法，并赠送相关书籍供参考。这一期间，孙诒让写了许多信给二周，大都是讨论金石碑刻优劣与椎拓方法的。如光绪八年的一封信说：

天气放晴，正是访碑佳日，不可虚掷。仙岩之行，即希绝然一去。送上《金石志》、《仙岩志》备查。[①]

又一书曰：

仙岩塔砖闻有字，又别有《周国太夫人》碑志已收，洋洋巨篇，有关史事，乞精拓二本。唐经幢或断缺，砌入寺墙及左近菜园，均清细看一过，冀得一二残字，光我志乘也。遇有明碑，亦祈饬拓，以为志料。山上尚有数字须一一细访。寺中嵌碑碣，能揭看其碑阴，验其有无字迹尤妙。[②]

除了交代访拓时的注意事项，孙诒让还十分强调碑铭在地方志中的作用。周珑、周璪按照孙诒让的要求外出椎拓访求古刻，无论对孙诒让治金石学还是对保存地方文献都有很大的帮助。

与颇负盛名的潘祖荫、莫友芝、戴望相比，周氏兄弟在学界的影响并不大，但二周与在瑞安定居后的孙氏时相过从，提供的却是实实在在的帮助。可以说，孙诒让《温州古甓记》等金石学著作的问世，与二周的参与是分不开的。

温州乡贤中学术水准较高，且能与孙诒让在学术上进行更多切磋的是与他同年中举的王棻。王棻（1828—1899），字子庄，浙江黄岩人，历主各书院教席，很受张之洞赏识。他经常与孙诒让探讨文章、训诂、方志学问题。[③]光绪十三年（1887）春，王棻将自己的著作《辨章》及《柔桥文钞》寄孙诒让以求教正。对于王棻的文笔，孙诒让评价很高，认为其不事雕琢，持论宏通，援证精确，可与全祖望、杭世骏等人并驾齐驱。对其学问粗疏处，孙诒让也直言指陈。

① 孙延钊辑，张宪文整理：《孙诒让书札辑录》（上）。
② 孙延钊辑，张宪文整理：《孙诒让书札辑录》（上）。
③ 孙延钊辑，张宪文整理：《孙诒让书札辑录》（上）。

同年春，孙诒让曾移书王棻论《尚书·大麓》义，认为其将“麓”解为“录”，不合西汉古今文相同之古训。[①]光绪二十二年夏四月，王棻又移书孙诒让，并寄《六书解》一帙嘱为审正。秋，孙诒让在奉还《六书解》时驳正王氏假借说之非。[②]另外，二人还同纂《永嘉县志》，探讨地方志、名胜志之得失。孙诒让还为王棻所作《九峰山志》作跋。孙氏认为《九峰山志》长处在于诗文收录丰富，能广见闻；不足处在于没有凡例，乃作志之大忌。

朝廷大员

孙诒让不仅结识了许多著名学者，也与当时不少的朝廷大员有交往，张之洞便是其中一位。张之洞是孙诒让中举人时的座师，两人属师生关系。张在向潘祖荫推荐孙诒让时就提到，孙诒让乃“琴西前辈之子，经子小学俱用功”，琴西前辈居为名士、出为名臣这一点在张之洞心目中还是有一定分量的。

孙诒让一生交往的政界人物很多，前面提到的潘祖荫和端方就是其中的两位，他们与孙诒让之间主要是一种学术交往的关系。而与张之洞等朝廷大员的交往，则反映出孙诒让与他们在政治思想和文化观念上冲突，且不免受其制约这一特点。

一、师生之谊

孙诒让与张之洞的友谊始于同治六年（1867）秋，时张之洞出任浙江乡试副考官。他取士“所录专看根柢性情才识，不拘于文字格式”[③]。因才学出众，孙诒让被录为举人。对孙诒让而言，这是他科场的首次告捷，也是最后一次。在之后近30年的时间里（1867—1894），他先后八赴礼闱，均名落孙山。因而张之洞的赏识，更让孙诒让一生都感念不已，二人之间的深厚情谊也因此持续了42年，直至光绪三十三年张之洞去世。

师生关系确定后，张之洞对孙诒让总是多方提携。同治十年，孙诒让赴京

① 〔清〕孙诒让：《籀庼述林》卷十《与黄岩王子庄同年论书大麓义书》。

② 朱芳圃编：《清孙仲容先生诒让年谱》，第69页。

③ 〔清〕张之洞：《张文襄公全集》（第四册），中国书店1990年版。

应进士试。恰逢张之洞等在龙树寺大宴宾客，与会者是秦文炳、胡澍、李慈铭、赵之谦、王闿运、王懿荣、谭宗浚、桂文灿等19人，他们或为素有声望的清流重臣，或为学术名流。孙诒让年纪最轻且未中进士，却被张之洞邀请与聚会，一是出于张之洞对其父孙衣言的敬重，而更重要的，是对这位得意门生的欣赏与器重。

此后多年，孙诒让经常造访张府，与张之洞及其他门生故旧一起讨论学问。据谭献《复堂日记》记载，孙诒让与廖平曾就今古文经学问题在张府发生过争论。后来，张计划集刊"国朝经疏"，征孙诒让《周礼正义》稿，"并招赴粤商榷，谋即付刊"。[①]座师对自己学术成就的肯定，使孙诒让十分感激，光绪二十一年（1895）北上时，他"随带《周礼正义》稿，先往武昌，就鄂督张之洞商榷"[②]。

见孙诒让久试不第，张之洞便于光绪二十八年清廷开经济特科时全力加以推荐。光绪三十年至三十三年，时任湖广总督的张之洞又因孙诒让"经学淹贯、著书满家、实为当代通儒之冠"，三次电聘他为武昌存古学堂教习。[③]虽说孙诒让均未赴任，但可以看出张之洞对他的殷殷情意。

孙诒让晚年致力于台州、温州两处地方教育，彼时常有守旧势力寻衅滋事，张之洞与时任浙江巡抚的张曾扬（张之洞之侄）便处处照拂孙氏。因此，以私交甚笃来概括两人一生的关系并不为过。孙诒让十分敬重张之洞，但两人的政治观点却相去甚远，且孙诒让并不碍于情面而违心附和，而是与时俱进，在政治上较为开明。光绪二十八年，孙诒让在致友人的信中曾这样说过，"广雅师（张之洞）负中外之望，戊戌、己亥两次改政，师委蛇其间，无所建白，不佞深不谓然，不免腹诽"，"师为大臣，不谊拘引嫌之曲谨，徇将顺之小忠"[④]。不难看出，他对张之洞在戊戌变法中老谋深算的政客表现非常不满，讽刺他顾及个人仕途，对清廷过于忠顺。浸淫旧学、长期受封建正统思想影响的孙诒让能有

① 孙延钊：《孙征君籀庼公年谱》卷四。
② 孙延钊：《孙征君籀庼公年谱》卷四。
③ 孙延钊：《孙征君籀庼公年谱》卷六。
④ 张宪文整理：《孙诒让遗文续辑》（中）。

这番言论，属实难得。那么，孙诒让与张之洞在维新运动前后的表现到底有什么不同，他对座师为何如此不满呢？

张之洞对待康有为、梁启超维新变法的态度，一言以蔽之，是先拉拢后抛弃。光绪二十一年（1895）七月，“强学会”在北京成立，张之洞捐银五千两作为会费，其子张仁权还是会员之一。光绪二十二年，《时务报》在上海创刊，张之洞派幕僚汪康年担任报馆经理，操财务人事大权，《时务报》还把张之洞捐给“上海强学会”的余银1200两作为经费。张之洞此番“热情洋溢”的举动背后，动机极为复杂：其一，他不满现实，期待改革积弊，思想上与维新派有不少相通之处；其二，维新派当时有“帝党”撑腰，与他们交好，可以改变张之洞多年含辛茹苦办洋务却屡遭非议的现状；其三，张之洞想通过支持新政，捞取政治资本，从而实现入参中枢的宏愿。这样的“深谋远虑”，决定了张之洞与维新派之间只可能维持一种貌合神离的关系，那么他对维新力量既支持又压制的态度也就变得容易理解了。①

《时务报》成立后，张之洞利用汪康年对主要执笔人梁启超多方掣肘，并经常通过梁鼎芬、汪康年警告梁启超“勿惑于邪说，勿误于迷途”。后汪康年与梁启超交恶，梁愤而离职，究其根本，完全是由于汪康年所属的张之洞洋务集团与梁启超所属的康有为维新派集团之间的矛盾分歧进一步发展造成的。

光绪二十四年三月，维新变法运动进入生死存亡的关键时刻，张之洞权衡帝、后两党的势力对比，终于抛出了《劝学篇》，公开表明自己与维新派的根本分歧。这是一招绝康梁并以之谢天下的好棋。慈禧于同年八月重新训政后，与维新派瓜葛很深的张之洞以先著《劝学篇》得免议，不仅毫发无损，而且大得慈禧赏识，得到升迁。后来，这位心机颇深的能吏对维新党人的迫害变本加厉，不仅驱逐康、梁出境不算，还要求日本政府查禁康、梁主办的《清议报》。

对于张之洞的所作所为，耿直的孙诒让十分不满，他托友人黄绍箕带书信给张之洞质询。谁料张之洞接书后，未读至一半便生气地掷到地上，说：“仲容教我反耶？”如此看来，孙诒让当时言辞应该是比较激烈的。

---

① 冯天瑜，何晓明：《张之洞评传》，南京大学出版社1991年版，第78页。

与张之洞在维新变法中的权诈善变相比，孙诒让充分展现了一个具有爱国热情的进步学者对变法自始至终的同情与支持，尽管由于地域文化和个性差异等原因，孙诒让并不欣赏康有为。

光绪二十一年（1895），孙诒让听说康梁联合十八省公车上书陈情拒和、迁都、变法并开“强学会”的消息后非常激动，“公车上书，海内志士列名者千余人，浙人无与者，窃以为吾乡之大辱”[①]，孙诒让的这段话既表现出强烈的爱国热情，也有浓重的本土情结。后来，他提倡兴儒救国，撰《兴儒会略例二十一条》并叙，并于当年十二月成立“兴儒会”，以实际行动声援康、梁等人。他致信汪康年，“是故非朝廷幡然改弦更张，万无挽回之术”，“似非合廿二行省之贤士大夫为痛哭流涕之呼吁不可”，建议于“明春礼部试时期……集数千人上书沥陈危局，吁请早定变法之议”[②]。第二年正月，又写信给汪氏：“闻本科公车当有陈论，惜弟决计不应试……倘未到京人不妨列名，则无论如何杭直，弟均愿附骥，虽获严诘，所不计也。”[③]当时，孙诒让已经47岁，受“尊君”等传统教育达数十年，又出身封建官僚家庭，而能说出“虽获严诘而不计”，足见家国情怀。

戊戌政变失败后，孙诒让虽不同意康有为的“孔子改制说”，但他仍肯定康有为七八次上书的爱国热情，“深钦佩其洞中中土之症结”。对梁启超，则“甚佩其《变法通议》之剀切详明，不敢以其主张康学之执拗而薄之”[④]，对维新派的评价并不失客观公允。并且，谭嗣同被捕入狱后，孙诒让曾写信给张之洞，晓以大义，恳请设法营救。后来得知六君子被害，孙诒让的愤慨难以言喻：“一旦造此惨祸，国事尚何可问也？”[⑤]在他心里，谭嗣同等志士真正关心国家的兴亡，清朝政府却不肯放过，气数已尽的征兆又增加了一桩。

孙诒让的这些表现，与张之洞因虑及个人政治利益对康、梁先拉拢后镇压

---

① 《汪康年师友书札》（二），上海古籍出版社1986年版，第1470页。

② 《汪康年师友书札》（二），第1473页。

③ 《汪康年师友书札》（二），第1474页。

④ 《汪康年师友书札》（二），第1474页。

⑤ 转引自周立人：《孙诒让与章太炎》，《温州师范学院学报（哲学社会科学版）》，1988年第1期。

的立场截然不同。光绪二十六年，张之洞处死了曾参加武昌起义的康有为集团成员唐才常。与此形成鲜明对比的是，孙诒让则作《浏阳二子（谭嗣同、唐才常）歌》（此诗佚—引者注）表示哀悼。

作为知识分子，孙诒让因缺乏政治上的历练，对时局难免把握不准，认为推动维新必须有“非痛哭流涕呼吁不可”一类的想法，这当然是不切实际的空想，但有些学者讥之为“畏首畏尾”，则也有失公平。至于著名学者汤志均批评孙诒让在《周礼政要》中政治态度落后，等等，我们认为那更多是文化观，与政治态度的关涉并不大。孙诒让在戊戌前后，是非常鲜明地站在维新变法者一边，虽然他不知道如何做才算合适，因为康、梁过于张扬的做法并不符合孙诒让一向沉实稳妥的做派。在今天看来，康、梁的维新主张当然是进步的，但其行事为人的确不无可议之处。孙诒让与他俩之间的差异既有学术观点的原因，也有地域文化的因素，我们在后面章节中还会详细探讨。

孙诒让开明进步，支持革命，决不退缩。在对待章太炎等革命党人的态度上，他与张之洞的态度截然不同。光绪二十七年（1901），张之洞与两江总督刘坤一、江苏巡抚恩寿密谋逮捕在苏州任教的著名革命党人章太炎，而孙诒让则通过黄绍箕、宋恕和陈黻宸等将这一消息秘密通知章氏，帮助章太炎成功逃亡日本。[①]第二年，孙诒让还参加了蔡元培、章太炎在上海创办的中国教育会。因中国教育会所办《苏报》宣传革命言论，张之洞建议军机处对章太炎、邹容二人“尽法惩办，勿稍疏纵”[②]，又积极活动，力图诱使租界交出章氏严加惩处。此外，孙诒让还尽力帮助其他革命党人。秋瑾被捕后，孙诒让曾两次设法营救；他还帮助光复会会员敖嘉熊、陈乃新东渡日本，使其免于被清廷治罪，然此事后来无果而终。因为这件事，孙诒让被当地知府、县令上告，差点被法办。章太炎称赞他虽“几及祸，然怀保善类自若，学者介以为重”，十分叹服其深明大义。[③]孙诒让偏居浙南一隅（瑞安），即使做个“两耳不闻窗外事，一心只读圣贤书”的士绅也无可厚非，但他却关心时政，主张维新，这与他所秉承的“经

---

① 汤志钧编：《章太炎年谱长编》（上册），中华书局1979年版，第74页。

② 冯天瑜，何晓明：《张之洞评传》，第347页。

③ 《清代碑传全集》（下），第1502页。

世致用”思想是分不开的。

孙诒让与张之洞都出身封建官僚家庭，但二人的政治态度大相径庭，究其原因，不外乎以下几点。

第一，二人仕途际遇不同。张之洞出身官僚家庭，父亲曾做过知府等官，本人仕途顺利——13岁成秀才，25岁荣登解元，26岁题名探花，后历任学政、总督、军机大臣等职，一路行来，可谓春风得意，处处逢源。张之洞后来成为深得慈禧宠信的能吏，出于卫道的自觉，也绝不可能对维新派、革命党人听之任之。虽然他有感于时势的变化，赞成“中学为体，西学为用”，但目的也是要维持当时的统治秩序。

孙诒让也出身名门，父亲孙衣言历任安徽、江宁布政使等职，最后以太仆寺卿致仕，是朝廷重臣。叔父孙锵鸣作过广西学政，还是李鸿章、沈葆桢等人的座师。孙诒让本人学识超拔，但与张之洞相比，他的科举之路却并不顺利。长时间的科场蹉跎，使他意兴销尽，甚至从光绪二十二年（1896）起不愿再踏进京城半步，从此以后潜心学术，自谓“谁信江河流万古，只应低首拜王卢”[①]。仕途的坎坷，使他对晚清的政治制度非常失望，也部分成就了他在学术上的成就。在朝廷于光绪二十七年宣布“更法”后，孙诒让对朋友表达了这样的看法：“更法虽已见谕旨，而举办仍未见踊跃，中国通患如是，真不疗之痼疾也。”[②]孙诒让生活的半个多世纪（1848—1908），正是清政府统治最腐朽黑暗的时期，内忧外患不断。他不满当局统治，维新派、革命党人又力图变革秕政，与他“经世致用”的政治理想正好合拍，因而同情并支持维新派也就成了情理之中的事。

第二，晚年与一大批进步人士交往密切，促进了孙诒让思想的变化。姻亲、革命党人宋恕，便是他的好友之一。光绪二十三年，孙诒让通过宋恕与章太炎定交。此后，孙、章二人时常交流对时局的看法。[③]在给章氏的信中，孙诒让表达了对朝廷的不满。为避文网之祸，他署名“荀羕”，取的乃孙诒让三字的谐

---

① 张宪文辑：《孙诒让遗文辑存》，第458页。

② 张宪文辑：《孙诒让遗文辑存》，第181页。

③ 汤志钧编：《章太炎年谱长编》，第44页。

音。再如，光绪二十四年，孙诒让校勘《顾亭林诗集》，并写成校语一卷，作跋题诗后寄章太炎，诗中“亡国于今三百年”一语，表达了对清朝腐朽统治的强烈不满。此外，孙诒让与光复会会员冯豹、同盟会会员陈虬、陈黻宸均有交往。他们把《訄书》《革命军》《浙江潮》等进步刊物介绍给孙诒让，这或多或少地影响了孙诒让晚年的思想，使其在政治立场上变得同情革命。①

晚年的张之洞位高权重，做到了军机大臣，是须臾不可离的“国之中枢”。爱惜羽毛，对自己安身立命的清王朝自然会倍加珍惜，而对于打算推翻朝廷的革命党人，不可能不仇视。

孙诒让与张之洞虽政见不同，但学术观点却相当接近，这也是两人能一直保持深厚友谊的关键。

首先，二人均以汉学为学术根柢。张之洞曾说：

> 汉学者何，汉人讲经注经之说也。经是汉人所传，注是汉人创作，义有师承，语有根据，去古最近，多见古书，能识古学通古语，故必须以汉学为本而推阐之，乃能有合，以后诸儒传注，其义理精粹足以补正汉人者不少。要之宋人皆熟读注疏之人，故能推阐发明。傥不在来源，即读宋儒书，亦不解也。②

在他看来，宋学须以汉学为基础，无汉学即无宋学。他还认为，“通经之根柢在通小学，此万古不废之理也”③，小学就是音韵训诂之学，也就是人们说的汉儒古文学家之学。在这一点上，孙诒让与张之洞的观点如出一辙。孙诒让对汉学极度推崇：

> 我朝乾嘉以来，此学大盛，如王石臞先生（念孙）及其子文简公引之之于经、子，段若膺先生（玉裁）之于文字训诂，钱竹汀先生（大昕）、梁

---

① 徐和雍：《论孙诒让》，《杭州大学学报（哲学社会科学版）》，1988年第4期。

②〔清〕张之洞：《《张文襄公全集》卷二百零四《语行第二》《父子年谱》。

③〔清〕张之洞：《张文襄公全集》卷二百一十三《创建尊经书院记》。

曜北先生（玉绳）之于史，皆专门朴学，择精语详，其书咸卓有功于古籍，而某自志学以来所最服膺者也。[①]

孙诒让一生，自觉地走着一条以汉学、朴学为核心的治学道路。所以，梁启超认为他是清学在蜕分期中“正统派死守最后之壁垒”，“得流于高邮王氏”[②]。

其次，孙诒让与张之洞一样，反对拘守汉学、宋学门户。张之洞虽以汉学为学术根本，但他对宋明理学也并不排斥，认为“四书一编为群经之纲维、万理之渊海”[③]，而宋儒以后之理学书，“推明情理，洵发前代所未发，然理无尽藏，师无定法，涯涘难穷，其高深微渺，下学未能猝解”[④]。孙诒让对其座师持论的平正通达十分心仪，他在致汪康年的书信中说：

让年廿四，谒南皮师于京邸，同坐有盛訾宋学者，南皮贬之云：“今天下大病在于不学，傥其能学，便是佳士，遑问其为汉、宋乎?”窃服膺斯语，以为通论。今日时局之危，黄种儒教岌岌乎有不能自保之虑，寰宇通人自言以保种、保教为第一要事。至于学派之小异，持论之偶差，似可勿论。所苦者中土君子，多迂回拘守，故常不能自振。[⑤]

孙诒让立足于当时内忧外患的社会现实，认为大可不必守汉宋门户。孙诒让在学术实践中也反对固守门户之见。如他在《温州经籍志》的多条案语中，就对清人纪昀拘守家法提出批评，还曾对宋人夏炘在《读书札记》中回护朱熹理学的做法颇为不满。[⑥]一直以来，孙诒让都在用永嘉之学否定清代汉宋门户之见。也正是因为在治学上能兼收并蓄、公允通达，他才会成为晚清首屈一指的大学问家。

---

①孙延钊撰，徐和雍、周立人整理：《父子年谱》，第351页。

②梁启超：《清代学术概论》，第7页。

③《张文襄公全集》卷二百零五《语学第三》。

④《张文襄公全集》卷二百零四《语学第二》。

⑤《汪康年师友书札》(二)，第1470页。

⑥〔清〕孙诒让：《温州经籍志》卷七《戴氏侗〈六书故〉》。

再次，两人除了在强调汉学、兼取汉宋上旨趣相同外，在对古文经学的推重和对今文经学的否定上也十分一致。

张之洞、孙诒让生活的晚清，经学中的今古文之争又呈现出热闹场面。对于经学今古文之争，张之洞持坚定的古文经学立场，对今文经学深恶痛绝，自云“平生学术最恶公羊之学，每与学人言，必力诋之”①。他甚至赋诗贬斥今文经学，曰：“理乱寻源学术乖，父仇子劫有由来，刘郎不叹多葵麦，只恨荆榛满路栽”，认为今文经学只能算是学术中的荆蓁与乖谬之论。②

张之洞最初曾拉拢康有为，其中虽然有顾及个人政治前途的考虑，也同他与康、梁在变通成法、力变从前积弊方面有共识有关。即使在那时，张之洞对康有为依“《春秋》公羊说”而衍化出的托古改制理论仍大不以为然。光绪二十一年（1895）九月，康有为到江宁拜见张之洞，张一方面对其优礼有加，一方面又再三劝说康有为放弃秉承今文公羊学而来的“孔子改制说”。后来，张之洞与康有为就“以论学不合背盟”，张还电嘱康勿再办“上海强学会”③。除了政治立场的对立外，今古文经学观点的分歧，也是他们最终无法走到一起的一个重要因素。

与张之洞一样，孙诒让生平服膺考证扎实的朴学，对于颇涉附会不甚注重考证的今文经学也不喜欢。他非常鄙视康有为的《新学伪经考》，在与章太炎的通信中，就讥曰：“是当哗世三数年。荀卿有言：‘狂生者不胥时而落。’安用辩难，其以自薰劳也”④，对康有为今文经学观的不屑之情溢于言表。

当然，孙、张二人在这个问题上的出发点是不同的。张之洞乃朝廷大员，他对康有为的否定不可避免有政治上的考量，所以后来在戊戌政变后，张亲自对康有为等加以镇压，其中虽有学术观点上的原因，更多还是从维护自身政治利益及国家政教考虑。而孙诒让对今文经学的态度则更多着眼于治学方法的差异，持论也更为公允。比如，在戊戌政变后，孙诒让谈及康有为虽仍斥其学术

① 〔清〕张之洞：《张文襄公全集》卷二百二十八《抱冰堂弟子记》。

② 〔清〕张之洞：《张文襄公全集》卷二百二十七《学术》。

③ 翦伯赞：《戊戌变法》（四），神州国光社1953年版，第135页。

④ 《章太炎全集》（八），上海人民出版社2022年版，第231页。

有谬，但也肯定了其七八次上书，洞中中土症结的难能可贵。[①]身为地方士绅，不必过多考虑政治得失，因此孙诒让对康有为今文经学的评价也还算公道。

孙诒让费三十年之功成《周礼正义》，晚年又著成《周礼政要》一书，在他看来，“有周一代之典，炳然大备”，“文明之盛，莫尚于周”，因而“处今日而论治，宜莫若求其道于此经”[②]。他坚定地认为，《周礼》乃周朝礼制的忠实记录，而周朝作为理想国，则是后人治国的最高典范。孙诒让的政治理想即是“行见隆平接盛周”。在《周礼政要》中，孙诒让还主张仿照西方的做法设立议院，把西方各国的议院比为周代“三询”之法，将陪审制度比为周代的“三刺”之制。另外，他还把商部比为周代司布之官，大中小学比为周代的国学、郊学、乡遂之学，认为当时西方的许多事物其实中国很早就有了。这些盲目比附，虽说不无可议之处，却也从一个侧面说明，孙诒让重视向西方学习但又难以超越传统文化的束缚，具有“西学中源”的思想倾向。从盛宣怀委托孙诒让撰《变法条议》但又不敢上呈这一点可以看出，与一般封建官僚如盛氏相比，孙诒让在政治上的羁绊要少得多。

再者，即使孙诒让真的像一些学者所说的那样“迷恋亡古”，也应该分两方面来看。第一，将理想国的蓝图描绘成周朝模样，也未尝不是出于一种美好的意愿，这对于一个熟读经书且未迈出国门半步的人来说也无可厚非。第二，《墨子间诂》是守汉学家法的扎实考证之作，它吸收了清儒学说，基本扫清了《墨子》讹脱衍夺等文字障碍，使人们对墨家“兼爱”“非攻”等民本思想得以深入了解。这些思想与西方民主思想一样，对于开启民智，推动当时的人们寻求进步起到了一定的作用。这与孙诒让一向所主张的“经世致用”是相符合的。梁启超就称自己是受孙诒让影响而治《墨子》作《墨经校释》。

与孙诒让相比，张之洞的思想相对保守。张之洞宣称“我圣教行中土，数千年而无改者，五帝三王，明道垂法，以君兼师，汉唐及明，崇尚儒术，以教为政”，是不折不扣的儒学保卫者。他还提出“以孝悌忠信为德，以尊主庇民为

---

① 《汪康年师友书札》，第1474页。

② 〔清〕孙诒让：《周礼正义·序》，《周礼正义》（第一册），王文锦、陈玉霞点校，中华书局2013年版。

政”，认为“中学”的根本价值，不在远古民主遗风和百家争鸣的学术风气，而在秦汉以后千年不绝的君主专制制度与儒家文化一统格局。由此看来，张之洞的“中体西用”显然比梁启超等人的“中体西用”更多地显现出历史的惰性，与孙诒让尊崇远古（先秦三代）民本思想相比，也有一定差距。张之洞肯定“三纲五常”，强调君主权力，坚决反对设议院，在《劝学篇·内篇·正权》中，罗列种种原因，论证议会制不合中国国情，断不可行。即使在光绪二十七年（1901），设议院已为大多数人认同的情况下，他还是反对设下议院，而强调“上议院”要由吏部考查或由皇帝任命议员，可谓顽固之至。

与孙诒让对待墨学的态度不同，张之洞由于害怕《墨子》中的“尚贤”“非攻”“兼爱”等思想会启发民智，产生危及清朝专制统治的不利影响，故斥墨子思想“狂悍”。在他看来，《墨子》中平等的思想、科学的概念乃不折不扣的“瑕”，竭力诋毁先秦民本思想。

由此不难看出，孙诒让、张之洞虽都出身于封建官僚地主家庭，两人私交虽深，学术观点趋同，但政治见解及文化主张相去甚远。张之洞作为一个政治人物，其政治态度保守复杂，而作为一个顺应时代发展潮流的末世大儒，孙诒让政治态度相对开明。

二、其他大臣

除张之洞之外，孙诒让与当朝几位重要大臣也保持着密切联系，他们分别是瞿鸿禨、陶模、陈宝箴、李鸿章、刘坤一。

光绪中叶，曾任浙江提学使的瞿鸿禨因为赏识孙诒让的才学，将浙江书局刊印的“郑玄佚书”23种81卷和谢启昆《小学考》50卷寄赠孙诒让。[①]瞿鸿禨升任外务部尚书后，孙诒让在给他写信时陈述自己对中外交涉事件的意见，言辞非常激切。

另一位支持维新改革的重要人物湖南巡抚陈宝箴，也非常赏识孙诒让。光绪二十四年，光绪帝宣布广征海内名流，希望这些人能参政议政，以实现所谓向西方和东洋学习的目的。陈宝箴本来不认识孙诒让，但是在见到他的《墨子

① 孙延钊：《孙征君籀庼公年谱》卷八。

间诂》一书后，认为孙诒让是在以提倡墨子精神来振兴国家，就把孙列为海内名流，与瞿鸿禨一同上书推荐给光绪帝。孙诒让在《自题变法条议后》有一小注谈到这次被举荐的事："戊戌更政，持议者多举制科，未试而党狱兴矣。不佞以陈右铭中丞、瞿子久尚书荐，亦厕名其列，陈尚未识面，盖得之党人某也。"戊戌政变后，孙诒让因为在被荐之列，面临被牵连的危险，又由内阁大学士李鸿章、两江总督刘坤一共同向当朝请求免与治罪，孙诒让才幸运逃脱。[①]从这次被荐的经历来看，孙诒让本人的维新改革思想得到了像陈宝箴等支持维新人士的官员的承认，但他与守旧者李鸿章也保持着密切的关系，这便是他维新主张有保守成分的原因所在。

与陕甘总督陶模的交往，最能反映孙诒让政治态度的实际。陶模，字方之，浙江秀水人，与孙诒让为同年举人。在光绪二十年（1894）以后常与孙诒让讨论时务，尤其在加强开矿、筑路、兴学、制器这些方面，两人的看法非常一致。陶模曾经上奏言变法，认为"聚阘茸嗜利之辈以图富强，止于旧法外增一法，不得谓之变法，于积习外增一习，不得谓之祛积习"[②]，陶氏主张"国之强弱，视人才为转移"，将培养人才视为改革的核心。孙诒让认为这些观点都非常切中时弊，在《周礼政要》中，充分地表示了以教育为改革核心的观点。

维新人士

孙诒让对维新派的看法并不相同。比如，对康有为、梁启超等较激进的人士，与对汪康年、黄绍箕、夏曾佑等相对保守的维新人士，孙诒让的态度就不一样。即使是对康有为、梁启超，他的评价也有区别。孙诒让与汪康年等人，不仅在变法的主张方面接近，而且在具体的举措上也十分相近；而与康有为，则表现出今古文经学学术派别的不同。

孙诒让一生的活动都以学术为中心，这使得他对康有为的一些做法颇有微

---

① 孙延钊：《孙征君籀庼公年谱》卷八。

② 孙延钊：《孙征君籀庼公年谱》卷六。

词，尽管他们的维新主张并无根本区别。孙诒让尤其不能容忍康有为那些基于今文经学的政治宣传。在他看来，康有为的理论太过虚妄，仅能“哗世三数年”。而且，越到后来，他与康有为的分歧越明显。比如，他认为，当时知识分子中普遍存在的改良思潮并非都源于康有为的提倡。

在申斥康有为学术之谬的同时，孙诒让却认为康有为弟子梁启超之《变法评议》“剀切详明”[①]。如果说是孙诒让在学术上对梁启超有所启发，激起了后者治《墨子》的兴趣，那么梁启超则在政治理论上给了孙诒让很大的鼓舞。孙诒让虽长期偏居一隅，但他喜欢关注实际时务，这也造成他的《兴儒会略例》十二条虽执着抨击社会弊端或是反复强调新政的具体举措，但缺乏理论的深度。而梁启超则不同，他在批评和提议之后，每每用大量的篇幅上溯三代，远及泰西，旁征博引，来论证某项新政中国古已有之，或泰西早已行之，或符合某科学理论。这样的论说，扬长避短，跳出了琐碎的就事论事，视野高远且颇具理论性和学术性。同时，大量征引泰西知识，不仅令他的文章传递出丰富的信息，也迎合了当时人们迫切希望了解西方的需求。此外梁启超的行文富有激情，论说气势磅礴，往往让读者热血沸腾。这三点也是梁启超的文章受到当时包括孙诒让在内的广大知识分子欢迎的重要原因。后来孙诒让的行文风格也时有梁启超相似之处，比如他在光绪二十八年（1902）所著之《周礼政要》就强调西方议会制在周代已存在，不过那时是“三询”制。

由于欣赏梁启超在维新变法中理论宣传方面的才能，孙诒让甚至觉得汪康年与梁启超之间发生的矛盾属于“君子之异”，劝汪康年为了维新的共同目的，“宜彼此推让，曲维大局”。

如果说梁启超以其高超的政治理论素养打动了孙诒让的话，汪康年则以典型的笃实稳健的江南士大夫做派赢得了孙诒让的青睐。

汪康年与孙诒让最初是《时务报》执事和读者的关系，因经常通信而成为好友。孙诒让认为，汪康年主办《时务报》是浙江人的骄傲，足以一雪光绪二十一年（1895）公车上书时浙江无一人参与之耻。从这一点来看，孙诒让是一

① 《汪康年师友书札》（二），第1474页。

个乡土文化观念相当重的人。当然，这也是晚清至民国时期江浙地区知识分子的一个共同特点，江南地域多年来在文化上的优越性使他们在审视别的地域文化时会不自觉地变得挑剔。这也是来自广东的士人康有为与这群审慎持重的江南知识分子有时不那么融洽的一个重要原因。[①]

与汪康年一样，孙诒让在维新的具体做法上也是务实谨慎的。汪康年以《时务报》来宣传维新思想，组建各种团体如务农会、不缠足会来改变人们的观念，这些都是极其务实的做法。而孙诒让不仅在瑞安组织务农会、不缠足会，而且还从光绪二十二年（1896）起在浙江倡办各级各类学校，总计达300余所。

在最初与汪康年的书信往还中，孙诒让表现出矛盾的心态。他强烈地感觉到过去所学无用，与西学相比是死学问，希望自己能为维新变法、挽国家气运、保种保教尽一份力。此外，他还表达了自己对维新的强烈担忧，并以温州地区读《时务报》的情形为例，说明普通百姓实际并不关心时务。

关于如何使变法成功，孙诒让向汪康年提出了自己的看法，即再集和二十省士大夫“为痛哭流涕之呼吁”，让数千人上书力陈危局请求早定变法：

> 万一得达，我皇上环顾各省士人之众，而群论佥同，信其说之不谬，斯亦中华强弱之转机也。如其天心遽转，领首之人或能仰邀召对，抑由军机大臣传问，使毕其说，则其感格之神，不可喻度。即令不见采，亦必不至因此获咎……[②]

可以看出，孙诒让对维新既有清醒的认识，不相信维新会可一蹴而就；又难脱旧士子的思维方式，仍保有浓厚的学究气和保皇思想。因此，他能比较务实地来做“维新”的事情，如在变法失败以后还坚持办实业，又在所提出的改革方案“兴儒会略例”、《周礼政要》中流露出对清王朝的幻想。结合他在戊戌变法失败后写给章太炎的信中不承认清王朝为正统，继续采用明朝崇祯年号等

① 廖梅：《汪康年：从民权论到文化保守主义》，上海古籍出版社2001年版，第215页。

② 《汪康年师友书札》（二），第1473页。

表现，可见孙诒让曾很长时间徘徊在忠君保国与变革秕政的矛盾心理中。

革命党人

章太炎（1869—1836），名炳麟，字枚叔，号太炎，浙江余杭人，资产阶级民主革命思想家，国学大师。孙诒让长章太炎21岁，当其享誉晚清经学界时，章太炎正在俞樾的诂经精舍接受古文经学教育。同乡、学术志趣相近，且都关注维新变法，促成了他们密切的交往。

据朱芳圃《孙诒让年谱》记载，“余杭章炳麟太炎以平阳宋恕平子之介，与先生定交”，时间约在光绪二十三年（1897）。其实，早在光绪二十二年，两人就开始有了文字交往。[①]是年，章太炎、宋恕在杭州成立经世实学社。学社成立之初，章太炎寄社约给孙诒让，邀请他作赞助人。接到社约后，孙诒让欣然以《札迻》《墨子间诂》《古籀拾遗》《周书校补》各两部，家刻本《永嘉丛书》（十三种）亦各两部寄赠经世实学社，以表达他对章氏等人进步事业的支持。第二年，孙、章二人正式开始书信往来。因此，二人开始交往的时间应在光绪二十二年。[②]后来，康有为著《新学伪经考》，诋古文经学为刘歆伪书，而章氏素治古文经《左氏春秋》，闻孙诒让治《周官》，引为同道，于是驳正《新学伪经考》数十事向孙诒让请教。孙则力斥康有为学说之谬。[③]从此后孙、章对康有为的态度来看，两人友谊可说是建立在对古文经学的认同上。

从二人定交直到孙诒让去世，孙诒让、章太炎虽始终未曾谋面，但信札往还不绝，或切磋学问互赠著作，或商讨国事互相支持，二人的不解之缘持续了10多年的时间。

学术交往。虽同嗜古文经学，但在甲骨学、金文学的看法上，孙诒让与章太炎存在着较大的分歧。

章太炎对钟鼎彝器的学术价值起初持怀疑态度。其《文始》手稿于1914年

---

① 孙延钊：《孙征君籀庼公年谱》卷二。

② 孙延钊：《孙征君籀庼公年谱》卷五。

③ 《清代碑传全集》（下），第1502页。

7月出版（石印本），大张“不烦假借鼎彝款识”之旗帜，对晚清学者治文字学方法作出批评，认为他们用力不精，语及文字之原，辄乞灵于金石彝器，而金文又奇诡，殊形互见，且伪作又多，像阮元这样的彝器鉴定大家的观点尚且有矛盾，足见其不可信。[①]直至1934年，章太炎仍对金文持怀疑态度，谓“今世之所患者……穿凿之徒，皮傅彝器，随情定字，夫其游谈不根，盖有过于安石《字说》者”[②]。

不仅如此，章太炎对光绪二十五年（1899）出土于河南安阳的甲骨文也颇不以为然，谓“近有掊得龟甲者，文为鸟虫，又与彝器小异，其人盖欺世豫贾之徒，国土可鬻，何有文字”，并且说“假令灼龟以卜，理兆错迎，衅裂自见，则误以为文字，然非所论于二千年之旧藏也”[③]。在章太炎看来，鼎彝铜器尚由于传者非一而让人怀疑其真实性，更何况龟甲兽骨乃速朽之质、易薶之器？“作伪有须臾之便，得者非贞信之人，而群相信以为法物，不其傎欤？”[④]

章太炎对待甲骨文的态度到1934年后有所变化。在为王继甫撰《〈今字解剖〉题辞》时，章氏云“龟书刻骨，真伪难知”[⑤]。可以看出，这时他对甲骨文已由完全否定变为持怀疑态度。次年，虽然仍认为研究文字之学“《说文》乃总龟”，但在写给金祖同的4封有关甲骨文的书信中，章氏对甲骨文、金文的看法已有相当大的变化，谓“钟鼎可信为古器者，什有六七……甲骨之为物，真伪尚不可知”[⑥]。他于鼎彝已由怀疑变为肯定，对甲骨则由否认变为怀疑。

相较于甲骨，章太炎对金文所持的态度更为开放。章门弟子姜亮夫回忆民国22年（1933）“先生曾言许叔重《说文解字》亦采山川鼎彝，故金石非不可治，惟赝器太多，辨别真伪，恐非目前世人学力所能及”，已经承认“金石非不可治”，只是还是坚持“赝器太多”，难以“辨别真伪”。其实早在1910年《文始·叙例》中，章太炎就已承认了这一点：“盖古籀及六国时书，骎骎复出，而

① 汤志钧编：《章太炎年谱长编》（上册），第476页。
② 汤志钧编：《章太炎年谱长编》（下册），第945页。
③ 汤志钧编：《章太炎年谱长编》（下册），第954页。
④ 汤志钧编：《章太炎年谱长编》（下册），第954页。
⑤ 汤志钧编：《章太炎年谱长编》（下册），第945页。
⑥ 汤志钧编：《章太炎年谱长编》（下册），第955页。

班固尤好古文，作《十三章》网罗成周之文及诸山川鼎彝盖众，《说文》冣字九千，视秦篆三之矣。非有名器之刻遗佚之文，诚不足以致此。”

可以说，章太炎晚年对金文采取“信物疑释”的态度。首先，他高度肯定钟鼎彝器在文字学上的意义，如在1932年11月22日给吴承仕的信中曾曰：“今于《说文》有录形义有不可知者，参之彝器石经，容可相说以解。”

其次，章太炎主要质疑宋以后的金文释读。在1935年6月30日给金祖同的信中，他指出“识字”有两个途径，除了古书之外，还可来自师徒口耳相传：“凡识文字，非师弟子口可相传，即检阅字书而得者，方为可信。”信中特别强调了师徒口耳相传对于“识字”的作用：

> 汉儒之识古文，亦由师授……孝武之世，太史公十岁即诵古文，上有故铜器，一验即知为齐桓公物，明其识之之易也。壁中《尚书》尚有伏生今文可得参校，则《春秋传》《周礼》并无今文可校，而贾谊、河间献王读之，皆通达无滞。若非字有师授，安能通利如此？后之识钟鼎款识者则不然。宋人则望气而知，清人则强以六书皮傅。①

章太炎认为，秦皇焚书近百年后，司马迁尚能识别东周齐桓公之铜器，而贾谊、河间献王在“无金文可校”的情况下均能“通达无滞”地阅读古文《春秋传》《周礼》，以此说明“字由师授”的可能性。他指出，宋以前的金文释读，尤其是汉儒对金文、古文的释读是可信的，而宋之后则不可信，原因在于“宋人则望气而知，清人则强以六书皮傅”。章太炎《答马宗霍论古文大篆书》中亦特别强调，宋以来所作彝器释文为无知妄作，无一可信。②

与章太炎对甲骨文、金文一开始就持怀疑态度相比，孙诒让的表现则截然不同。他认为，《礼记·祭统》曾述“孔悝鼎”，这是以金文证经的开始；许慎著《说文解字》，即据郡国山川所出鼎彝铭款以修古文，是以金文说字的开始。

---

① 《章太炎全集》（十三），第1241页。

② 张虹倩：《章太炎政治学术的互文及其对场域规训的体认——基于章太炎对出土文献态度的考察》，《华东师范大学学报（哲学社会科学版）》，2017年第5期。

孙诒让还认为，彝器文字之妙在于“上原仓籀，旁通雅故”，可“博稽精校，为益无方”[①]，在文献考证上具有无与伦比的价值。由于古文已废于秦火，籀文因文字隶变而于汉代缺失，至魏晋时更是少而又少，因此，学者欲窥夏商周三代遗迹，舍金文将无所取。

对于金文的价值，孙诒让重视却并不盲从。像章太炎一样，孙诒让也注意到了金文中的异体字及作伪现象，这让他在利用彝器校勘文字时更加谨慎，而章太炎则走向了虚无和否定。

孙诒让的谨慎，表现在用字书及其他古刻校勘金文的过程中，注意详查铭文的行款、分段、书写格式、押韵等细节。如在解读《齐侯镈钟》时，他就注意到了铭文的分段通读，解读《秦公钟》时考虑到了其中的押韵。[②]

与孙诒让相比，章太炎在这个问题上可以说是固执己见，究其原因，除有郭沫若所总结的章氏过于相信古书之外，固守门户之见、学术视野不够开阔恐怕是更重要的原因。孙诒让多年来一直浸淫于朴学，无心他骛，深厚的学术积累使他一睹古器物及甲骨上的文字便惊为奇迹，而在这一点上，章太炎似乎远不及孙诒让敏感，所以今人蔡尚思认为孙诒让之学术水平非章氏所能匹及，是有一定道理的。[③]光绪二十九年（1903）九月，《铁云藏龟》印行，孙诒让读后，兴奋之至，云“不意衰年睹兹奇迹，爱玩不已，辄穷两月之力校读之”[④]，发凡起例，于次年即写成《契文举例》。与此前《古籀拾遗》《古籀余论》数年成书的情形相较，他的反应相当迅速，也不难看出他对甲骨文学术价值的重视和深刻认识。

孙、章二人在甲骨学、金文学见解上的分歧并没有影响到两人的交往，他们继续坦诚交换意见，共同推动学术的发展。

因仰慕孙诒让之道德学问，光绪三十二年章太炎东渡日本后不久即致书孙诒让，寄新作《新方言》一卷请其教正。是时《新方言》尚非全帙，可以看出

---

① 〔清〕孙诒让：《古籀拾遗・叙》。

② 陈玮仁：《孙诒让的金文学》，第124页。

③ 详见蔡尚思：《中国文化史要论》，湖南人民出版社1979年版。

④ 〔清〕孙诒让：《契文举例・序》，《契文举例》，齐鲁书社1993年版。

章太炎对孙诒让的敬重。孙诒让回信盛赞《新方言》曰："大著略读数条，精审绝伦，容再细读寻绎，或有胜义，当续录奉质。"[①]除寄送《周礼正义》一部作为回礼外，还向章太炎通告了自己治金文大篆及甲骨文的创获，并云"颇愤外文著文明史者谓中国象形文已灭绝"。孙诒让还告诉章太炎，自己已从金文、甲骨文中研获确实可信之十余条铭文，附以金文奇字，作成《名原》七篇，打算写定后寄章氏请教，这引起了章太炎的重视。章氏相信自己敬重的朴学知己不会妄希述造，回信时即询及《名原》之出版日期，"渴望赐阅，若昏夜之待明星"[②]。可惜，孙氏未及接章氏回信就遽然辞世了。

孙、章二人有关甲骨文、金文的讨论，使我们看到他们严谨的治学态度。他们并不因碍于情面而违心附和，这实在是中国甲骨学上值得书写的一页。或许，我们也可像郭沫若那样，做个猜测，以二人之学养，若孙诒让足够长寿，二人必能持续这些相关课题的探讨，章太炎也不至在20多年之后还对甲骨文持怀疑态度。

在古代典章制度方面，章太炎也曾向孙诒让问学。[③]对于孙诒让的著作，章太炎一向极为重视。比如，1914年章太炎被袁世凯软禁于京，就托人捎来家中所藏《周礼正义》《墨子间诂》。

章太炎对孙诒让的学术评价也较为客观。比如，他认为张惠言、孙诒让所治之《墨经》尚属初创，二人治《墨经》时欧洲逻辑学尚未流入，因为不知因明学，专以形学、力学说《墨经》，还算相宜；后来旧籍刊印增多，新译也时时而出，学者应依据新的思想校理《墨经》。

此外，章太炎还纠正了孙诒让著作中的多处校释错误。如《说文解字》中"臑，臂羊矢也"，孙氏认为当作"臂美肉"，章太炎引医书《甲乙经》，云股内近阴处曰"羊矢"。[④]这一看法似乎更符合原意。章太炎对孙诒让学术成就不溢美不隐恶，基于的是二人纯洁深厚的友谊和共同对学术的尊重。

---

① 孙延钊：《孙征君籀庼公年谱》卷三。

② 汤志钧编：《章太炎年谱长编》（上册），第261页。

③ 周立人：《孙诒让与章太炎》。

④ 汤志钧编：《章太炎年谱长编》（上册），第460页。

交流政见。鲁迅曾说过，清末治朴学者人数较多，而章太炎声名远出孙诒让之上的一个重要原因，在于他“提倡种族革命”“趋时和造反”。笔者认为，这其实也是一个世纪以来人们不太把关注的目光投向孙诒让的根本原因。单纯以政治标准来判断学术高下的做法，曾经在学术界非常普遍，但的确浅薄不可取。更何况，孙诒让等人的政治观还大有被重新研究的必要。19、20世纪之交，政治格局纷繁复杂，文化上呈现出多元的特色，探讨当时学人复杂的政治观及其产生的原因，在今天看来仍有不小的启示。

孙诒让受晚清经世致用思想的影响，又身处政治动荡及救亡图存的社会变局中，虽然身为学者，在政治上也必须做出自己的选择。维新变法期间，孙诒让虽已入衰年，但他与意气风发的章太炎遥相呼应，无论在言论还是行动上，都可以称得上是同声相应、同气相求。虽然与康有为、梁启超有古今文经学之争，但孙诒让、章太炎对康、梁的政治观点均表示理解和同情。

光绪二十三年（1897），刚刚结束杭州诂经精舍术学生涯的章太炎即撰文反对康有为对古文经学的诋毁，辑数十事请教同样治古文经学的孙诒让。尽管章、康学术主张有很大差异，念及时局艰险，又都以维新变法为主要目标，章太炎并未将驳斥康有为的文章公开，而是仍与康、梁交往，并且认为“说经之是非，与其行事，固不必同”，认为康有为在变法时“不失为忠于所事”，并对苏舆等诋击维新派的言论加以批判。后来，章太炎又对腐儒对维新派的妄肆讥刺，严加驳议。①

孙诒让与章太炎的做法十分相近。他虽然也不满康、梁的学术主张，但并未放弃对维新派的同情与支持。光绪二十一年十二月康、梁合十八省学子公车上书后，孙诒让即成立“兴儒会”，并撰《略例》二十一条，提出“以尊孔振儒为名，以保华攘夷为实”的主张。②光绪二十四年后，孙诒让对维新的支持日益坚决。是年初，他致书汪康年，盛赞梁启超所撰《学约》“深贯道艺，精备绝伦”③，并表示如当年再有公车上书之事，倘人未到京亦不妨列名，即使上书时

① 汤志钧编：《章太炎年谱长编》，第89页。

② 孙延钊：《孙征君籀庼公年谱》卷五。

③ 《汪康年师友书札》（二），第1474页。

言辞激烈，获当局严诘亦在所不计，完全置所谓礼法约束于不顾。维新失败后，他对康、梁的评价也仍不失中肯，认为康有为七八次上书，洞中中土之症结，实属难能可贵。而对于梁启超，则“甚佩服其《变法通议》之剀切详明，不敢以其主张康学之执拗而薄之”[①]。后得知戊戌六君子被杀，孙诒让慨叹“一旦遭此惨祸，国事其尚可问耶！”[②]与章太炎作《祭维新六贤之文》一诗寄托对当局愤恨的举动如出一辙。当时，章太炎、孙诒让二人联系得非常频繁。凡孙诒让寄章氏书信，为避讳均署“荀羕”。章太炎也说“诒让发言，时有隐痛”。孙诒让这种不欲视满人皇帝为正主的思想，与章太炎于次年（1899）称满洲贵族入主中原为“客帝”的做法，也大同小异。应该说，两人在政治态度上曾非常接近。

不过，与章太炎相比，孙诒让对改良派缺乏深入的认识，因而在政治上稍显幼稚。这一点在对光绪二十六年（1900）唐才常反清举义时表现得十分明显。章太炎的政治观点在戊戌变法失败后不久即从改良转入革命。光绪二十六年七八月间，章太炎参加唐才常在上海发起的“张园集会”，但他对唐提出的行动宗旨十分不满。当时，唐才常一面说“低首腥膻，自甘奴隶”是不可忍受之事，满洲贵族“非我族类，其心必异”，一面又称“君臣之义，如何能废”，这种一面排满，一面勤王的暧昧做法让倾向革命的章太炎大为不满，力言拥戴光绪帝为非，并剪发自誓与唐氏等相绝。[③]至光绪二十九年，章太炎又从历史语言研究的角度对“维新”一词进行考释，阐明历史上没有不经过暴力而能实现革命的先例，认为康有为等宣传的维新，是政治欺骗，实为保皇臣清，[④]这种从理论上对康有为、唐才常等改良主义的批驳，说明他在这个问题上已十分清醒明智。而孙诒让长期受封建正统思想熏陶，虽有不满情绪，但不可能真正去推翻皇帝。在他看来，清朝实在乏善可陈，对现实的不满使他支持改良运动，同情革命，但也仅限于此。他不可能如章太炎那样早早就看清唐才常起义行为的本质与局

① 《汪康年师友书札》（二），第1474页。

② 张棡撰，俞雄选编：《张棡日记》，上海社会科学出版社2003年版，第47页。

③ 汤志钧编：《章太炎年谱长编》，第19页。

④ 汤志钧编：《章太炎年谱长编》，第168页。

限，因而在唐领导的自立军失败后也只是一味感伤，做《浏阳二子（谭嗣同、唐才常）歌》表示哀悼同情。所以尽管孙诒让晚年能为救秋瑾两次请座师张之洞帮忙，因支持“新山歌案”主角革命党人陈耐辛与地方政府发生冲突，但他在思想意识上始终未能超越改良的范畴。

光绪二十七年（1901），清廷下诏求变，孙诒让应友人之请，杜门十余日而成《变法条议》，即后来的《周礼政要》。该书集孙诒让晚年政治思想之大成，提出“废跪拜”“除忌讳”“革宫监”“裁冗官”“革吏役”和“伸民权”的要求，表现出对西方君主立宪制的渴望。只是他提出的“伸民权”主张，仍没有离开尊崇明君贤主的意思。“博议”中提出的“设议院”主张，也不过“博采群议而祛专己”，仅把议院作为皇帝的一个咨询机构，表现出他改良思想的局限性。梁启超讥其“以西学缘附中学，名为开新，实则守旧”，也不是没有道理的。孙诒让在戊戌变法前后曾致信汪康年，认为清朝应改革，但似乎没有好药方，“窃谓以今日时局论之，其不可不自强，与自强之无它奇策，毫无疑义”①。盛宣怀等买办官僚受读《变法条议》而不敢上，也侧面反映出孙诒让的政治思想有一定进步性。但与章太炎直讥光绪为“载湉小丑”并撰《驳康有为论革命书》直接向统治当局挑战的激进表现相比，一向受封建正统思想束缚的孙诒让相对显得保守和不那么入时。

如果说章太炎是革命派摇旗呐喊的闯将，那么晚年的孙诒让更像是一位稳妥持重且务实的地方士绅。与章太炎等人相比，他的理想是以夏变夷。孙诒让目睹晚清的腐败统治，已开始接受西方的先进技术与思想，但在意识深处并不愿完全认同西方那一套政治制度，在文化观念上也存在惰性，所以其行为上便多有矛盾之处。

在太平天国的问题上，孙诒让与章太炎看法也很不相同。章太炎在《訄书》手校本中指出，“咸丰之季，汉帝已立，重以外寇，孤清之命，阽阽如垒九丸”，将太平天国起义视为重新为汉人夺取天下的义举，对此持赞赏态度。②光绪三十

① 《汪康年师友书札》（二），第1472页。

② 汤志钧编：《章太炎年谱长编》，第114页。

二年（1906），章太炎又批评官修史书中有关太平天国的部分材料不够翔实，且其中多有攻击之语，认为黄世仲所作《洪秀全演义》“足以发潜德之幽光”。章太炎对太平军事迹的赞美，目的是激起人们反清之斗志，“洪王休矣，亦思复有洪王作也”，为资产阶级革命作舆论准备。

与章太炎不同，孙诒让反对太平天国革命，这也是一直以来人们对他的政治态度颇有微词的根源所在。他称太平天国之起义为“寇乱”，为“匪”，但若简单地以落后反动来归纳他也不够全面。主要原因有三：

首先，出身和经历决定了孙诒让的立场。孙诒让长兄孙诒谷在与太平军交战时身亡，死时年仅25岁。孙诒让本人与家人又曾亲见太平天国起义对家乡的影响，“值浙东西沦陷，乡里墟烬，诒让甫成童，辗转兵乱间，仅以获全，故于东南军事，闻见颇悉”[①]。其实，即使不曾目睹这场战乱给江浙造成的巨大破坏，他也不会站在起义军一方。这是因为，孙诒让的父亲孙衣言曾帮助曾国藩在安庆镇压太平军，叔父孙锵鸣曾在桂林被太平军包围，“几濒于危”，回来后奉命治团练于乡，以保证不受太平军“侵扰”。以上种种，都不可能使孙诒让站到太平天国一边。

其次，太平天国的确在文化上造成了某些破坏。太平天国起义中，东南各省府旧文献大多被毁，以至在天平军被镇压后，市面上几乎买不到书，社会上无书可读。因太平天国时书版损毁严重，竟造成有清一代康、雍、乾、嘉四朝刻书不难得而道、咸两朝书稿难觅这一版本学上的奇怪现象。[②]当时，扬州文汇阁、镇江文宗阁所藏《四库全书》全被焚毁。文澜阁被推倒，《四库全书》流入肆市，百姓用来包装物品，幸丁申、丁丙兄弟抢救，未遭全毁。出身于诗礼之家，一生嗜藏古书，10岁时即以浏览明刻《汉魏丛书》为乐的孙诒让，对太平天国造成的这一场“书厄”，心存不满是理所当然的。直至今天，凡读书人都不能不对这一文化史上的灾难深感遗憾。

再次，孙诒让反对太平天国更为深刻的原因还在于东西方文化上的差异。

① 〔清〕孙诒让：《籀庼述林》卷五《咸丰以来将帅别传叙》。

② 杜泽逊：《文献学概要》，中华书局2001年版，第82页。

太平天国“拜上帝教”深受基督教影响，宣扬上帝面前人人平等，大家都是兄弟姐妹，这与以伦理纲常为核心的正统文化水火不容。这种西化的平等思想在受儒家思想影响至深的人们看来，乃大清开辟以来名教之奇变，欲将中国数千年之礼义人伦、诗书典则扫荡殆尽，“凡读书识字者，又乌可袖手安坐，不思一为之所也？”[①]相比起来，孙诒让则要开明得多，这从他对维新志士和革命派的同情与支持上可以看出来。但即使这样，他也始终也未能完全摆脱儒家等级思想的束缚，诗句“午贯枯榆战教宗，漫天飞膽苦连峰”，就反映出他对西方基督教思想的排斥。太平军利用基督教文化来推翻清朝，与孙诒让等晚清士人“西学中源”的文化取向相悖，这也是他们极力反对太平天国的重要原因。

综上所述，孙诒让、章太炎虽出身不同，但在政治思想上总体还是较为趋同的。究其原因，与治古文经学、科场蹉跎、关心时局等经历有较大的关系。

孙诒让很小的时候，父亲曾授以诗史，但他志在治经。其父曾劝他：“孺子徒自苦，经师戴圣、马融，不阻群盗，为奸劫则贼，善人宁治史志，足以经世致远。”孙诒让不改其志，认为“先汉诸黎献，夙义嚼然，经训之以徒举一二人僻邪者，史官如沈约、许敬宗可尽师耶？”见他治经志向坚定，孙衣言于是授以《周礼》。和孙诒让少耽雅诂相类似，章太炎在18岁时闻说经门径于堂兄章篯。在读顾炎武《音学五书》，郝懿行《尔雅义疏》之后，他“一意治经，文必法古”[②]。章太炎又从俞樾学，于诂经精舍苦读7年，深得古文经学奥秘。孙、章二人均于古文经学兴趣浓厚，这也是他们发展友谊的基础。由于一生重视治学，在学术方向上与康有为不一致，所以都在戊戌变法前对后者只有一定限度的认同。到后来，章太炎与康有为仳离并对其进行批判，而孙诒让则是先与康有为保持距离，后力图将康学与新学分离。章太炎对孙诒让治古文经学介以为重，请孙诒让出面劝说同样治古文经学但已依附端方的刘师培回到革命阵营，并且打算让汪东拜孙诒让为师。所以说，孙、章二人的接近，很大程度上是由于学术方向的一致。

---

① 《曾国藩全集·诗文》，岳麓书社1986年版，第232页。

② 汤志钧编：《章太炎年谱长编》，第9页。

孙诒让、章太炎二人的科举之路都极为坎坷。前者八试礼闱不第，后因山西赈灾而捐得一刑部主事，旋即辞官不做，为此孙诒让曾自叹："八上春官听不第，一生低首拜王卢。"愈到晚年，孙诒让对晚清政治腐败的认识愈清楚。孙诒让发现，清廷之言变法，"虽已见谕旨，而举办仍未见踊跃，中国通患如是，真不疗之痼疾也"[①]。他虽出身于缙绅士大夫之家，但晚清时局及个人的科举经历使其不满现状，易于接受改良思想，同情革命志士。他对章太炎等人的反清言辞及行动，并不以为然，而是"虽几及祸而怀保善类自若"。当章太炎因戊戌变法事被牵连为清廷追杀之际，曾托友人宋恕云欲拜在孙诒让门下，孙则坦然曰："吾虽无长德，中正之官取决于胆，犹胜诸荐绅怯懦畏事者，自有馆舍可止宿也。"[②]章太炎的科举之路也相当不顺。16岁赴县试时以癫痫发作而终场，从此之后，不问科场事，专心致力于学问。章太炎出身破落地主家庭，曾目睹穷苦百姓"窘于耕获，米一石则至万钱"的惨痛生活，这对他民主平等思想的孕育，起了很大的作用。

尽管孙诒让与章太炎来自不同的社会阶层，但在甲午战争后的一段时间里，面对国家存亡之危机政治思想势必与社会变革、救亡图存结合在一起。正如梁启超所说："唤起吾国四千年之大梦，实甲午一役始也。"[③]"甲午丧师，举国震动，年少气盛之士，疾首扼腕言'维新变法'"[④]，民族危机的加深，忧患意识和爱国主义精神的感召，使得知识分子在一定程度上认同西学、学习西学，并试图以之作为变革社会、振兴国家的一剂良药。但中国近代社会的局限，资本主义经济发展的微弱，又使得他们缺乏完全摆脱封建士大夫传统思想和习气的土壤，无法完成从士大夫向资产阶级知识分子的彻底转变。实际上，他们一直徘徊在新与旧之间。拿孙诒让来说，他对改良有限度地支持，对革命有限度地同情，就是因为这一点。而即便激进如章太炎，曾积极参与到推翻清政府的运动中，推动了历史的前进，一旦变革发生挫折，现实与理想产生背离之后，他

① 张宪文辑：《孙诒让遗文辑存》，第181页。

② 《清代碑传全集》（下），第1502页。

③ 梁启超：《戊戌政变记》，中华书局1954年版，第133页。

④ 梁启超：《清代学术概论》，第97页。

们便退缩、消沉、颓丧，从对传统的批评又转回到对传统的眷恋。章太炎等人晚年思想的倒退，也正反映了这一点。尽管从表面上看，孙诒让是保守的维新改良派，章太炎是激进的资产阶级革命派，但二人在文化选择上都最终未能超越传统文化对他们的束缚。

从前面我们所胪举的交游对象不难看出，孙诒让交游具有以下几个比较明显的特色：

交游范围广。孙诒让的交游对象，涉及的范围很广。其中既有温州士绅和乡贤，如修《东瓯金石志》的永嘉县教谕戴咸弼，两人共同切磋金石学，得地利之厚，而姻亲周珑、周璪兄弟，也常与孙诒让一起外出搜访古石及碑刻，提供了实实在在的帮助，还有对孙诒让晚年兴学有襄助之功的项申甫、洪锦藻等人。

此外，还有各界学者。这其中有与孙诒让同年中举的谭献、王棻，也有与孙衣言辈分相同的著名学者俞樾等。据宋恕称，仅在金陵侍父期间，与孙诒让结交的就有几十人。宋恕虽未免有夸大的成分，但孙诒让交游之广已可从其表述中略窥一二。

此外，孙诒让还与朝廷重臣如张之洞、端方、瞿鸿禨、陈宝箴、潘祖荫等有交往。

另外，孙诒让与维新派思想家梁启超、革命党人章太炎、陈乃新、冯豹的关系也十分密切。

孙诒让治学的特点是有容乃大，不守门户之见，这与其交游广泛、能接纳各种学术思想不无关系。同时，与当时新旧两派政治人物均有来往，也是他政治思想比较丰富复杂的一个重要原因。

交往对象以江南知识分子为主。清代学者重视朴学，奉考据小学等为学术正统，以地域论，朴学的中心在江浙一带，梁启超曾有“一代学术几为江浙皖三省所独占”之说。[1]孙诒让身为浙江籍学人，早年侍父游历的活动区域主要在江浙皖三省境内，后定居故乡浙江瑞安，与江淮名士相熟。据笔者统计，其交往学者大多为江浙人，如潘祖荫、费念慈、黄绍箕、章太炎、俞樾等，只有少

---

① 梁启超：《近代学风之地理分布》，《饮冰室合集》（九），中华书局1989年版。

数封疆大吏张之洞、端方来自其他地域。新派政治人物康有为、梁启超来自两广地区。

孙诒让交游对象的这一特点，使他在学问上具有江南知识分子稳妥持重的特色，更为欣赏乾嘉学派的治学方法；另一方面也使他在政治观点上对激进的思想比较反感，如他对康有为就颇有微词，不喜欢做惊人之语，而愿意用开办学校等实际行动改革社会现状。

治学为本。孙诒让交游面很广，但他除晚年兴实业、办教育时借重一二地方大吏影响外，多数时候视学问为经国之大业、不朽之盛事，为经世致用的绝佳手段，并终生致力于此。这就使得他不仅在与学者来往时交流治学心得，与其他政治人物交游时也会不自然地提到藏书、版本、校勘等事宜。

前面我们提到，与孙诒让交游的学者群体主要有两类，一类侧重经子校勘，包括俞樾、刘恭冕、刘寿曾、王棻、谭献等人；另一类则以治金石文字为爱好，包括潘祖荫、黄绍箕、莫友芝、戴望、费念慈等人。这两类群体又有交叉，如黄绍箕、戴望也经常与孙氏一起谈论古籍校勘、文献收藏等事。

像张之洞、梁启超、章太炎等当时极为耀眼的政治人物，孙诒让不只是与他们谈论时局，还常与他们一起论学。张之洞赏识孙诒让的一个重要原因就是他经学小学俱用功。至于梁启超，23岁时曾得到孙诒让寄赠的《墨子间诂》，遂引起“治墨学及读周秦诸子之兴味”[①]。后来，梁氏所著《墨子学案》，以《鲁问》以下所举十篇为墨学纲领，就是受了孙诒让的启发。在与章太炎的交往中，孙诒让除了与其交流对时局的看法，还托其代访日本中土古籍。在给章氏信中，孙云“搏桑古籍间出，近见岛田氏所刊皇侃《丧服小记疏》，信为奇册，此外倘有所得，敬祈惠示其目。《佚存》《古佚》及《访古志》所著录者，则多已见之矣”[②]。无论与何人来往，孙诒让时时不忘学问之事，也正是因为他的执着、锲而不舍，才会取得后人所称赞的“使清学有光”的学术成就。

---

① 梁启超：《中国近三百年学术史》，东方出版社1996年版，第284页。

② 孙延钊：《孙征君籀庼公年谱》卷七。

第四章　与时俱进

回顾孙诒让的一生，“两耳不闻窗外事，一心只读圣贤书”绝不是他整个人生的唯一理想。1885年，孙诒让37岁，他开始阅读魏源的《海国图志》，并详细地做了笔记和校注。从此时开始直到晚年，孙诒让广泛订阅有关时政的报刊书籍，这一习惯坚持了20多年。如果说孙诒让早年对时政的关心表现为对传统学术的执着的话，在40岁以后，此举则表现为对性情相投的维新人物、革命党人的实实在在的支持，他不仅撰写自己的政治见解成《变法条议》四十篇（即后来的《周礼正要》），还热心于教育救国、兴办实业。

如前所述，广泛的交游开阔了孙诒让的学术视野，也使他的政治观发生了一定的变化。但说到底，我们无法离开晚清社会大背景去评价孙诒让和他的朋友，因为他们中任何一个都难以避免受到当时社会思潮的影响。拿孙诒让来说，他由一个受正统思想影响多年的旧知识分子成长为支持维新、同情革命的进步士绅，其间既有朋友至交的影响，也有晚清政治思潮如经世思潮、洋务思潮、维新思潮的裹挟和推动。

晚清思潮

孙诒让曾自称，“中年以后，悕念时艰，始稍涉论治之书，虽禀资阘弱，不足以窥其精妙，而每窥时贤精论，即复钦喜玩绎，冀以自药顽钝”[①]。在多年潜心治经之余，孙诒让终于发现，通经致用在晚清有很大的局限性，于是，之前出现的不少救时振弊的政论著作引起了他的注意，“其尝涉览者，如安吴包氏（世臣）、邵阳魏氏（源）、善化孙氏（家鼐）、吴县冯氏（桂芬）诸家之书，其尤卓者也”[②]。在这些先贤中，魏源被人视为晚清经世思潮的代表，冯桂芬则被尊为洋务思潮的先锋。

不仅是这些论治著作，同时代思想家的论述，只要足补时弊的，孙诒让都一一研读，从中汲取对自己有用的成分。比如维新派思想家如汤寿潜的《危言》、谭嗣同的《仁学》、梁启超的《变法通议》等，甚至革命党人章太炎的《訄书》等，孙诒让不仅通读，而且还做了大量的笔记和题跋。[③]

在很短的时间里同时接受各派的思想，难免会有“消化”上的困难。再说，孙诒让毕竟只是一个饱读经书的书生，要他转眼之间便指出他人救世主张的优劣长短，做出恰如其分的评价绝非易事。因此，到后来，他认为自己所处时代的论治之作，贤者是“其论或流于虚矫偏宕，不必尽适于用”，而庸者亦“乘隙而间出，纷然淆乱，不可理董”[④]，表现出无所适从的心态。不过，孙诒让身上也集中体现了几种思潮共同作用的迹象：既欲像洋务派那样办实业、兴教育，又欲跟上社会维新改良的潮流，还打算实现承永嘉学派和清初实学而来的“经世致用”理想。所以，中年以后的孙诒让，政治思想呈现出多元化的特点。

早在乾嘉之际，清王朝就已经走上衰败的道路，社会危机四伏，矛盾重重，思想领域万马齐喑，毫无生气。多数士人或醉心科举，沉湎制艺，或兼商兼吏，钻营奔竞，于国计民生渺不相涉。一些有识之士不甘沉沦，开始提倡经世致用思想以挽救社会衰颓。到嘉庆道光年间，经世致用思想已经吸引了不少人的注意。道光六年（1826），由贺长龄、魏源编辑的《皇朝经世文编》刊刻行世，它不仅集中反映了晚清经世致用思想，而且使其影响进一步扩大。到鸦片战争前

① 〔清〕孙诒让：《籀庼述林》卷五《沈儷崑富强刍议叙》。

② 〔清〕孙诒让：《籀庼述林》卷五《沈儷崑富强刍议叙》。

③ 孙延钊：《孙征君籀庼公年谱》卷四至卷六。

④ 〔清〕孙诒让：《籀庼述林》卷五《沈儷崑富强刍议叙》。

后，积极倡导经世致用思想的人物，除了贺长龄、魏源外，还有陶澍、林则徐、龚自珍、包世臣等，被人称为地主阶级经世派。至此，经世致用思想演变成为一种颇具影响力的社会思潮。[1]

其实，这一思潮与清初之实学思想是一脉相承的。只不过，前者是对明代空疏学风的否定，而后者则是对乾嘉考据学派较少过问政治的一种反正。两者都是要深究古今治乱得失，通家国天下治安之计，以“济世利民”。不同的是，晚清经世思潮还强调以社会改良的方式“补天”，以求挽救和维护清王朝的统治。

经世派的著述很多，涉及内容广泛，不过归纳起来，不外乎两方面的内容：一是抨击时弊，二是倡导社会改革。经世派以忧国忧民之情，对清王朝统治下的社会积弊进行了尖锐的批评，在他们笔下描绘出一副吏治败坏、经济凋零、军备废弛、道德沦丧的真实情景，对病入膏肓的皇朝末世予以揭露，如龚自珍就指出：“左无才相，右无才史，阃无才将，庠序无才士，陇无才民，廛无才工，衢无才商。”[2]人才枯竭之至，是当时社会衰败的主要症候。

经世派不仅大胆抨击时弊，还积极探讨解决社会积弊使国家振衰起弱的方法和途径。他们根据“变易”观念，提出通过“变法”来达到兴利除弊的目的，曰：“一祖之法无不弊，千夫之议无不靡，与其赠来者以劲改革，孰若自改革？”[3]魏源则强调，“变古愈尽，便民愈甚”[4]，提倡一系列实政、实学，企求经世济民的实际效果。

鸦片战争以后，经世致用思想一直延续，一些学者仿贺长龄、魏源所编《皇朝经世文编》的体例，陆续编辑出版了《经世文续编》《三编》《四编》《五编》《新编》《新续编》等，对鸦片战争时期经世派的主张作了大量的补充。这一时期，随着中国近代思想领域中新思潮、新观念的不断出现，经世派中的一部分人开始向西方寻求救国之道，为传统的经世致用思想注入了新的时代精神。

---

① 龚书铎：《中国近代文化概论》，中华书局1997年版，第85页。

② 《龚自珍全集》，上海古籍出版社1999年版，第6页。

③ 《龚自珍全集》，第6页。

④ 《魏源集》（上），中华书局1976年版，第48页。

比如，林则徐就摆脱了封建士大夫盲目虚骄的心理，为了解“夷情”，“日日使人刺探夷事，翻译夷书，又购其新闻纸”，力倡探求域外新知，开学习西方的风气之先。而魏源最早提出和论证了“师夷长技以制夷”的思想，对当时及后来的思想界产生了积极的影响。

以“求变”“务实”为特征的经世致用思潮是一种具有进步意义的地主阶级改革思潮，对中国近代思想文化发展和士林风气产生了深远的影响。经世派对社会时弊的揭露抨击，暴露了封建制度固有的内在矛盾，对处于封建专制主义禁锢下的人们来说，具有启迪思想的作用。经世派的改革思想虽然是“补天”性质的社会改良，却启动了近代中国社会变革的机杼。“师夷制夷”思想的提出，不仅使西学传入中国有了中介和桥梁，而且扩大了士人的眼界和求知领域，受考据学影响而形成的崇古好古的士林风气开始被打破，追求西学、追求新知识的新学风在士人中兴起。

孙诒让熟读晚清经世致用思潮代表人物的作品，如徐继畬的《瀛环志略》、魏源的《海国图志》，且留下了大量批注、笺记、叙跋，这些书使他大开眼界，在思想上也产生了深刻共鸣。比如读过《瀛环志略》后，他作了17处笺记；而读《海国图志》，则朱墨笔迹凡一百三十余处[①]，显然，魏源“师夷长技以制夷”的思想，对他震动很大。

洋务思潮与维新思潮是在经世致用思潮的基础上衍生而来的。洋务思潮以冯桂芬咸丰十一年（1861）所著的《校邠庐抗议》为滥觞，他吸取道光以来经世派抨击时政、主张变革和学习西方的思想，结合现实存在的尖锐问题，从自己的见识出发，加以议论。与以往著作相比，该书提出的改革主张更加系统全面，并明确地概括出了改革的原则，即所谓“以中国之伦常名教为原本，辅以诸国富强之术”，这也是洋务派鼓吹的“中学为体，西学为用”的开端。

孙诒让曾于光绪十二年（1886）、光绪十九年两次校读《校邠庐抗议》，并题其后曰：“所论与余同者，大致十得七八。今续购新印本读之，再就最近时事

① 孙延钊：《孙征君籀庼公年谱》卷四至卷六。

见闻所及……以申余之前说。”[①]可见，他对冯桂芬抨击时弊、改革现状及学习外国等主张可以说是“于心有戚戚焉”。而由冯桂芬观点而逐渐衍化出的“中学为体，西学为用”说，被张之洞说成是“中学为内学，西学为外学，中学治身心，西学应世事”，对此，孙诒让据《周礼》，解释为西学本就源于中国。应该说，孙诒让“西学中源”观点的源头之一，就是冯桂芬的《校邠庐抗议》。关于孙诒让在学习西方时所持西源于中、中体西用的文化保守主义立场，我们还将在以下章节中继续讨论。

不少学者认为，孙诒让于光绪二十一年（1895）后参与办学校、兴实业等事务是受了维新思潮的影响，笔者却认为，经世思潮和洋务思潮也对他产生了很大的影响。

传统所说的洋务运动，开始于19世纪60年代，以光绪二十一年中日甲午海战的失败而告终。而到了光绪二十七年，孙诒让仍旧认为，经世派、洋务派的代表性著作如“魏、冯之书恢奇宏深，善言外交，多采摭西政之善，欲以更张今法；包、孙则精治内政，于河漕盐诸大端，校核致详；而包氏又推本于农桑，不为过高之论。四家指趣不尽同，而要多精实，可见诸实行”[②]。从这段文字可以看出，孙诒让对经世派、洋务派学习外国、更张今法等主张十分赞同，而尤为引起他注意的是经世派代表人物包世臣“推本于农桑，不为过高之论”的务实态度。孙诒让一直赞成以务实的态度从事维新的工作。光绪二十二年以后，他关注农桑，赞成开矿，保护路权，振兴浙江教育，往往事必躬亲，与包世臣的不为过高之论的做法极为合拍。光绪二十七年，距包世臣去世已近半个世纪，孙诒让还对他如此推崇，可见他对孙氏的影响何等深刻。尽管大多数人认为孙诒让是晚年受了维新思想的影响才兴乡闾之利，结合孙诒让的思想实际，我们认为经世思潮所占的成分也很大。

由于时代和阶级的局限，早期维新思想的代表人物薛福成、郑观应虽与洋务派有分歧，但在政治上仍与洋务派保持密切的联系。以孙诒让为例，他与经

① 孙延钊：《孙征君籀庼公年谱》卷四。

② 〔清〕孙诒让：《籀庼述林》卷五《沈俪崑富强刍议叙》。

办洋务的张之洞师生情谊甚笃，又长期接受封建正统教育，这就使得其在政治上不可能如后来的资产阶级革命派思想家那样对封建专制主义进行猛烈的抨击。他可能会因激于时势而“虽获严诘而不计”，但也只能提出“非做痛哭流涕之呼号不可”的主张，仅能表现出一个被激怒了的臣民的行为，虽厌恶现行政治，却并未全忘君臣之大礼。

维新思潮的代表人物如康有为、梁启超、谭嗣同等人具有一定的政治改革意识，也提出了仿照西方君民共主政体来改造中国君主专制的政治主张。这表明，维新思想家摆脱了洋务思潮的窠臼，其思想带有进步因素。孙诒让赞同康、梁的政治主张，但与康、梁等相比，加之地域文化差异等因素，他的维新思想表现得相对温和。他反对康有为喜为过高之论的做法，认为魏源、冯桂芬、包世臣都在提倡新学，不该将功劳都归到康有为头上。这说明，孙诒让绝非仅受维新思想的影响，晚清洋务思潮、经世思潮对他也有很大影响。

政治抱负

一、开明绅士

对于孙诒让的政治观，不少人认为他的保守性要大于进步性，那么是否可以这样看呢？

首先，《周礼政要》中的“更法”内容，毫无疑问是受到了康有为、梁启超的影响。甚至可以说，基本没有越出康有为“新政”建议的范畴。孙诒让在《周礼政要》序中也说：“中国变法之议，权舆于甲午，而极盛于戊戌，盖诡变而中阻，政法未更。”[①]可以看出孙诒让对戊戌维新变法运动的肯定。而康有为的新政建议，是在甲午战争后中华民族危机严重，民族资本主义获得初步发展的情况下提出的。孙诒让提出更法建议的时间比康有为晚了6年，当时义和团运动在全国风起云涌，八国联军入侵，清朝政府已难以应付当时的统治危机。尽管如此，我们不能据此就说孙诒让的变法建议仅是为了适应旧的统治秩序，

① 〔清〕孙诒让：《周礼政要·叙》，清光绪二十八年瑞安普通学堂刻本。

是他迷恋往古的一种表现，毕竟他始终关注中国贫弱羸败的现状，变革现实的思想在他心里酝酿已久。

早在光绪十一年（1885），孙诒让就阅读了魏源的《海国图志》。除两次校冯桂芬《校邠庐抗议》外，他还指出洋务派思想家薛福成出使英、法、比、意四国后写的《兴办铁路疏》"最为当今重大而切要之新政"[①]。光绪二十年，他阅平阳黄庆澄随清廷大员出访日本后写的《东游日记》，深羡日本"邦域虽褊小，然能更其政法以自振立"，足以"谘其政俗得失，以上裨国家安攘之略"[②]。光绪二十七年，为沈俪崑《富强刍议》撰序，认为该书"博稽五洲各国盛衰强弱之源……祈新旧之衷，平实精确，非章句小儒所能窥也"[③]。正是由于关心民族危亡，渴求新知识，孙诒让才能一直跟上时代的潮流而不致落伍。他校读这些宣传变法的作品时间均在戊戌前后，所作表明心迹之序跋也在同一时期。按照宋恕的说法，孙诒让"于国内名宦中倾慕西法最早，光绪初年即已提倡欧洲学说于乡里"[④]，具体时间虽不甚确切，但应该说清末士大夫中像他这样关心了解国内外大事，且很早就从阅读大量新书中获得新知识的士绅，为数并不多。

孙诒让不仅关注晚清进步思想家的主张，在戊戌变法失败后康有为、梁启超遭全国通缉之际还"深佩他们洞中中土之症结"，足见其对维新思想和新学的推重。所以，如果只关注孙诒让撰《变法通议》的时间是在"变法上谕"颁布后的光绪二十七年，便认定他只是应清政府假立宪的要求而有所动作，进而忽略了他思想发展的清晰脉络，便是一种不尊重历史事实的做法了。

孙诒让是古文经学大师，撰《周礼正义》除了为学术，也有"行见隆平盛周"的政治目的；而撰《周礼政要》则是欲探索"泰东西诸国所以致富强之由"，这并不符合他一贯的治学风格，而纯粹是为了救亡图存的政治目的。孙诒让认为，中西新政不应"画区域以自隘"[⑤]，而应向西方学习，学习的目标则是

---

① 孙延钊：《孙征君籀庼公年谱》卷三。

② 孙延钊撰，徐和雍、周立人整理：《父子年谱》，第253页。

③〔清〕孙诒让：《籀庼述林》卷五《沈俪崑富强刍议叙》。

④ 孙延钊：《孙征君籀庼公年谱》卷十一。

⑤〔清〕孙诒让：《周礼政要·叙》。

实现《周礼》中所描画的蓝图，因为该书闳章缛典、并苞远古，乃古今政教之典范，稽古论治之资。如果说孙诒让撰《周礼正义》是为了尊古的话，那么在《周礼政要》中，孙诒让以西学比附周制、“通古于今，汇外于中，以一尊而容异”的做法，则是为了求新。不过，该书实际上反映了孙诒让在学习西方时秉持的“西学中源”思想。

“西学中源”思想由来已久。早在19世纪60年代，随着近代企业的兴办和西方科技知识的引进，西学不仅在中国根植，而且传播益广，影响益深。相应地，“西学中源”说也得到充分的阐发和传诵。一时间，无论洋务派，还是早期维新派；无论开明者，还是守旧者，都把它看成理解和论述中西文化关系的理论依据。“中体西用”思想的发起者冯桂芬曾指出：“中华扶舆灵秀，磅礴而郁积，巢、燧、羲、轩数神圣，前民利民所创始。诸夷晚出，何尝不窃我绪余。”甲午战争之后，随着资产阶级启蒙思想的兴起，传统的“夷夏之辨”观念受到了猛烈冲击，近代文化意识逐渐形成，一些有识之士开始对“西学中源”加以反思，承认中西文化各有源头，并非独出自中国。唐才常曾云：“泰西之学，胥源希腊；希腊盛时，与埃及、波斯、印度等国，互相观靡。”①然而，由于传统观念的历史惯性，“西学中源”说仍被不少人所称道，至20世纪初，它成为十分流行的文化观念，其中康有为《孔子改制》、孙诒让《周礼政要》、刘师培《中国民约精义》等著述，就是代表了“西学中源”说或类似的观点。

作为晚清“西学中源”思想的代表人物之一，孙诒让曾明确指出：

> 中国开化四千年，而文明之盛莫尚于周。故《周礼》一经，政法之精详，与今泰东西诸国所以致富强者，若合符契。然则华盛顿、拿破仑、卢梭、斯密亚丹之伦所经营而讲贯，今人所指为西政之最新者，吾二千年之旧政已发其端。②

① 《唐才常集》，中华书局1980年版，第32页。

② 〔清〕孙诒让：《周礼政要·叙》。

他认为，只有学习西政，才符合“圣人之道”，才合乎《周礼》的精神。简言之，便是“远法成周，近采西制”。

孙诒让“远法成周，近采西制”的主张，表明他对“西学中源”说的局限性有了一定的认识，从而提出中西文化相合说以修正。他承认中西文化各有源头，西方文化并非源于中国；但认为近代西方社会的种种制度、文化，中国古已有之，仅把中西文化作简单的比附，在思想方法上仍然没有摆脱“西学中源”说之窠臼。所以，梁启超将孙氏的《周礼政要》讥为“以西学缘附中学，名为开新，实则守旧”[①]，确实有一定道理。

同时，我们也应看到，他的这种局限，是时代使然，而非是一人之失。毕竟在变更成法、学习西方时如何突破文化层面上的藩篱，亦是近代史上一大批思想家感到困惑的问题。

梁启超曾经提出，在近代史上，中国人先是在器物上认识到自己的不足，接着又在制度和文化上认识到自己的不足。[②]中国的器物和制度不如西方，已是大部分改革派的共识，应向西方学习，也是人们共识。而到了文化层面的变革，向谁学习就出现了分歧。一些人主张应向西方学习，这就是西化派；一些人主张应从传统中寻找走向未来的资源，这就是文化保守主义者。如此，中国的近代化道路就出现了两种选择、双轨并存的现象。一种是从器物层、制度层到文化层，主要都以西方国家为榜样；一种是器物层、制度层主要向西方学习，而文化层则重在汲取传统中的菁华。这两种道路，是接受外来文化的主要范式，只要是在有外来文化参照的和处于变革的时代，都会存在。而一个国家的实际发展历程，往往是两种道路共同演进的最后结果。文化保守主义者和西化派各有弱点和长处，在不同层面对社会做出了不同的建树，在时代坐标轴上都有一席之地。[③]

孙诒让主张学习西方的先进科技。他甚至在55岁时还向瑞安普通学堂西文教习蔡某学习英文，后因事繁及体力不支，历时三个月而罢。每每谈到身边的

---

① 朱芳圃编：《清孙仲容先生诒让年谱》，第81页。

② 梁启超：《五十年中国进化概论》，《饮冰室合集》（三十九）。

③ 廖梅：《汪康年：从民权论到文化保守主义》，第405页。

实业、教育，孙诒让总以西方的办法为圭臬。为丰富新学、西学知识，他先后购进中外新学书籍2643册，各种刊物1400多册，还萌生了到西欧各国游历的想法，后因事务缠身、经费短缺而没能成行。

由于多年浸淫朴学，他在学习西方时很难摆脱自己的思想方法与惯性。孙诒让对华夏文化的衰落非常痛心，耶稣教传入中国尤其使他担忧，其自题《变法条议》诗句“午贯姑榆战教宗，漫天飞旝苦连烽”。就是这一思想的心声。他还故作乐观地说：“杀机金火终当尽，要看潜霆起蛰龙”，并曰“火器之烈，于今已极，揆之天时人事，必有废绌之日，其在电学发微，黄种将兴之际乎？”[①] 推测有一天火器定会被废绌，那时中国就能振兴强大了。这首诗的主旨与《周礼政要》的思想十分接近，这种自信不是建立在科学的基础上，而是一种文化选择的惯性。所以说，孙诒让虽不排斥西方的科技，可是在内心深处，他更愿意保留中国古代的文化传统。

孙诒让的中西文化相合说对于打破中西文化对立，认同西学，融会中西，以及启迪人们去反思传统文化，发掘古学，有一定的积极意义。但他的尚周思想从根本上否定人类文化起源的多元性，从“天朝大国”的观念出发，带有以自我为中心的虚骄自大的因素。严复曾批评说，这种认为西人“实窃我中国古圣之绪余”的见解“令人呕哕”。[②]鲁迅也指出：“震旦死抱国粹之士，作此说者最多，一若今之学术艺文，皆我数千载前所已具”[③]，“每至不惜于自欺如是”。可即便清醒如严复，包括章太炎、康有为，这些宣传新思想的著名人士，也都在大力褒扬西方政治文化、激烈批评过中国文化的负面作用后，又重新回到尊重传统文化的轨道上来，这又一次验证了前面所讲的文化双轨的道理。与严复等相比，孙诒让对西方的了解比较有限，又长期从事古文经学的校勘训释，作为朴学殿军，他以尊重中国传统文化的方式来学习西方并不是偶然的，也不能一味说他是盲目的，因其有着自身的学术理路和政治思考。

---

① 孙延钊撰，徐和雍、周立人整理：《父子年谱》，第297页。

② 《严复集》（第一册），中华书局1986年版，第3页，第52页。

③ 王士菁：《鲁迅早期五篇论文注译》，天津人民出版社1978年版，第58页。

二、维新实践

自道光二十年（1840）起，经过半个世纪的探索，维新终成为戊戌前后国内知识界的主流思潮。孙诒让及其所代表的士大夫群体，与康有为、梁启超等维新派思想家在变更成法，改革秕政方面的立场变得越来越接近。尤其是甲午中日海战后，孙诒让有感于“时局多艰”，“此后恐无复仰屋著书之日”[①]，在读康有为《强学书局章程》后，他涕零不已，深以为其切中时弊，足以救国。不久，即写成《兴儒会略例》，曰：“睹此危局，觍然人面，不愿坐视夷灭，窃冀有魁杰之士，勃然奋兴”，并主张“大旨合全国各行省四万万人为一体，以广甄人才，厚植群力……共策国势之兴复”。而且，他在戊戌变法后仍对维新派抱有好感。作为其政治主张之集中体现的《周礼政要》，虽然反映了孙诒让思想保守的一面，但其中许多具体改革措施，如兴制造、保利权，兴教育、建学堂、设议院等却不无借鉴意义，与康、梁的维新主张也并无二致。这些都说明，孙诒让虽在理论建树上无法与康、梁等人相比，但将他定位为维新运动的坚定支持者并不为过。

孙诒让与康有为在学术观点上的分歧很大。孙诒让认为，康有为提倡维新固然可取，但康学并不等同于新学，他批评道：“今之达官贵人主持旧学者，举一切良法美意，皆归之康氏，锐意摈绝摧陷之，是张康之焰，而使外人得挟此为口实，使中土之正人志士引为大病，何其谬哉。”其实不独孙诒让一人，当时许多重要人物都主张将康学与西学、新学区分开来。康学即康有为所讲的学说，包括《新学伪经考》《孔子改制考》和变法维新主张；西学指一切来自西方的学问；新学则指维新派在汲取西学基础上所鼓吹的有关开风气、建学校、办报馆等维新变法的学说。

之所以要做以上区分，是因为当时士大夫对康有为之行事做派极为不满，力图纠正当时普遍以康学为西学、新学的错误认识，从而改变完全由康、梁把持新政的局面，为江南士大夫在维新运动中赢得一席之地。尤其在戊戌变法后不久，康、梁遭到通缉，旧党以此为契机反对维新，改革事业受到极大打击，

---

① 张宪文整理：《孙诒让遗文续辑》（中）。

孙诒让、汪康年等支持维新的士大夫更是急于将康学与新学区分开来。如汪康年曾于光绪二十五年（1899）2月28日致信瞿鸿禨：

> 去岁秋冬间，中外幸得无事，实乃至幸。然国家政策犹郁而未融，朝野中犹未释望。若得将康党、新党，截然分为二事，而涣汗大号，丕发新猷，则亡羊补牢，犹为未晚。[①]

可谓用心良苦。孙诒让则指出，新学应该培养“湛深经术、淹达时务”之人，不能像康有为一样，“无遽徒为高论”。[②]

孙诒让等士大夫对康有为的不满有多方面的原因，具体来说有以下几点：

首先，二人在学术上有古今文经学之异。康有为将今文经说发展到极致，声称古文经都是刘歆的伪作，是“新学”，清代汉学服膺的也非“汉代之学”，而是“新代之学”，而今文六经为孔子所作，内中蕴含“托古改制”等“微言大义”。康有为本人以马丁·路德为榜样，誓要建立中国的孔教。他的学说否定了清代汉学的成就，又动摇了统治学说的基础，受到各方面的批评。孙诒让幼秉家学，深研古文经著作，以注《周礼》而闻名于晚清学界，自觉走着汉学的道路。因而，他特别不满康有为对清代汉学的攻击，出于学者本色，当然会深斥康氏学术之谬。由此看来，康有为之所以不能赢得京师士大夫的广泛支持，其学说过于乖谬应该是一个重要原因。比如不满康有为学说的叶瀚，甚至在戊戌变法还处于高潮时就预言：“南海伪学，其势虽易，其存不久，然递料将来，必一败涂地。”

其次，一般江南士大夫均看不惯康有为轻浮且缺乏实干精神的做派。著名思想家宋恕曾说：“长素非立言之人，乃立功之人。”[③]康有为在北京开保国会，“自始至终无非谓国家将亡，危亟之至，大家必须发愤。而从无一言说到办法，亦无一言说到发愤之所以”，康有为虽主张维新但缺乏建设性方案，他哗众取

---

① 转引自廖梅：《汪康年：从民权论到文化保守主义》，第219页。

② 孙延钊：《孙征君籀庼公年谱》卷六。

③ 《宋恕集》（下册），中华书局1993年版，第1107页。

宠、妄自尊大的做派让不少江南士大夫大为不快。戊戌变法前，张元济曾与康有为有过接触，康氏在赠给他的书中自称“康子”，且“康”字硕大显眼超过他字数倍，张元济认为“康非平正人”①。平正稳妥是拥有功名和社会地位的江南士大夫行事为人的特点。可想而知，以康氏行事的特点，会给这批人留下怎样的印象。孙诒让虽一生未曾与康有为谋面，然其密友黄绍箕、黄念慈、汪康年均和康有为相熟，加上孙诒让父辈之门生故旧遍布京城，不少人曾参加过维新变法，孙诒让很快从他们那里了解了康氏种种做派。因此，即使未见过面，孙诒让对康有为也难有好印象。

再次，孙诒让与康有为存在着明显的地域文化差异。孙诒让所处的江南，自古经济富庶，有浓厚的学术文化传统，在清代便出现过皖派、吴派、桐城派、常州学派等著名学派。到了晚清，浙江又有黄以周、俞樾、孙诒让等人支撑经学门面，继续演绎着乾嘉学派的流风余韵。世代相传的文化底蕴，使江南士大夫对学术的贡献集中在发展、维护和巩固现有成就方面。孙诒让像绝大多数的江南士大夫一样，在政治上、学术上少有偏激行为。清末“公车上书”时浙江无一人参与，就是他们为人比较持重的一个典型表现，虽然当时在朝为官的浙江籍士子并不少。一直以来，江南在全国占据着文化中心的地位，任何一种新起的学说如果想稳定根基并进一步扩张也势必要得到江南地区的文化支持，进而最后取得全国性影响。康有为的政治主张以孔子改制、新学伪经这样的学说为基础，被江浙学子斥为“南海伪学”，就反映了晚清广东与江浙士人在文化上的冲突和差异。

广东地处南疆，交通不便，长期与江南及中原一带隔绝，被知识分子视作文化沙漠。清代阮元督粤，创学海堂，引朴学入粤，主张折中统一汉学宋学，对广东文化发展影响极大。道咸以降，粤学骤兴，到清末民初，广东藏书蔚然成风，即其遗响之一。与江南相比，广东地区缺乏拥有独特内涵的文化传统，当地知识分子没有历史包袱，胸怀开阔，敢于拿来西方政治学说为己所用。以康有为为例，他出生在开埠以后的广东，与江南大师相比，其学养“支离破

① 李西宁：《智民之师：张元济》，山东画报出版社1998年版，第18页。

碎”，但他敢于行动，富有创新精神，也善于将外来学说糅合进自己的理论系统中。康有为在戊戌变法之前春风得意、自视甚高，不停地向皇帝上书，向大吏赠书，向外国人送书，俨然以维新领袖自居，无形中盖过了一大批江南实干派的光彩。这对一向自豪于本地学术又不满康学的江南士子来说无疑是个挑战，甚至就有人呼吁“昌浙学之宗派，绝粤党之流行”。此论虽有些偏颇，不过也可以看出，康有为的做派与江南大多数士大夫沉稳、笃实、沉着冷静的文化品格相去甚远。

当然，虽然存在着种种分歧，但孙诒让的维新改革思想与康有为并无二致，只是他主张维新应务实，注意循序渐进。并且，戊戌变法后孙氏并没有偃旗息鼓，而是勉力振兴教育和实业，参与浙江保路运动等有益国家和民族的事。

《时务报》是康有为等人宣传维新变法思想的有力武器，影响深远。孙诒让远居温州，在其倡导下，温州一地订阅报纸人数大增。但他本人对《时务报》有清醒的认识，在致汪康年信中他说：

> 窃谓以今日时局论之，其不可不自强，专自强之无它奇策，毫无疑义。然自大报风行海内，虽已昭然改观，而变法之效，终一无把握，则以上无禄利一劝诱之，又无刑罚一捶策之故也。闻贵馆通计阅报人数，以敝里为最多。而敝里阅报之人，弟率稔知其人。盖慨时事之危迫，爱玩钦服者十之一二，而闻有科举变法之说，假此揣摩为场屋裹挟之册者，十之七八，其真能潜研精讨以究中西治乱、强弱之故者，无一也。今科秋试策题，犹然故辙，所谓十之七八者，意兴盖已索然。以此推之，寰宇殆必相去不远，持此而求保种、保教之效，庸有冀乎？①

他认为对《时务报》的舆论导向作用不应过于乐观。在冷静分析的基础上，孙诒让提出“更法条目虽夥，要当以学堂为根柢”，因为此前他已看到“百年以来，西国骤强，日本亦奋于东，其学堂之盛与兵力之强相适应”，不然，“我国

① 《汪康年师友书札》（二），第1471页。

以不识字之将，率顽犷窳拙之兵应之”，“富强永不可及”，所以不兴学提高国民素质，而“徒议变法”，无益也。

这种务实的改革态度比较符合清政府的要求，所以凡孙氏等江南士大夫主张的“兴学校”等主张，都被朝廷保留下来。而狂热如康有为，主张虽多，却多被朝廷否定，能保留下来的也不过是废科举、兴学校等寥寥几条。

孙诒让与康有为，在维新变法的态度上虽有渐变冷静与遽变热烈的区别，但一为冷静的实干家，一为热情的鼓吹者，两种做派都是维新改革运动所需要的。

第五章　潜心朴学

学术成就

从13岁（咸丰十年，1860年）草成《广韵姓氏勘误》一卷，到光绪三十四年（1908）去世止，在近50年的时间里，孙诒让对于中国传统学术一直保持着浓厚的兴趣，并且在很长时间里被视为清末“旧学”或者说是传统学术的代表人物。这是因为孙诒让继承了乾嘉朴学严谨的治学方法，在乾嘉朴学的传统学术领域如经学、子学、训诂学、金石学等方面，都做出了巨大的贡献。

孙诒让在经学方面的成就以《周礼正义》为代表，这部著作为他赢得了“有清一代礼学集大成者”的美誉。《周礼》一书，记载三百职官，内容纷繁、文字古奥，向称难治。而孙诒让针对郑玄注“渊奥”、贾逵疏“遗阙”多的弊病，[①]列举从汉唐直到清代众多儒学大师的观点，析辨其异同，网罗资料之丰富、疏通制度之明晰，可以说“古今言周礼者莫能先也”。[②]该书的另一个重要特点是以太宰八法（官属、官职、官法、官常、官计、官成、官刑、官联）为纲贯穿《周礼》全书，全面揭示三百职官的内在关系。比如八法中的“官联”一项，“条绪纷繁，脉络隐互，散见百职”[③]，孙诒让花费了大量时间和精力进

---

① 〔清〕孙诒让：《周礼正义·序》，《周礼正义》（第一册）。

② 《清代碑传全集》（下），第1502页。

③ 〔清〕孙诒让：《周礼正义·略例十二凡》，《周礼正义》（第一册），第3页。

行搜集和整理。为使这部200多万字的巨著体例更加完善，他历时20多年，删繁补缺，草稿七易才成定本。所以，梁启超认为《周礼正义》可以算是“清代经学家最后的一部书，也是最好的一部书”①。连与孙诒让有今古文经学观点分歧的康有为也说“先生于礼学良博，独步海内。与我虽有今古文之殊，然不能不叹美之”②。

《墨子间诂》则是古今墨学集大成之作。《墨子》旧本久绝流传，缺文错简，无可校正。到清代，汪中、毕沅等人加以校理，《墨子》一书才引起了人们的重视，但其中仍不无乖漏。在毕沅、汪中、王念孙父子等人校理的基础上，孙诒让覃思十年撰成《墨子间诂》。经过他的努力，《墨子间诂》成为当时最好的《墨子》注本，至今仍有重要的学术价值。在本书中，孙诒让融会贯通，对墨家、墨学作了综合分析，写成《墨子传略》《墨子年表》《墨学传授考》《墨子绪闻》《墨学通论》《墨家诸子钩沉》等作为后语附于书末，为后世治墨学者开辟了综合研究的路径。无怪梁启超说：“现代墨学复活，全由此书导之。”③

除此之外，孙诒让在古文字方面的研究也颇有建树。年少时，他开始研习宋代薛尚功《历代钟鼎彝器款识法帖》，很早就具备了深厚的文字学修养。同治壬申（1872），为订正薛尚功、阮元、吴荣光三家之失，撰《商周金识拾遗》三卷，后来订名为《古籀拾遗》。光绪癸卯（1903），为订正吴式棻《攈古录金文》，撰写了《古籀馀论》。④“二书考证多、有新见，极有价值，推进了金文研究的方法”⑤，堪称清末金文研究的代表作。孙氏自称“蒙治古文大篆之学四十年，所见彝器款识逾二千种”⑥，他也与吴大澂一起被称为清代古文字研究“高峰期最重要的学者”。⑦

---

① 梁启超：《清代学者整理旧学之总成绩》，商务印书馆1999年版，第16页。

② 孙延钊、张宪文辑：《孙诒让杂文辑录》，《文献》，1986年第2期。

③ 梁启超：《清代学者整理旧学之总成绩》，第65页。

④ 孙延钊：《孙征君籀庼公年谱》卷六。

⑤ 陈梦家：《殷墟卜辞综述》，科学出版社1956年版，第55页。

⑥〔清〕孙诒让：《契文举例·序》。

⑦ 裘锡圭：《古文字学评语》，见《中国大百科全书·语言文字》，中国大百科全书出版社1992年版。

与孙诒让同时代的学者中，涉足金文研究的不乏其人，但既研究金文又从事甲骨文研究的只有他一人。好友王懿荣虽最早搜集收藏甲骨文，但在光绪二十六年（1900）八国联军入侵北京时即已自杀殉国，并未真正开始研究甲骨文。王懿荣去世后，其所藏甲骨归丹徒刘鹗所有。刘鹗选拓所藏甲骨中字体比较明晰的部分，编为《铁云藏龟》，并于光绪二十九年出版。孙诒让获得这历史上第一部汇录甲骨文的著作后，十分兴奋，深感自己治古文大篆之学四十年，虽所见彝器款识逾二千种，“但大抵皆出周以后。赏鉴家所櫫楬为商器者，率肊定不能确信，每憾未获见真商时文字。顷始得此册，不意衰年睹兹奇迹，爱玩不已”[①]。随后，“穷两月力校读之，以前后复者参互审绎，乃略通其文字”。[②]

在仔细审定的基础上，他于光绪三十年完成了我国第一部研究甲骨文的著作《契文举例》。对《契文举例》的学术价值，王国维曾经说过：“此书虽谬误居十之八九，然荜路椎轮，不得不推此矣。”[③]王国维的说法曾在一定程度上影响了人们对《契文举例》的评价。近年来，随着对甲骨学的进一步研究，学界开始认为，《契文举例》在甲骨学史上的地位需要重新评价。据统计，《契文举例》中对甲骨文字的考释基本正确者占总数的41%，得失参半者占总数的7%，如果按照这一统计数字，那么王国维所说的“谬误居十之八九”的说法就离实际相去太远。甚至还有文字学家认为，如果能像罗振玉、王国维那样见到大量的甲骨原件而不是仅以拓本为研究对象，孙诒让所能做出的成就应当远超罗、王。[④]

除此之外，孙诒让还在目录、版本、校勘、方志等今天所称的文献学领域做出了很大的贡献，后面我们将继续探讨。

---

① 〔清〕孙诒让：《契文举例·序》。

② 〔清〕孙诒让：《契文举例·序》。

③ 王宇信：《甲骨学通论》，中国社会科学出版社1993年版，第288页。

④ 裘锡圭：《谈谈孙诒让的〈契文举例〉》，见《孙诒让纪念论文集》，《温州师范学院学报》（增刊），1988年。

一、经子训释

（一）《周礼正义》

作为清代朴学最后一位大师，孙诒让在经学、诸子学和古文字学领域均有卓越的贡献。20多岁时，孙诒让就开始从事《周礼》的研究，用时30多年完成《周礼正义》八十六卷、《周礼政要》二卷、《九旗古义述》一卷等，还有收在《籀庼述林》中的《彻法考》《圣证论王郑论昏期异同考》等论文，在晚清学术界产生了很大影响。自《周礼正义》问世以来，凡研究《周礼》者无不以其作为通解全书的必读书；而欲探索古代政治、经济、文化及典章制度，也多采用此书研究成果。对于孙氏周礼学的成就，章太炎先生曾评论道：

> 以为典莫备于六官，故疏《周礼》……初，贾公彦《周礼疏》多隐略，世儒往往傅以今文师说，而拘牵后郑义者，皆仇王肃，又糅杂齐、鲁间学。诒让一切依古文弹正，郊社禘祫则从郑，庙制昏期则从王，益宣究子春、少赣、仲师之学，发正郑、贾凡百余事。古今言《周礼》者，莫能先也。[①]

曹元弼则云："孙氏《周礼正义》，博采故书雅记，疏通证明，虽于高密硕意，间有差池，而囊括网罗，言富理博，自贾氏以来未有能及之也。"[②]章氏崇尚旧学，曹氏笃守郑学善述贾疏，两人的评论代表了不少人的观点。对《周礼正义》一书，今人洪诚、沈文倬的评价则更为深刻和全面，也可看出其影响深远。其另一书《周礼政要》，草成于光绪二十七年（1901），旧题《变法条议》，是适应清政府辛丑变法的政治要求而作，本非学术论著，也非其周礼学的核心，姑且置而不论。

概括说来，孙诒让周礼学的成就主要表现在以下几个方面[③]：

---

① 《章太炎全集》（四），第219页。

② 曹元弼：《复礼堂文集》卷四《周礼正义读后记》，文史哲出版社1973年版。

③ 沈文倬：《孙诒让周礼学管窥》，见杭州大学语言文学研究室编：《孙诒让研究》，内部发行，1963年。

“揭示大宰八法（官属、官职、官联、官常、官成、官法、官刑、官计）为全书纲领以贯众职。”孙诒让认为，“古经五篇，文系事富，而要以大宰八法为纲领”[①]。八法中，官常、官计、官法、官刑较易于理解，而官属、官联二者，牵涉广，较为繁复，因此，孙诒让的阐述也较为详备。至于官属，孙疏按其性质，分析众官隶属，提出了总属、分属、当官之属和冗散之属四种类型。至于“冗散之属”，过去礼家少有提及，孙诒让则明确指出那些不设常职、又无员数、附属于相近职位来兼理的情形。关于官联，孙疏除对各官职在祭祀等大事上的联合一一条陈详细分析之外，还特别注意小事上的众官之联。如春官内史一职，它的“执国法及国令之二”，与小宰的“八法八则之二”、司会的“以九贡之法九赋之法”、大史的“凡辨者考焉”为联事。以八法为研究《周礼》所有官职的纲领，历代研究者在不同程度上均有所把握，但以孙疏最为详细深入，取得的成就也最大。

“比勘古子和今文诸书以疏通名物制度。”孙诒让在《略例十二凡》中说：“此经在汉为古文之学，与今文家师说不同。先秦古子及西汉遗文所述古制，纯驳杂陈，尤宜精择。今广征群籍，甄其合者用资符验，其不合者，则疏通别白，使不相淆混。”诸书与《周礼》相合者则作征引，不相合者则详加疏解，无法疏解者则存其异说。例如三等授田，《周礼》三等和《王制》《春秋繁露》五等不同，但这种不同是今古文的差异，和《管子》《孟子》《吕览》则有同有异。孙诒让认为，三等是较略之制，可依人数适当增减，不做预先规定。这样，《王制》等书的异说也有了着落。的确，这种通达的疏解，的确符合不同地区不同时代的情况，也更容易为人所接受。再如“制禄”之法，驾驭群臣的“八柄”，各级官吏的稽考时间等，各书记载也不相同，孙诒让认为，其中相同的文字证明这种典章制度曾经存在过，其不同点表明各书所载制度反映了时间地点或撰者着眼点的不同。这种疏解方法，明晰宏通，有利于阐明古代典章制度。

“搜辑贾马佚诂以辨明后郑从违。”在《周礼正义》中，孙诒让详细搜集了贾逵、马融、干宝的大量佚诂，目的是要辨明郑玄对诸家注疏的取舍。经过孙

① 〔清〕孙诒让：《周礼正义·略例十二凡》，《周礼正义》（第一册），第3页。

氏的搜集和申述，我们发现郑玄对贾、马互有从违，择善而从，且并不偏袒师（马融）说。沈文倬先生还指出，“孙疏搜集贾、马佚诂来全面考查郑玄的学术传承，其成绩应予以肯定，但说郑注本马融师说不复别白”，从孙疏自己提供的材料来看，不应得出这样的结论。

“究极群集以评判郑王是非。”疏解《周礼》，就不能不对郑玄、王肃的观点异同作出评判。对待这个问题，孙诒让的态度是“如郊社禘祫，则郑是而王非；庙制昏期，则王长而郑短；若斯之伦，未容偏主，今并究极群经，求厥至当，无所党阀，以示折衷”①。如对“家相”“室老”的解释，郑、王之义不同。王肃认为，大夫之臣有家相、室老、邑宰三者，家相、室老不同；郑玄认为公卿大夫有两卿，即家相和邑宰，家相即室老。孙诒让引群籍证明郑是而王非，得出了“采邑贵臣以室老邑宰为最尊，而爵次则视采主之爵为降杀，故此注云‘两卿’，而《丧服》注则以邑宰为士也”。

“博稽诸家精义以匡纠注疏谬伪。”孙诒让本以郑玄注贾公彦疏为基础来疏解《周礼》，郑注不通，才加以匡纠，但对贾疏也不轻易否定。对两位前贤的发正，均建立在博稽诸家精义的基础上。如解释“九赋”时指出，并无郑玄所谓计口出钱的九赋，而是像先郑（郑众）所说的那样，乃不按人口征收的地税。

《周礼正义》虽云“淹贯网罗，恢张密织，既精既博，蔑以加矣”②，但绝非完璧。洪诚先生指出，它存在着未发汉儒之误，误述清人之谬等情形。概括起来，共有8种：“信刘歆郑玄说以《周礼》为周公之书，终有未安”，“解《王制》《孟子》与《周官》封国之矛盾犹未尽善”，“郑氏《周官》职方注牵引《王制》之国数为说，孙疏失纠”，“古今亩法之比误算”，“说孤卿未安”，“《考工记》画缋之事火以圜疏，于《尚书》某氏传义似误驳”，“车人步尺之数申郑与记文不符”，“误谓郑玄《周礼注》有出于《毛诗传》者”。孙诒让“疏发正郑贾数十百事，皆信美矣”，作为大学问家，犹有上述纰漏，足以反映出治学的不易。当然，正像洪诚所云：“此书集汉以后礼学之大成，故为经疏之冠，渊渊乎

① 〔清〕孙诒让：《周礼正义·略例十二凡》，《周礼正义》（第一册），第2—5页。
② 洪诚：《读周礼正义》，见杭州大学语言文学教研究室编：《孙诒让研究》，内部发行，1963年。

其难穷也”，其成就当然是主要的。正因为如此，此后很多重要的学术论文，如郭沫若先生的《周官质疑》《金文无所考》，顾颉刚先生的《“周公制礼”的传说和〈周官〉一书的出现》，杨向奎先生的《〈周礼〉的内容分析及其成书年代》等，均直接或间接地涉及《周礼正义》。

（二）《墨子间诂》

墨学原为先秦显学，秦汉以来，《墨子》“古字方音，杂厕其间，读固不易；抑且辞采不胜，远逊于孟、荀之辩，故读者益鲜，而其书几致于沦亡矣”，“且《墨子》一书，虽辞采不胜，而其间所存古字古言，先秦佚史，格致之论，名理之学，宏矣富矣，实为研究中国古代史事语音及学术思想之宝库”①，因此，在晦而不彰达两千年后，墨学在清代又重新兴起。孙诒让在总结毕沅、汪中、王念孙及王引之父子成就的基础上写成《墨子间诂》一书，此书不仅于“前人之谬，多所諟正，而于训诂史事，亦多所发明，清儒之为诸子集解者，当首推此事，其加惠于后学者，诚不可以道里计也”②。总的说来，其成就主要表现在校勘、考证、辑录、训诂等几个方面。

校勘乃治学之基础，清儒尤为重视。相较于经书，各朝代对子书重视程度不够，往往“雠校不精，讹缺尤甚”，加上“屏置弗道传写，苟且莫或订正，颠到错乱，读者难之”③。而《墨子》一书，由于晋代以后治此学者较少，脱误自是不少。孙诒让对此有深刻的认识，他在《墨子间诂·自序》中称：“先秦诸子之讹舛不可读，未有甚于此书者。”鉴于此，他在校勘方面用力尤勤，注意综合使用了本校、他校、理校和对校等多种方法。本校法，即运用上下文的行文习惯来疏通文字。孙诒让注意搜罗多种版本，比如《墨子》一书，即援用了毕沅本、吴宽残写本、道藏本顾千里校记，日本宝历间仿刻明茅坤残本等，另外还使用了王念孙父子、洪颐煊、俞樾及戴望的校勘本。他校法即注意其他相关著作的选用，举凡古子书、类书、古注，文中往往随处可见。理校法即校书者在遇到无古本可依或数本互异时做到是非定夺，这是校勘中最不易做好的一种方

① 陈奇猷：《墨子间诂跋》，杭州大学语言文学教研究室编：《孙诒让研究》，内部发行，1963年。

② 陈奇猷：《墨子间诂跋》。

③〔清〕俞樾：《诸子评议·序目》，《诸子评议》，中华书局1954年版。

法。作为朴学大师的孙诒让，在理校上做得尤为突出。比如，据《兼爱》“设”字讹为“谁”的情形，孙氏指出，《节葬下》中“谁贾”二字当为“设置”之误，这点极为精当。当然，《墨子间诂》一书校勘成就的局限也在于孙诒让著书时所见版本尚嫌不足。比如，孙诒让以毕沅《墨子》刻本为底本，未见到道藏本原书，而仅据顾广圻等人写的道藏本校记；所采用的明代吴宽抄本及日本宝历本均为残帙，因所见异本有限，导致其往往承袭毕沅刻本之误字而不觉。[①]比如，《七患》篇“为者疾，食者众，则岁无丰”，俞樾认为“疾”当作“寡”。孙谓俞说未确，主张改为“为者疾，食者寡，则岁无凶。为者缓，食者众，则岁无丰”。其实，俞校无误，毕沅刻本“疾”乃误字，应作“寡”。

《墨子间诂》一书，还详细考证了墨子的生平事略，成《墨子传略》及《墨子年表》等篇。关于其籍贯、生卒年代，所言有根有据，后人据此可了解其一生梗概。另外，又增补墨子及其后学佚文，收录秦汉间有关墨家的传说轶闻，成《墨子佚文》校补、《墨家诸子钩沉》及《墨子绪闻》等几个部分。

当然，《墨子间诂》全书的著作旨趣及最大成就，主要集中在训诂方面。有学者指出，孙诒让训诂学的成就主要表现在“常运用参验群书、审定文例、及疏证名物诸方术，而亦皆能有所发明”。参验群书和审定文例，应属校勘方法中的他校及本校法。而辨形索义、因声求义、就义论义、疏证名物制度，应是其训诂成就的关键所在。其依靠深厚的经学、小学功底所校正的文字，所做的解释往往发前人所未发，多被后人视为定论。如据钟鼎古文“若”和篆文“奉”形似的特点，得出《非攻下》“若瑾以待”当作“奉珪以待”的结论；还推定《尚同》中篇“是以先王之书术令之道曰”中“术令”当作“说命”之假字，因“术”“说”“令”“命”音相近；《节用上》篇“昔者圣王为法曰：‘丈夫年二十，毋敢不处家。女子年十五，毋敢不事人。’此圣王之法也”，《墨子间诂》云：《周礼·媒氏》“令男三十而娶，女二十而嫁”一段记载表明二者行文不同，王肃《圣正论》“前贤有言：丈夫二十不敢不有室，女子十五不敢不有其家”的记载应源于此。另外，他还指出，《韩非子·外储说右》《说苑·贵德》《国语·越

① 〔清〕孙诒让：《墨子间诂·前言》，见〔清〕孙诒让：《墨子间诂》，第6页。

语》均有类似记载。这种既以他书作参照，又推求其本原的疏证方法，《间诂》中俯拾即是。孙诒让虽竭尽心力欲复古代名物制度之旧观，但“时移世异，代有变迁，古代之真相既渺茫难知，孙氏之蠡测则或不免有所隔阂、臆说”，如《非攻中》“和合其祝药”，孙诒让就从郑玄，将“祝”解“注”，释作“附着药”，实际据《周礼·疡医》《礼记·投壶》《说文》《春秋公羊传·庄公三十二年》应将“注”理解为“灌”。

训诂学方面，孙诒让另著有《札迻》十二卷，其中校释古书共七十七种，学界对其评价极高。俞樾云：

> 至其精熟训诂，通达假借，援据古籍以补正讹夺，根柢经义，以诠释古言，每下一说。辄使前后文皆怡然理顺。阮文达序王伯申先生《经义述闻》云：“使古圣贤见之，必解颐曰：‘吾言固如是，数千年误解今得明矣。’”仲容所为《札迻》大率同此。①

二、金石文字

孙诒让自同治三年（1864）即开始治金石学，时年仅十六七岁，他对金石文献的兴趣从此便一发而不可收，随后用了很大精力来做金石文献的收藏工作。比如，每到一处即竭尽所能拓取金石资料。同治十三年，和从妹夫杨晨到北京应试，就从京口登上金山和焦山，费尽辛苦拓得无叀鼎铭文及《瘞鹤铭》。当然，更多时候是不吝金钱予以收购。光绪二年（1876），在随父赴湖北任时，从河南项城收得“周要君盂”，因自署“一盂盦”，并对此器作了考跋，文字后来收在了《籀庼述林》卷七中。并且，孙诒让还利用所见各种文献补充了其他人的金石学著作。如在浙江平阳金舟乡发现元至正十五年（1355）刻石后遂将其拓本补入《东瓯金石志》第十一卷。从光绪五年开始，陪父亲回到故乡的孙诒让在闲居无事时，就和朋友搜剔金石古刻。光绪六年十月监修祖坟期间，孙诒让登山寻古冢，见遍地残砖破瓦，文字粲然可辨，于是带人去搜讨，着短屐带

① 〔清〕俞樾：《札迻·俞序》，见〔清〕孙诒让：《札迻》。

长铲，遍历下湾、芦浦、林奥、盖竹等地，得晋代永康、咸康、永和、升平、太和年间及宋代元嘉年间砖数十种。次年二月，又遍访永嘉县城，得晋太康、咸和、咸康、永和、宁康、太元及宋、齐、梁、陈砖都百余种，因署其室曰“百晋精庐”。孙诒让从中挑出文字完备者约60余种拓出并装成一册，寄赠黄绍箕。册内还留有许多空纸，准备日后添补。

孙诒让治金石学的方法是用宋代的金石款识之书比对校勘，从而得出自己的见解。在《籀庼述林》卷六“薛尚功《钟鼎款识》跋”一文中，孙诒让这样叙述道：

> 余少嗜古文大篆，年十七八，得杭州本读之，即爱玩不释，尝取《考古》《博古》两图，及王复斋《款识》、王俅《集古录》，校诸《款识》，最后得旧景钞手迹本，以相参校。则手迹本，多与《考古》诸图合，杭本讹误甚多，释文亦有舛互。①

杭州本，据陈准《瑞安孙氏玉海楼藏书目录》记载，即薛尚功《历代钟鼎彝器款识法帖》的嘉庆二年阮元刻本。根据孙诒让的跋文，我们可以了解到，他是在用吕大临《考古录》、王黼《宣和博古图》、王厚之《钟鼎款识》、王俅《啸堂集古录》等几部金石款识书反复校勘薛尚功《历代钟鼎彝器款识法帖》一书。薛尚功的《历代钟鼎彝器款识法帖》共二十卷，其中收夏商周汉代器物511器铭文摹本，缺点是薛氏考订年代有误，定为夏代的可能属于周代，定为商周的彼此也有混误。其优点是宋代所出的金文，十有八九都有收录，整个宋代辑录金文铭文的书，以这一本最为丰富。在考释了薛书中十四器后，他发现《历代钟鼎彝器款识法帖》的文字考释不能让人满意：

> 然则宋元以后聚录款识之书，虽复小学支流，抑亦秦汉经师之家法与。宋人所录金文，其书存者，有吕大临、王楚、王俅、王厚之诸家，而以薛

①〔清〕孙诒让：《《籀庼述林》卷六《薛尚功〈钟鼎款识〉跋》。

> 尚功《钟鼎款识》为尤备。然薛氏之旨在于鉴别书法，盖犹未刊集帖之病，故其书摩勒颇精，而训释多谬。以商周遗文而乃与晋唐隶草絜其甲乙，其于证经说字之学，庸有当乎？①

此后，孙诒让又陆续涉览了几部在当时很有影响的金石学著作，尤其是阮元的《积古斋钟鼎彝器款识》和吴荣光的《筠清馆金文》，他用了很大的精力做了较为深入的研究。

阮元（1764—1849），字伯元，号芸台，江苏仪征人，乾隆五十四年（1789）进士，授翰林院编修，历任两广、云贵总督，拜体仁阁大学士，是推动清代金文发展的重要人物。其所著《积古斋钟鼎彝器款识》十卷，铭文据拓本及摹本摹入，收商器一百七十三，周器二百七十三，秦器五，汉晋器九十九，计五百五十器，书前附有阮元《商周铜器说》上下篇与《商周兵器说》一篇。《积古斋钟鼎彝器款识》被称作是阮元在金文学方面的代表作。此书的优点用孙诒让的原话说来就是：

> 我朝乾嘉以来，经术道盛，修学之儒，研校篆籀，辄取证于金文。仪征阮文达公，遂集诸家拓本赓续薛书……阮氏所录既富，又萃一时之方闻邃学以辨证其文字，故其考释精确，率可依据。②

该书为孙诒让当时所能见到的清代收录铭文最多且文字考释水平较高的金文学书籍，因此他在此书上用力颇深。后来，孙诒让作《古籀拾遗》，收入了对《积古斋钟鼎彝器款识》中30件器物铭文的考释，足以见得对《积古斋钟鼎彝器款识》的重视。其实，阮元此书并非是他一人的劳动成果，是由朱为弼等十二三人提供金石器物拓本，由阮元挂名主持编定而成，朱为弼是实际编辑者。朱为弼（1771—1840），字右甫，号椒堂，浙江平湖人，嘉庆十年（1805）进

① 〔清〕孙诒让：《古籀拾遗·叙》。
② 〔清〕孙诒让：《古籀拾遗·叙》。

士。据阮元在《积古斋钟鼎彝器款识》序中的介绍，朱为弼“酷嗜金石文字，且能辨识遗文，稽考古籍国邑大夫之名，有可补经传之所未备者，偏旁篆籀之字，有可补《说文》所未及者”，因此阮氏将收集到的拓本交给他来“编定审视”。由于阮元忙于政事，无暇顾及，故而将此事交给在这方面有深厚造诣的朱为弼来做，从而保证了成书的质量。至于阮元自己，似乎更加看重该书在所收器物数量上是否已经超过宋代薛尚功的《历代钟鼎彝器款识法帖》。有学者分析，阮元的确有以金文来证经、说文的学术态度，但其热心推广金文学术的目的，似乎有好大喜功之嫌。①

与阮元的《积古斋钟鼎彝器款识》一样，吴荣光的《筠清馆金文》也存在对所收商周器物断代不清、器名有误等缺点，但由于它是继阮书之后收录铭文最多的著作，所以孙诒让也把它视为研究金文的基本资料。

吴荣光（1773—1843），字荷屋，广东南海人。嘉庆四年（1799）进士，授翰林院编修，曾官至湖南巡抚兼湖广总督。其所著《筠清馆金文》五卷，或作《筠清馆金石录》，或作《筠清馆金石文字》，其中收商周秦汉唐各代器物共267种，首刻于道光二十二年（1842）。在《清代学术概论》中，梁启超如此评价阮元、吴荣光二人书：“自阮元、吴荣光以封疆大吏，嗜古而力足以副之，收藏浸富，遂有著录。阮有《积古斋钟鼎彝器款识》，吴有《筠清馆金石文字》，研究金文之端开矣。道咸以后日盛。”将它们视为开辟道咸以来金石研究先河的人物，诚非过誉。只是其文字考释同样存在不少缺憾，这也是今人杨树达讥其“谬论特多”的一个原因。

真正编定《筠清馆金文》的学者其实是龚自珍（1792—1841）和陈庆镛（1795—1858）。前者是段玉裁的外孙，常州公羊学派的代表人物，清代著名诗人。后者一生精研汉学，专长经学，且服膺宋儒，家中常悬一副对联“六经宗许郑；百行学程朱”。不过龚、陈二人都不是专门的金文学者，他们一为诗人，一为经学家，加上龚自珍在书稿编成后，与吴荣光的关系变得十分恶劣以至于绝交，也影响了书稿的整理校勘。孙诒让在仔细考订后认为：“吴书释文盖龚礼

① 陈昉仁：《孙诒让的金文学》，第71页。

部自珍所纂定，自负其学为能冥合仓籀之旨，而凿空驰谬，几乎阳承庆、李阳冰之说，然其孤文碎谊，偶窥扃突，亦间合于证经说字，终非薛氏所能及也。”[①]虽然不满其考订的粗疏，但评价也还算公允。

据孙诒让《古籀拾遗》引用的书籍来看，除去上面提到的几部金石学著作外，孙诒让用来校勘金文的书籍还有宋代翟耆年的《籀史》，清代孙星衍的《续古文苑》和清代冯云鹏的《金石索》等。[②]

孙诒让在金石学上的代表著作，主要有《古籀拾遗》《古籀余论》《名原》三部。除专著外，孙诒让尚有多篇关于金石文字的文章，多数已收入《籀庼述林》一书，具有十分重要的学术价值。并且，其所著《周礼正义》《墨子间诂》《札迻》《尚书骈枝》等书中，也有大量文字考证，可谓胜义纷披，俯拾皆是，足供后人揣摩学习。孙诒让本人，也可以称得上有清一代“三百年绝等双”的文字学大家。

《古籀拾遗》初稿《商周金识拾遗》草成于同治十一年（1872），时孙诒让25岁。光绪十四年（1888）他41岁时又重新校订，改名为《古籀拾遗》，并请同乡周璪手写上版刻印，光绪十六年刻成。内容共分三卷，上卷补正薛尚功《历代钟鼎彝器款识法帖》十四条，中卷补正阮元《积古斋钟鼎彝器款识》三十条，下卷补正吴荣光《金石录》二十二条。书的最后还附有《毛公鼎释文》和《宋政和礼器考》一卷。政和礼器，南宋初人已多不能辨识，清代阮元和吴荣光等往往误认为周秦彝器，孙诒让为之释误正谬，成《政和礼器考》一卷。在见到《古籀拾遗》初稿时，刘恭冕盛赞曰：“君于学无所不窥，尤多识古文奇字，故其所著，能析其形声，名其通假，近世鸿通之儒为此学者，自仪征阮氏（阮元）、武进庄氏（庄述祖）外，少有堪及君者，可不谓盛欤？”

光绪二十九年，已56岁的孙诒让又完成了金文学的另一部巨著——《古籀余论》三卷。孙诒让写作《古籀余论》的动机之一，是对新出现的金石文字材料加以研究，从而补正旧说。在《古籀余论》后叙中，他这样说道：

---

① 〔清〕孙诒让：《古籀拾遗・叙》。

② 陈玮仁：《孙诒让的金文学》，第65页。

> 余前著《拾遗》，于三家书略有补正，近又得海丰吴子苾侍郎《攈攈古录金文》九卷，搜录尤宏博，新出诸器，大半著录，释文亦殊精审，仪征、南海，信堪鼎足，揽涉之余，间获新义，又有足证余旧说之疏谬者，并录为二卷，盖非第偶存札朴，抑亦自资砭策矣。①

《攈古录金文》有这样多的创获，也难怪孙诒让用它来补正《古籀拾遗》的不足。据"题吴式芬《攈古录》"一文看，孙诒让在光绪二十二年（1896）已经见到了此书，当时好友黄绍箕以新印本见赠，他随即做了校勘。孙诒让对这部著作十分重视，据孙诒让次子孙延钊回忆，在他很小的时候，就常常见到父亲将《攈古录金文》置于案头，每晚必反复玩味，书中朱笔笺语与墨色批注互相交错，给幼年的他留下了极深的印象。

《攈古录金文》的作者吴式芬（1796—1856），字子苾，山东海丰人，道光十四年（1834）进士，曾官至内阁学士。咸丰四年（1854）开始编写《攈古录》，再由其中抽出《攈古录金文》，至其卒时仍未成书。光绪七年（1881），其子吴重熹请人校刻，14年后，刊成。晚清金石文字学家王懿荣在进呈该书时说："其书本义专集成周以来钟鼎彝器款识，多据原器精拓本及相传旧摹本收入，出前大学士阮元所著《积古斋钟鼎彝器款识》、前湖南巡抚吴荣光所著《筠清馆金文》二书后，尤为赅备。"②孙诒让本人在对《攈古录金文》作了深入研究后认为，"此册捃摭极博，而考释多精确，远胜吴氏《筠清馆金文》，信可宝也"。《攈古录金文》三卷九册，以铭文字数多寡作为编排次序，所收三代器物，少则一字，多则四百九十七字（毛公鼎），共收录一千三百三十四件器物的铭文。此书真正编写者是当时著名的金石文字学家许瀚。许瀚去世后，继任者是他的弟子丁艮善。两人不仅学养深厚，而且治学态度严谨，这就保证了该书的编写质量。虽然此书无器物目录且不便于查对，但这属于白璧微瑕，对其学术

① 〔清〕孙诒让撰，戴家祥校点：《古籀余论・后叙》。
② 转引自陈玮仁：《孙诒让的金文学》，第83页。

地位无碍。《攈古录金文》被认为是清代编写质量最好的金文学著作，这也是孙诒让反复用心校读它的原因所在。

除了吴式芬的著作，孙诒让引用的资料还包括自己多年积累的金石拓本近千种及当时其他几位金石学家的观点。《古籀余论》中经常引用吴大澂的观点来纠正自己的说法。比如“夷”字，孙诒让在《古籀拾遗》中释为“及”字，参照吴大澂的观点，而在《古籀余论》中将其改释为“夷”。

其实，用新金文资料补正旧说，只是孙诒让写作《古籀余论》的动机之一，并且还是浅层次的。他著述的根本出发点是发扬中国文字学术，振兴民族文化。当时的中国，政治、经济、军事上面临外国侵略，西洋学术日渐受到重视，传统学术日益受到挑战甚至冷落，孙诒让等治朴学者自然不愿意看到这种局面。尤其在文字学领域，国外重视埃及、巴比伦的象形文字，国内学者却并不在意自己的古文字，这让孙诒让大受刺激。孙诒让与金石学爱好者潘祖荫、端方相熟，潘、端二人时常以金石文字拓本相赠。潘祖荫、端方较早得到了埃及象形文字拓本，推测孙诒让很早从他们那里就见识了受西方人推崇的象形文字。在《古籀余论》后叙中，他这样表达自己的心情：

> 迄今世变弥亟，风尚日新，古文字例，殆成废黜，敝帚自珍，辄用内恧。然泰西学艺大昌，其所传埃及、巴比伦象形铁桦古字，远不及中土篆籀之精妙，彼土学者捃拾于冢塔土甓之余，犹考读庋储，珍逾球璧，而我国学子，略涉译册，辄鄙弃古籀如弁髦。政教之不竞，学术亦随之，斯固相因之理乎！然周、孔之教，倘永垂于天壤，则仓籀遗文必有爱护于不队者。①

“政教之不竞，学术亦随之”，同样的意思孙诒让在光绪三十三年（1907）所作的诗中就已表达得很充分：

> 盘敦纷纷集五洲，富强大计杞人忧。

① 〔清〕孙诒让撰，戴家祥校点：《古籀余论·后叙》。

摩挲翠墨神犹王，何日皇文勒介邱。

他对中国传统学术的地位及发展深感忧虑，于是在强烈爱国之心与责任感的驱使下，自觉地承担起整理金石文字的重任，进而出现了《古籀余论》等一系列著作。

对于孙诒让的金石文字学成就，著名学者顾颉刚曾这样评价："近百年内，金文的研究，在文字与历史考证上收获最大的，是吴大澂与孙诒让二人。从此以后，金文的研究，方慢慢地走上科学的途径，尤其是在文字研究上的收获。《说文古籀补》和《名原》两本书，真可算划时代的作品。""《古籀拾遗》《古籀余论》二书，在金文本身研究上或古史研究上，都有很高的价值。"[①]

孙诒让治文字学，十分重视新材料的发掘。甲骨文字最初于安阳小屯村出土，光绪二十五年（1899）由潍县（今潍坊）古董商人范维卿介绍于世。[②]次年，由王懿荣购得。光绪二十八年，为偿清夙债，王懿荣不得已将甲骨悉数售与丹徒刘鹗。同年八月，刘鹗以所得甲骨选拓千余片，为《铁云藏龟》六册。虽然学人十分重视这批新出现的甲骨材料，但当时并未有人下功夫加以考释。然而孙诒让却对其表现出浓厚的兴趣：

> 蒙治古文、大篆之学四十年，所识彝器款识逾二千种。大抵皆出周以后，赏鉴家所檃栝为商器者，率臆定不能确信。每憾未获见真商时文字。顷始得此册，不意衰年睹兹奇迹，爱玩不已，辄穷两月力校读之，以前后复緟者，参互审绎，乃略通其文字。[③]

孙诒让见到甲骨文字，惊喜难状，即穷二月之功，加以考释，次年冬（1904年11月）写成《契文举例》一书。正因为此，学者公认孙诒让为我国研

① 顾颉刚：《当代中国史学》，转引自洪焕椿：《孙诒让的生平和学术贡献》，载《浙江文献丛考》，浙江人民出版社1983年版，第277页。

② 朱芳圃编：《清孙仲容先生诒让年谱》，第73页。

③〔清〕孙诒让：《契文举例·序》。

治甲骨学的第一人，所谓“筚路椎轮，不得不推此矣”[①]。

其实，孙诒让不独重视甲骨学这样的新领域，他还注意搜求和收购金石器物，十分注重在传统金石学领域运用新材料。如同治十一年（1872）冬十月，挚友戴望得到桐城吴氏毛公鼎摹本，后孙诒让读之，此本“因勼集《说文》古籀及薛、阮、吴诸家所录金文，考定其文字，而阙其不可知者”[②]。正是这种将新的实证材料引入经子校释的做法，让孙诒让创获颇多。光绪十四年（1888），孙诒让重订《商周金识拾遗》，改称《古籀拾遗》，凡补正宋人薛尚功，清人阮元、吴荣光诸家考释66条。对于这一点，与孙诒让同治朴学，且在晚清学界享有盛名的俞樾十分推重：

> 仲容好学不倦，而精力又足以副之。凡前人所未识之文及误认之字皆以深湛之思，一索再索而得之。如匽喜之即为燕喜，妄宁之即为荒宁，成唐之即为成汤，幽尹之即为幽君，皆犂然有当于人心。又据齐侯镈镛之“既専乃心”证“心腹肾肠”之误文；据周麋生敦之“以召其辟”证“昭事厥辟，会绍乃辟”之误解，尤有功于经义。……千载之下，考定形声，独出己见，非有卓见者，而能若是乎？又谓甲胄之甲，古或从衣；屦约之约，古或从夂。据古籀之遗文，补《说文》之或体，引伸触类，如是者当不少矣。[③]

俞樾认为孙诒让能在考释文字方面有如此多的创见，应归功于其见识卓远、好学不倦，这固然是其中的重要原因，但其穷搜博讨得见大量钟鼎彝器文字，并将其应用于考订，也是相当重要的原因。这一点，与孙诒让校勘古书、训释经子时参验群书，广求善本的做法是一脉相承的。

此外，孙诒让还十分注意运用不为人所看重的地域性的新材料。晚清金石之学大兴，潘祖荫、江标、王懿荣、费会慈、陈寿祺等均热衷于收藏和考释钟

① 此为王国维语，见朱芳圃编：《清孙仲容先生诒让年谱》，第89页。
② 〔清〕孙诒让：《籀庼述林》卷七《毛公鼎释文跋》。
③ 〔清〕俞樾：《古籀拾遗·叙》，载〔清〕孙诒让：《古籀拾遗》。

鼎彝器铭文。孙氏学术底蕴丰厚，精通经学小学，成为金文考释的佼佼者。当时戴咸弼著成《东瓯金石志》，经孙诒让校补，将大量晋宋六朝砖文补入，最终成书十二卷。连戴氏自己也说："其古甓文字八十余种，搜采不遗余力，考核尤极精详，俱唐以前物，亟录入第一卷，依《两浙金石志》例也。"[①]可以说，孙诒让对此志的校补，不仅增益了大量新材料，还作了详细精当的考证。如卷三"跋陶山寺广照院造夹苎释迦佛一身"，谓夹苎为以苎麻夹土塑成的佛像；卷九"跋徐德宝造墓告神文"，详考地券沿革。这一切都显示出孙诒让在古器物学上的深厚学养。

利用分析字体中的偏旁来考释古文字，自许慎就已开始，而把这种常用的方法，提高成一种具有科学意义的研究手段，应该说是始于孙诒让。著名文字学家唐兰就认为，"古文字的研究，到孙诒让才纳入正轨，他的精于分析偏旁，和科学方法已很接近了"[②]。"孙氏将不同时代的铭文加以偏旁分析，借此种手段，用来追寻文字在演变发展之中的沿革大例，书契之初轨、省变之原或流变之迹，他对于古文字的最大贡献在于此"[③]。

孙诒让在实践中以偏旁分析解释文字，却并未有意识地从理论上提出这种分析方法，原因是他分析金文时已习惯于此。故而有人讲，孙氏更多地具备了"偏旁分析"的概念。[④]以偏旁分析考释文字，从理论上说似乎并不困难，要真正地运用它来准确地考释单个的字，却不那么容易。孙诒让的做法是"先把已经认识的古文字，按照偏旁分析为一个个单体，然后把各个单体偏旁的不同形式收集起来，研究它们的发展变化；在认识偏旁的基础上，最后再来认识每个文字"[⑤]。

孙诒让考释金文，往往要比对多种钟鼎彝器文字然后推知其义。长此以往，自然会找到金文用字的通例。如："用之为文，从卜从中，增其上之横画，以属

---

① 朱芳圃编：《清孙仲容先生诒让年谱》，第52页。

② 唐兰：《古文字学导论》，齐鲁书社1981年版，第178页。

③ 参阅陈梦家：《殷墟卜辞综述》第二章"文字"。

④ 陈玮仁：《孙诒让的金文学》，第149页。

⑤ 高明：《中国古文字学通论》，文物出版社1987年版，第147页。

于左，彝器文用、周诸字多如此。”[①]“金文通例，作器字皆借乍为之。”[②]“十当为才之古文，金文通例。”[③]以上通例的发现，正是在分析一个个单体部件的基础上取得的，而单体部件的发现，也正是今人常说的偏旁分析。如《克鼎释文》曰：“《说文》‘緟，增益也。’经典皆假重为之。‘緟庸’即重复申命之意。”[④]这种分析方法得出的也许并不是最后的结论，但这种先将整字分为几部分，再分别考察其偏旁演变，最后再合起来解读的方法，的确值得我们借鉴。孙诒让对很多字的解释，由于方法可取，因而结论也较让人信服，如容庚的《金文编》在第四版时仍采信其观点。

孙诒让在校勘经子及训诂文字时均用到了推求文例的方法。在考释金石铭文时，孙氏也十分看重这一方法。如：《尚同中》“尚同義其上”，孙氏云：“‘義’当作‘乎’，下文云：‘尚同乎乡长，尚同乎国君。’可证。”正是依据文例，孙诒让得出了“義”字本“乎”字的结论。

辞例推勘，具体可有两方面内容，“一是依据文献中的成语推勘；另一是依据文辞本身的内容推勘。各自的依据虽然不同，但都是辨识古字行之有效的方法”[⑤]。据文献成语推勘，是指利用文献中的辞例来核校钟鼎款识及龟甲兽骨上的文字。由于这些文字多为歌功颂德抑或卜筮时的用语，因而有些辞句与流传下来的典籍的用语相同或相近，从而为认识古字提供了推求的依据。而依文辞内容本身推勘，“是指仅从铜器铭文中的文辞内容，分析句义，推勘出应读的本字，并不依靠文献的根据”[⑥]。据说，这种推勘辞例的方法，宋人已有使用。[⑦]

孙诒让经常依据文献中的成语（或曰固定说法）推勘。如《古籀拾遗》卷中《虢叔大林钟》，“穆”字下“=”为“穆”，相当于今日的省写习惯，“穆=”即“穆穆”，这是古人的行文习惯。孙诒让以此判断出阮元、孙星衍的字形记录

---

① 〔清〕孙诒让：《籀庼述林》卷三《释由申〈玉篇〉义》。
② 〔清〕孙诒让撰，戴家祥校点：《古籀余论》卷二《虢文公鼎》。
③ 〔清〕孙诒让撰，戴家祥校点：《古籀余论》卷二《小子射鼎》。
④ 《籀庼述林》卷七《克鼎释文》。
⑤ 高明：《中国古文字学通论》，第145页。
⑥ 高明：《中国古文字学通论》，第145页。
⑦ 陈玮仁：《孙诒让的金文学》，第154页。

可能有误。以文献行文习惯来证字，是因为古甲金文字“茫昧，非合众器互校之，不能得之”。

孙诒让以文献辞例推勘古文字，并不局限于钟鼎文，像上面行文中以诗书文例推求也属于这种类型。好友费念慈也采用与孙诒让同样的做法，举《尚书》文例证“执”与“迩”词族之间的同源关系，可见这种做法在当时是一种风尚。

除了以文献行文惯例推敲铭文，孙诒让还擅长依照文辞本身的内容推勘文字。这种情形是靠文字自身的行文特点就做出判断，实际上相当于校勘学上的“理校”。如：

> 《素问》王冰注。《玉版论要篇第十五》：“其色见浅者，汤液主治十日已。其见深者，必齐主治二十一日已。其见大深者，醪酒主治百日已。”案：《前汤液醪醴论篇》云：“必齐毒药攻其中，镵石针艾治其外也。”“必齐”之义，王氏（王冰）无注，盖以“必”为决定之辞，“齐”即和剂也。（自注：“齐”“剂”古今字，俞读“齐”为“资”，未确）此常义，自无劳诂释，然止可通于《汤液醪醴论》。若此篇云“必齐主治”，于文为不顺矣。窃谓此篇“必齐”对“汤液”“醪酒”为文，《汤液醪醴论》“必齐毒药”对“镵石鍼艾”为文，“必”字皆当为“火”，篆文二字形近，因而致误。《史记·仓公传》云：“饮以火齐汤。”“火齐汤”即谓和煮汤药。此云“汤液主治”者，治以五谷之汤液。（自注：见《汤液醪醴论篇》）“火齐主治”者，治以和煮之毒药也。（自注：《移精变气论篇》云：“中古之治病，病至而治之汤液十日，以去八风五痹之病。十日不已，治以草苏草荄之枝。”此“火齐”即草苏之类。《韩非子·喻老篇》：“扁鹊曰：‘疾在腠理，汤熨之所及也；在肌肤，针石之所及也；在肠胃，火齐之所及也。’”亦可证）①

孙氏据《素问》“色见浅者”“色见深者”“色见大深者”分别采用不同的治疗方式，且行文字数相同，判断出“见深者”实行的“必齐主治二十一日已”

① 〔清〕孙诒让：《札迻》，第341—342页。

与其他两种不同，从而推知“必齐”可能有误。此例孙氏采用的是以文辞本身内容推求文字的做法。孙诒让深谙“例不十法不立”的立论原则，他从《汤液醪醴论篇》及《史记》《韩非子》中找到佐证，从而进一步说明“必齐”实际上乃“火齐”的篆字之误。从这里可以看出，辞例推勘更多是文辞本身内容与文献互证的结合，只有这样，说服力才更强。

孙诒让金石文字成就可谓多矣，这从其著作的繁富上可以看出来。总结其考释文字的方法，不难发现，他非常重视新材料（甲骨材料，当地出土的陶砖、钟鼎等）的运用，论证的方法（本证及他证结合，出土资料及纸上文献相结合）也相当严谨，但其治学，仍是坚定地沿着传统的路子在走，这是时代使然。孙氏治学，已具王国维后来所提的“二重证据法”的端倪，虽然他并未从理论上做阐发。这也是其治学方法的创新之处，但就其治学特色的主要方面来说，无论是以偏旁分析文字，还是借辞例来推勘古字，均立足于渊博的知识和比对时的耐心与恒心。借偏旁析字，始于东汉许慎；用辞例比对来认识金文整理文献，在宋代就有人这样做，这些治学方法的历史不可谓不久远，在今天部分学者看来，似乎缺乏新意，却是得出正确结论所必需的。

三、校勘古籍

孙诒让13岁时草创《广韵姓氏刊误》，这是他从事校雠学的开始。在此后近50年的学术生涯中，孙诒让校读了大量的古籍、碑铭、造像记，积累了丰富的校勘经验。俞樾曾说：“书之受益于仲容者，亦自不浅矣……吾知经疾史恙之待治于仲容者，正无穷也。”[①]所称道的正是孙氏的古籍校勘成就。

孙诒让的古籍校勘成就，主要体现在《墨子间诂》《周礼正义》《大戴礼记校补》《札迻》等几部著作中。他在校勘学方面的诸多创获，是在继承乾嘉朴学方法和汲取他们校勘成就的基础上取得的。关于他的校勘特点，主要有以下几个方面：

慎选善本。孙诒让非常重视善本。同治十一年（1872），孙诒让传抄卢文弨校本《越绝书》时于册端作序曰：

---

①〔清〕俞樾：《札迻·俞序》，见〔清〕孙诒让：《札迻》。

> 乾嘉间为校雠之学者，莫如卢绍弓、顾千里。顾校书若《韩非子》《列女传》《华阳国志》《文选》之类，多人为刻之。卢所校者尤众，其自刻《抱经堂丛书》数十种最为善本。然其未刻校本为世所传录者尚多。此《越绝书》亦绍弓所校……①

从这段文字，我们不难看出孙诒让对善本的重视。《平津馆丛书》为清代乾隆年间著名学者、藏书家、刻书家孙星衍（1753—1818）所刻，是世所公认的精校精刻本。孙诒让在检阅平津馆本华氏《中藏经》时说："平津馆所刊书皆善本，余皆尝讽览焉。唯此书及郭氏《千金宝要》，以不解医，故未寓目。"这套丛书共有十集四十二种，其中主要是孙星衍自著的《尚书今古文注疏》、诗集及其所辑校的诸子、医学、历史等古籍，孙诒让27岁时就已将其基本读完，也是他看重名家校刻本的重要证明。

在收得大量善本的基础上，孙诒让开始校勘《白虎通》，他家中收藏的《白虎通》本子，光四卷本就有三种。其一为同治四年（1865）叔父孙锵鸣自吴门带回的卢文弨校本；第二种也是卢文弨校本，同治六年从好友谭献处所得；第三种从武林书肆购得，不署刻书年月。除三种四卷本外，还藏有元代大德本十卷，系同治三年孙诒让侍父归里、取道杭州时购得。凡此四种，既有年代较古的元大德本，又有卢文弨这样的名家批校本。孙诒让以元大德本校家中其他藏本，得数百条校记。有众多善本参考，是孙诒让校勘古书取得成就的重要原因。

利用前代类书、古注所引来校勘古籍，是清人校勘学成就的重要方面。此前，卢文弨曾用此法校勘《白虎通》，但有遗漏。孙诒让继用此法，扩大搜查范围，从唐宋类书、古注所引中钩稽出大量《白虎通》文句，为卢文弨校本拾遗补阙，从而将《白虎通》的校勘向前推进了一步。但是，孙诒让并没有就此满足，还念念不忘搜罗其他版本，自云"尚有钟惺秘本十八本，胡维新《两京遗

---

① 孙延钊撰，徐和雍、周立人整理：《父子年谱》，第108页。

篇》本，他日当觅以校之”[①]。

在校勘时既注意名家批校本的价值，又看重年代较早的版本。就《白虎通》而言，孙诒让在比较卢校本和元大德本后说：“绍弓（卢文弨—引者注）先生此本颇精善，然亦尚有疏略。余当依元大德十卷本写定，而录卢君及鄙校语于后，以为札记，则庶其可读乎？”

不仅《白虎通》，每校一部书，孙诒让皆以大量的善本为基础。《墨子》一书，在古籍中一向号称难治，所谓“传诵既少，注释亦稀，乐台旧本，久绝流传，阙文错简，无可校正，古文古字更不可晓，而墨学尘霾终古矣”[②]。孙诒让意识到要想做好《墨子》的注释工作，必须先从校勘入手。他以毕沅《墨子注》为底本，参校明代吴宽写本、清代顾千里校道藏本、日本宝历间仿刻明代茅坤残本等多种版本，理顺了本来难以卒读的《墨子》文句，对各篇间错简也进行了调整和刊正。

另外，孙诒让在校勘古籍时还刻意吸收时人的注释和校勘成果。如校勘《墨子》时，凡是清代研究《墨子》较为深入的几位学者的校勘成果，如汪中、王念孙父子、毕沅、卢文弨、洪颐煊、苏时学、张惠言、戴望等人的校本，孙诒让都著力搜寻。光绪二十五年（1899）九月，《墨子间诂》初印本已刊印4年，孙诒让忽得见张惠言《墨子经说解》上下卷。他按捺不住自己多年苦苦寻觅终于得见该书的惊喜，曰：

> 皋文先生此书，余廿年前属老友钱君无择于常州访之，渺不可得，以为久付蜡车矣。近如皋冒孝廉广生嘱其戚武进金湼生武祥以藏本录寄，为之狂喜累日，所定《经下》句读，与余前考定本略同。惟说间有割裂失当之处，当补录入《间诂》也。[③]

他在得到另一校勘著作杨保彝的《墨子经说校注》（二卷）后则说：“从文

---

① 〔清〕孙诒让撰，雪克辑点：《籀庼遗著辑存》，第51页。

② 〔清〕俞樾：《墨子间诂·俞序》，见〔清〕孙诒让：《墨子间诂》。

③ 孙延钊：《孙征君籀庼公年谱》卷五。

伯（张之纲）姻兄得此册，校读一过。杨氏用心甚勤，惜未能精究校雠之学，或不免沿误为说，不及皋闻张氏说解之简当也。”虽认为其学术价值逊于张惠言的《墨子经说解》，但还是把其中数条补入了《墨子间诂》中。回忆自己前后所得《墨子》版本和有关校本，孙诒让十分自豪，“余廿年前初治《墨子》书，即广求精本，初得顾千里校道藏本于湖州陆氏，继又得吴文定写本于钱塘丁氏，校释之册，则惟滕县苏氏《刊误》，今又获张氏此册，可无遗珠之憾矣”[①]。

另外，孙诒让所校的其他几部古代文献，亦广求善本。如校《晏子春秋》，依吴景元刊本、卢文弨《群书拾补》、孙星衍《晏子春秋音义》、黄以周校本、王念孙《读书杂志》、俞樾《诸子平议》来校勘；校《荀子》，据谢墉校刻本、影宋台州刊本、日本久保爱增注本、刘台拱补注本、郝懿行补注本、王念孙《读书杂志》、俞樾《诸子平议》；校《管子》，参校宋人杨忱刊本、日本安井衡《管子纂诂》本、洪颐煊《管子义证》本、戴望《管子校正》本，以及王念孙《读书杂志》、俞樾《诸子平议》等。

证经校字。孙诒让校勘古籍的另一个特点，是注意利用古文字学成果。他认为，古文字研究的目的有两个：一是“证经”，二是“说字”，这种传统由来已久，“考读金文之学，盖萌抵于秦、汉之际。《礼记》皆先秦故书，而《祭统》述孔悝《鼎铭》，此以金文证经之始。汉许君作《说文》，据郡国山川所出鼎彝铭款以修古文，此以金文说字之始”[②]。以古文字证经、校字，始终贯穿在他治学的全过程当中。

孙诒让的古文字研究，包括金石文字和甲骨文两方面的内容，著作共有《古籀拾遗》《古籀余论》《契文举例》《名原》四种。《古籀拾遗》（三卷）和《古籀余论》（三卷）是孙诒让考释金石文字的专著。前者从宋代学者薛尚功的《历代钟鼎彝器款识法帖》、清代阮元的《积古斋钟鼎彝器款识》和吴荣光的《筠清馆金文》三部书中选取六十六器铭文进行文字考释，还附有《宋政和礼器文字考》一篇。后者则是从清代著名金石学家吴式芬的《捃古录金文》一书选

① 孙延钊：《孙征君籀庼公年谱》卷五。

② 〔清〕孙诒让：《古籀拾遗·叙》。

取一百零四器铭文所做的文字考释。《契文举例》（一卷）是我国第一部研究考释甲骨文的著作，此书据刘鹗《铁云藏龟》一书所收甲骨文资料，共分日月、贞卜、卜事、鬼神、卜人、官氏、方国、典礼、文字、杂例十类进行考释，开甲骨文字研究之先河。而《名原》二卷，综合甲骨文、金文、石鼓文及《说文》中的古文、籀文，比证考释，推究字源及形体演变，全书共分七篇，在分析字形、考察源流方面均对《说文》有所突破。通过对金文和甲骨文的大量研究，孙诒让得出了汉字从古到今字形、字体的演变规律，对古文字学研究做出了重要贡献。

孙诒让积极利用自己的古文字学成果来校勘古籍。比如，金文或小篆字形相近的两个字在古书中易被混淆，孙诒让就用这一规律来校勘古书中的错误。如他在《尚书骈枝・大诰》中指出：古钟鼎款识，“文”与“宁”绝相似，故此经文王、文武皆作宁。后文宁考、宁人亦并文考、文人之误。对于“文”易混为“宁”的原因，孙诒让又解释道：“盖秦汉间诸儒传读经典，已不能精究古文，如古多假‘忞’为‘文’，与‘宁’形近”，原因是金文‘文’‘宁’写法极其相似。“而《书・大诰》曰：‘宁考’‘宁王’，前‘宁人’‘宁武’则皆‘文’之讹也（自注：略本吴清卿说）。”[①]正是因为熟悉古文字形体演变规律，孙诒让才能纠正前人传抄经典时发生的错误。也有人说，从写作时间上看，孙诒让以“宁”为“文”的观点可能是采用了吴大澂的看法。不过据孙延钊所作的《孙诒让年谱》看，他早在光绪六年（1880）见过“丁氏砖”的“忞”作“寧”字，这在古代金文中是很少见的，或许那时孙诒让就对此有所感悟。

在孙诒让校勘古籍过程中，以上方法可以说是屡见不鲜。比如他校勘《商子》“夫离朱见秋毫百步之外，而不能以明目易人”时认为，“易”是“赐”的借字，古钟鼎款识都以“易”为“赐”，“易人”就是“赐予人”的意思。[②]另外，《周书斠补》卷三“当麦解”下“顺天思叙”一句，孙诒让又怀疑“思”当为“卑”，系因篆文形体相近而造成的误认，而“卑”又是“俾”的省文，根据

①〔清〕孙诒让：《名原・叙录》，《名原》，光绪 三十一年刻本。

②〔清〕孙诒让：《札迻》，第159页。

是金文“俾”字多写作“卑”。

孙诒让在校释碑石、钟鼎、彝器上的文字时，也常用古代典籍中的文句来作证明。年轻时他曾为潘祖荫所藏克鼎作释文，其铭文中“扰远能执”一句，一直没有人能做出合理解释。孙诒让以《诗经》《尚书》为证，将“扰”释为“柔”，“执”释为“迩”，认为它们由于声近而被假借。后来，好友黄绍箕又举《尚书》“执祖”即“祢祖”的例子来证明孙诒让的解释准确无误。当时的金石学大家潘祖荫对此给予了高度评价，并且在校释金文时遇到疑难，总请孙诒让帮忙。再如，刘恭冕怀疑汉代熹平石经“盖肆乎其肆也”为逸文，而孙诒让则根据《论语·颜渊篇》“哀公问于有若”章，对南昌府汉熹平石经作了校勘，认定“盖肆乎”即“盖徹手”的异文，而“其肆也”即“如之何其徹也”末三字的异文。只可惜当时刘恭勉《论语正义》已经刊成，无法再收入进去。[①]

黄丕烈、卢文弨等人以广收善本为校勘首要条件，而孙诒让在校勘文献时既重视广求善本，又注意古文字与古文献的互证，故能取得超越前人的校勘成果。比如，同治十二年（1873），孙诒让从好友唐仁寿处借抄苏时学《墨子刊误》并作校勘，“此书是正讹脱尚为精审，唯笃信古文字，又好以借字读正字，是其弊也”。如果不是采用古文字与古文献互证的做法，是很难有此深刻体会的。

重视理校。孙诒让从事校勘时，正值太平军起义，许多珍贵文献被焚毁，因而能够见到的版本比较有限。以他校勘《墨子》为例，孙诒让见到张惠言的《墨子经说解》时，其《墨子间诂》初版已印成四年。还有，光绪二十七年（1901），孙诒让在重校杨保彝的《墨子经说校注》时，见到其中引用“王氏《墨子注》”，竟不知作者就是湘潭王闿运。这一方面是因为孙诒让偏居浙南一隅，更为重要的原因是当时交通与通信条件太落后。鉴于这种情况，孙诒让校勘古籍就不能完全依赖善本，理校也就成了他经常采用的校勘方法。

孙诒让年仅10岁就开始阅读《汉魏丛书》，并能从中找到乐趣，可见他在古文献方面有一定的修养。因此他校书，能兼用对校、他校、本校、理校等方

① 孙延钊：《孙征君籀庼公年谱》卷五。

法，并能在理校中灵活运用古文字学、训诂学知识。如其校《管子·宙合》“夫绳扶拨以为正”，与“千里之路不可扶以绳”中的“扶”字，先驳高诱《淮南子·本经训》以“扶”训为“治也”，认为古书中没此先例，又借助声韵学的知识，认为“扶”可能与“辅”是同源字，并引古书例子加以说明（如引《大戴礼记·四代篇》：“巧匠辅绳而断”；《说文·木部》云：“榑桑，神木，日所出也”；《山海经·海外东经》“榑桑”作“扶桑”等）。孙诒让对“扶”字即为“辅”的判断，首先依据的是古代甫声、夫声字多通用这一音韵学常识，而不是单靠参校上下文或兼采其他文献，从而取得了本校、他校等校勘方法无法达到的效果。

再如，孙诒让在校读《唐正觉浮屠铭记》时，认为其中的“卮”字即“危”字，并分析说这种错误是由于同一碑文前后异体而造成的。若无古文字学功底，一般人很难发现这类问题。

孙诒让经常采用理校方法，得出的结论也非常有说服力。理校的优劣，与一个人目录、版本、文字、音韵、训诂等各方面的修养有很大关系。孙诒让在以上几个方面学养深厚，故能取得如此成就。

补正前贤。孙诒让注意借鉴前人校勘成果，认为王念孙父子、卢文弨、孙星衍、顾千里、洪颐煊、严可均及俞樾等人的校勘尤为精善，“大抵以旧刊精校为据依，而究其微恉，通其大例，精研博考，不参成见。其諟正文字讹舛，或求之于本书，或旁证之他籍，及援引之类书，而以声类通转为之錧键，故能发疑正读，奄若合符”①。同时又不迷信前人，指出他们在校勘方面的失误和弊端。

补旧校之未备。在校勘《周礼》时，孙诒让曾参校段玉裁《周礼汉读考》和阮元《周礼注疏校勘记》两书。段玉裁一书发明义例，举正释疑，对人们理解《周礼》经注很有帮助。孙诒让引用了其中不少观点，并作了很多补正。如《周礼·天官·醢人》郑众注曰：“箈，水中鱼衣”，孙诒让引段校云：“《说文》草部曰：‘箈，水清衣也，从草治声’，此先郑说也。然则先郑本作菭，今本经

① 〔清〕孙诒让：《札迻·自序》。

文作箬，混误不成字。”对于段玉裁的观点，孙诒让认为，“《祭统》孔疏引经亦作‘落’。《说文》落字注，今本作‘水衣’，段从《尔雅音义》引《说文》校改。又《释草》云，‘薄，石衣’，郭注云，‘水苔也，一名石发，江东食之’，鱼衣、水衣、石衣盖异名同物。然此经先郑本固当作落，后郑（玄）则本自作箬，故释为箭萌。盖二郑本自不同，注偶未别白释之而”。孙诒让借助《说文》《尔雅》等字书，不仅补充了段氏的说法，并且考证了二郑异文出现的缘由。

阮元《周礼注疏校勘记》的特点是网罗异本，博采众家，多有超越前人的地方，所以孙诒让也采用了其中不少说法。同时，他也对阮元一些观点提出了补充看法。如《夏官·射鸟氏》：“祭祀以弓矢驱乌鸢”，唐石经都作“殴”。阮校云：“《释文》作‘敺’。”孙校云：“阮校是也……则皆古文‘驱’字也。唐石经并作‘殴’。”孙诒让运用分析归纳的方法，以《周礼》本身文字通例为阮元“唐石经大误”的说法提供了有力的证据。

正旧校之讹误。除了对前人的观点做出补充说明外，孙诒让还着力纠正他们的缺失，即使连他自己最为服膺的卢文弨、王引之等人，也并不曲徇。

《札迻》卷二《春秋繁露·五道第六》“靈虎兕文采之兽”，卢（文弨）云：“靈，疑即《左氏传》‘蒠靈’之‘靈’。”孙诒让案：“蒠靈于义无取，卢说不足据。窃疑‘靈’，当为‘戏’字之坏字……（自注：见《唐内侍李辅光墓志》）。‘戏’字脱落，传写仅存左半，与‘靈’相似，因而致误。”纠正了卢文弨的看法。

再如《札迻》卷四《管子·任法第四十五》“无闲识博学辨说之士”，注（尹知章）云：“闲，杂乱也。法行则博学辨说之人不敢间乱识字也。”王（念孙）云：“‘闲识’当为‘闻识’，下文‘闻识博学之人’即其证。尹注非。”孙诒让认为，注说过曲难通。此“间”当为“嫺”之假借字。《说文·女部》云：“嫺，雅也。”“嫺”字又作“闲”。《荀子·修身》也有同样的用法：“多闻曰博，少闻曰浅，多见曰闲，少见曰陋。”孙诒让认为，《荀子》以博闲并举，与《管子》“闲识”与“博学”并举可以互证。“闻”应是“闲”字之误，王念孙转改“闲”为“闻”，是不正确的。

我们在交游考中也曾提到，孙诒让在平时十分敬重俞樾，但在学术上，孙诒让并不为尊者讳。如《札迻》卷四《管子·形势第二》“生栋复屋，怨怒不及”条，俞樾认为：“生当读为笙。《方言》：‘笙，细也。自关而西，秦晋之间，凡细貌谓之笙。’”对于俞樾的解释，孙氏不以为然。他指出“生”当指“材尚新未干腊也”。理由是《韩非·外储说左》云：“虞卿为屋，谓匠人曰：‘屋太尊’，匠人对曰：‘此新屋也，涂濡而椽生。’”又《吕氏春秋·别类》云：“高阳应将为室，家匠对曰：‘未可也，木尚生，加涂其上，必将挠。’”这里“生栋”与韩、吕两书用法相同，所以俞樾读“生”为“笙”是误读了。

孙诒让每每能提出精当的校勘意见，因而在当时就已经被学界推重。友人黄绍箕对他的《墨子间诂》校勘成就评价尤其高，认为它“旁罗异本，博引古书，集毕氏及近代诸儒之说，从善匡违，增补漏略”；“援声类以订误读，审文例以迻错简，推篆籀隶楷之迁变以刊正伪文。发故书雅记之晻昧以疏证轶事，其所变易，灼然如晦之见明；其所弥缝，奄然若合符复析”[①]。黄绍箕为孙诒让至交，所做叙跋难免溢美，但总的说来，是符合孙诒让校勘成就实际的。

四、目录编著

孙诒让在经学、子学、文字学及校勘学方面的卓越成就掩盖了他在目录学方面的贡献。只有二十二三岁时，孙诒让的目录学思想就已经相当成熟，已开始编纂《温州经籍志》。

目录学界一般根据《温州经籍志》（以下简称《温志》）自序所称“远轨鄱阳，近宗秀水”，笼统概括《温志》“谨守《经义考》之例而为书”[②]，或曰“仿马氏（端临）《文献通考·经籍考》、朱氏（彝尊）《经义考》例”[③]，这种评价比较笼统，远远没有揭示出《温志》的特点。我们认为，有必要将《温志》与以上提到的另外两部同体例的著作做些比较，从而揭示孙诒让对辑录体这一目录体例的贡献。

所谓“辑录体”，是提要目录的一种，是广泛辑录与一书相关的资料来揭示图书内容和进行评论的一种体例。辑录体发端于元代马端临的《文献通考·经

---

① 〔清〕黄绍箕：《黄跋》，见〔清〕孙诒让：《墨子间诂》，第762页。

② 姚名达：《中国目录学史》，上海书店1984年版，第387页。

③ 王欣夫：《文献学讲义》，上海古籍出版社1980年版，第57页。

籍考》，其特点是广泛著录各家题跋、叙录、评议，类似会注体，因可提供较多的参考资料，受到人们的青睐。元代以后，有不少学者采用辑录体来撰写提要目录，像清代朱彝尊《经义考》，谢启昆《小学考》，都采用了这一体例。孙诒让撰《温志》，自称在体例上采用的也是辑录体。

《温州经籍志》的可贵之处，就在于他没有仅仅模仿马端临、朱彝尊等人的体例，而是在他们的基础上对辑录体进行了补充和完善，使之变得更加成熟。这种补充和完善主要表现在以下几个方面：

著录条目更加全面。在《温志》中，孙诒让对每部书的构成要素，如书名、著者、版本、卷数（或册数、篇数）、流传状况等，都详加著录。其中如有淆舛，还加以辨正，故对读者很有帮助。

辨书名。在书名辨误上，《温志》比朱彝尊的《经义考》处理得更加细致。比如，《经义考》“胡铨《周礼传》”条，朱只说“或作《周官解》”，但这一异名始见于何书，并未著录。另外，即使朱彝尊有时会涉及出处，标注也往往从简。像其所收“荀万秋《礼论抄略》”提到了《唐志》作《礼论抄略》，但对见于《唐志》卷几则又语焉不详。而孙诒让则不然，《温志》不但详列他书所著录书名之误，还详注出处。内容不但坚确可信，还便于查对。如《温志》“礼类”所收的“薛季宣《周礼释疑》”条下曰：“《经义考》卷一百二十二作《周礼辨疑》，误。”如此甄别，不但指出他书著录之误，还避免他人误以为《周礼释疑》《周礼辨疑》是两种书。

辨撰者。《温志》详细注明撰者，并对可能存在的异名、误名，详加辨证。其中涉及的辨证类型大致有：蒙上而误。如《备边十册》，孙诒让考证出《宋书·艺文志》蒙上一部书的作者名而误，而将陈傅良当成《备边十册》的作者；误把作序者当成撰者，如《江南通志》认为，林棐是《桐汭新志》的作者，而《温志》则指出，林氏只是作序者，真正的作者是赵子直。另外，还辨正了兄误为弟、父当成子、异地重名等情况。与《经义考》相比，《温志》更注意对撰者的真伪进行考证。《经义考》“何逢原《周易解说》”条，只介绍了《周易解说》作者温州人何逢原的情况，引用的是王十朋为何氏所作的墓志铭。《温志》则指出，名何逢原者有两位，一为宋末严州人，一为永嘉人，而《周易解说》的作者应该是永嘉人何逢原。所列证据，除了王十朋《何提刑墓志铭》外，还有王圻《续文献统考》等资料，令人信服。

辨卷数。卷数是目录的重要著录内容。如果卷数多少说法不一，也需加以辨别。《经义考》对卷数的著录和甄别就不够仔细，要么卷数与今传本不同，要么失载卷数，要么将不分卷的书多达数百页才算作一卷。这都使《经义考》显得不够严谨。而这些情况，孙诒让在《温志》中都尽量避免了。比如“钱文子《白石诗传》”，《授经图》和《经义考》中都作“三十卷”，而孙诒让通过考证发现只有二十卷。再者，“陈傅良《左氏章指》”，前人都著录为十七卷，孙诒让则据《直斋书录解题》等考定为三十卷。

辨存佚。在目录学史上，自唐释智升所著《开元释教录》增书籍“存亡”一目后，朱彝尊《经义考》也沿用此法，并增成“存”“佚”“阙”“未见”四目。这一体例的出现，对后人考察古书流传情况非常有帮助。但书籍存佚与否，仅凭个人经验或前人目录，又很难下结论。容易出现的问题是，过去难寻难购之书，也许今天已经通行；过去已有的书，也许今天已完全亡佚。因此，《温志》加强了对书籍存亡的考证。再者，《温志》虽沿用朱氏的四目，但标准限断更为严格。具体做法是，凡明代及以前书目注为“佚”者，《温志》均标为“佚”；明代有刊本，但清代书目没有著录的，则标曰“未见”，做法严谨。这种严谨还表现在对清初黄虞稷《千顷堂书目》的处理上。该书虽然收录大量明代书籍，但因其多存虚目，故孙氏对《千顷堂书目》不标卷数者则径标为“佚”。还有，有些书虽说无法亲眼见到，但借助常识或通过考证又确实知道它存在的，孙氏在《温志》中就标为“存”，如《四库全书》和释、道两家专藏等。另外，《温志》对《经义考》著录的失误还做了大量的修正，如“史伯璇《四书管窥》”，孙诒让据自家抄本注为“阙”，否定了朱氏《经义考》卷二百五十五作“未见”的说法；至于“刘清《大学要旨》”，《经义考》又有“未见”及“佚”两种说法。因黄虞稷《千顷堂书目》标曰“无卷数”，孙诒让据之定为“佚”。通过重新修正，《温志》在很大程度上克服了朱彝尊仅靠“目营掌录”注录四目不确的缺陷。

辨版本。编制传统提要目录，最容易体现作者版本学的实际水平。《温志》

对版本一项的著录，侧重于实用。它虽然没有将每一部书的刊刻时代、地域、刻主，甚至册数、开本大小、版框尺寸等一一著录，但对标为“存”的书版本的真伪优劣、是否秘笈等，则一一考证明白。比如，元代戴侗《六书故》三十三卷，《温志》标曰“存”，而且有“明代张萱刊本、清朝李鼎元刊本”两个版本。对于这两个版本，孙诒让考证非常精详。他先是照录李鼎元《序》，曰：“前明岭南张萱，曾刻于浒墅，后板归岭南。流传于世者甚少，购之书肆，绝不可得。余在翰林职司校理，得见宋刻原本。恐其流传日少，六书之故无从求证，因手自抄录，细加雠校，选工重刻，以公同好。”然后详加辨析：“戴氏此书成于入元以后，延右庚申始刊行，安得有宋刻？李氏谓得见宋本，雠校重刊，欺人之言也。实质即张萱本重行翻刻而于每卷首第二行剜改‘明岭南张萱订’六字为‘西蜀李鼎元校刻’耳。其板式行款与张本分毫不异。书内卷二‘晤’字下、卷六‘泣’字下并有‘张萱附注’之语，亦未删去也。”[①]孙诒让的论证有理有据，将李鼎元作伪的事实揭露无疑，从而也证明所谓“张李两种版本”实际只是明代张萱刊本一种。这种扎实的考据功夫，反映出孙诒让在版本学方面的素养。

从上面可以看出，《温志》对书名、卷数、存佚、版本的著录不仅注意内容的丰富性，广泛参考前人的说法；还非常重视内容的真实性，书中大量考证反映出他将朴学家重考证的特点带到了目录学中。这些做法，无论对于目录编纂者，还是借重目录治学的人，都非常有帮助。

著录次序合理。所谓著录次序，包括部类下各书的录入次序，和每书下所收叙录、题跋、评议的编排次序。在此两方面处理上，《温志》较前人作品更加合理。

我们先来看《温志》中对各类书编排次序的处理。《温志》先是按照传统的四部分类法，将要收录的书分为“经、史、子、集”四部，部下细分各类，类下再分小类，每小类书按朝代先后排列。比如，经部下的小学类，分为训诂、字书、音韵三小类。而“字书”这一小类，按朝代先后次序，先收宋代谢雩

①〔清〕孙诒让：《温州经籍志》卷七《戴氏侗〈六书故〉》。

《正字韵类》、周元龟《奇字法语》，再收入元代戴侗的《六书故》，接着是明代周应期《正字遗书》，最后录入清代周铎、余国光、洪守一的著作。

另外，同一朝代人的著作，其录入次序的先后，《温志》也有讲究。一般情况下，是以科第生卒年月的先后为序。如果中举人与中进士时间先后有矛盾，则以举人题名时间先后为序。至于府县志互相矛盾者，则以早出地方志为准。孙诒让常常参考明代《万历温州府志》，而较少引用清以后的地方志。这样的录入顺序，既便于人们查找所需要的文献，也符合“辨章学术，考镜源流”的编著目的。这种书目编排体例，较前代目录是一大进步。马端临的《文献通考·经籍考》、朱彝尊的《经义考》，虽然也是按朝代来著录书籍，但因没有明白标注作者属于哪朝哪代，容易造成混淆。朱彝尊《经义考》还将皇帝所撰的书置于各类之首，这种“尊君”做法造成各朝书目编次混乱，不利于考察学术源流。

《温志》在排序上超越《经义考》的地方，还表现在它对于孤篇单作的编排。朱彝尊在《经义考》中主张，凡是与经义有关的书籍，都应当网罗进来，甚至孤篇单作也不该放过。但在排序上他却将这种孤篇置于所属类别的最后，由于没有按时间顺序排列，显得十分混乱。孙诒让则按年代将孤篇单作与专书专著一并编排，有利于“考镜源流”。

就叙录、题跋、评议等的录入次序，《文献通考·经籍考》《经义考》主张“篇题之下，移叙跋；目录之外，采证群书”。《温志》继承此体例，并将序跋和群书的录入次序处理得更为合理。《文献通考·经籍考》在著录评论时，大量引用前人书目的内容。它对宋人目录书尤其是晁公武的《郡斋读书志》、陈振孙的《直斋书录解题》非常重视，两家观点一向被马端临放在其他的叙跋和评议之前优先介绍，而将《汉书·艺文志》《隋书·经籍志》等著述时间在晁陈二人之前的著作，反而放在后面介绍。《经义考》在解题中还喜欢博综撰者佚闻，将著者“传状冠志目之前”。这种做法虽可帮助后代治学者知人论世，加深对所录入之书的理解，却可能使读者耽心于佚闻而妨碍对全书主旨的把握，起不到提要目录应有的作用。《温志》对上二书的著录次序作了改进，“大抵每书之下，叙跋为首，目录次之，评议之语，又其次也。其有遗事丛谈，略缀一二，苟地志已具，则无贵繁征，至于申证精奥，规检伪误，一得之愚，不敢自秘，殿于末简”。孙诒让将著录的次序分为五步：首先录入叙跋，次录目录，再录评议，佚闻第四，自己的案语考证第五。如此下来，以录入之书的内容为中心，渐及外围评议佚闻，条分缕析，于读者治学也大有裨益。这要比马端临的“厚今薄古”、朱彝尊的“博综佚闻”在体例上要完善许多。

著录内容详略得当。在对序跋、评议及前人目录、著录的详略处理上，孙诒让与马端临、朱彝尊也有不同。比如，宋人陈鹏飞所作的《诗解》，《文献通考·经籍考》《经义考》《温志》均已收录，但它们在解题时详略差别就很大。

《文献通考》卷一百七十九曰：

> 陈氏曰：不解商、鲁二颂。以为商颂当阙，而鲁颂可废。[①]

《经义考》卷一百零五曰：

> 陈氏鹏飞《诗解》，《通考》二十卷。未见。陈振孙曰：不解商、鲁二颂，以为商颂当阙而鲁颂可废。王应麟曰：陈少南不取鲁颂，然则“思无邪”一言亦在所去乎？朱子曰：陈少南于经旨既疏略，不通点检处极多，不足据。[②]

《温州经籍志》卷二曰：

> 二十卷。晁公武《郡斋读书志》二、《直斋书录解题》二、《玉海》二十八、《文献通考》一百七十九、《宋史艺文志》一、《国史经籍志》二、《经义考》一百五未见。《经义考》一百五。晁公武《郡斋读书志》二：《陈氏诗解》二十卷，右皇朝陈少男撰。《直斋书录解题》二：《诗解》二十卷，陈鹏飞撰。不解《商》、《鲁》二《颂》，以为《商颂》当阙而《鲁颂》可

① 〔元〕马端临：《文献通考·经籍考》，华东师范大学出版社1985年版，第164页。
② 〔清〕朱彝尊：《经义考》（14），《四部备要》之《经部》，上海中华书局据扬州马氏刻本。

> 废……深宁先生不以为然。予谓先生是说，盖亦取尊君抑臣之义有为言之也。案：《陈氏诗解》，钱谦益《绛云楼书目·补遗》有之。此据旧抄本《绛云楼书目》，粤东伍氏刻本无《补遗》。是国朝初时尚有传本，今则不复可得矣。[①]

以上三家在叙录、题跋、评议的详略处理上各有不同。

《文献通考·经籍考》仅著录陈振孙一人的评价，“陈氏”指谁，在马端临的时代——元代可能人人皆知，但对几百年以后的人来讲，则十分费解。且马氏对陈振孙评价的录入也过于简单，背景交代太少，妨碍了人们对《诗解》的理解。

《经义考》虽说录入了陈振孙、王应麟、朱熹三家的评议，对把握《诗解》的主旨有一定帮助，但因录入内容相近而显得重复拖沓，难怪有人批评他“唯序跋诸篇，与本书无所发明者，连篇备录，未免少冗”[②]。其缺点是既因全部著录内容相似的陈、王、朱三家观点而失之繁，又因不交代陈振孙观点的产生背景而失之简。

《温志》虽然只著录了晁公武、陈振孙两家的看法，比《经义考》还少录王应麟一家，看似简单，却因详录陈振孙《直斋书录解题》的内容，再加上孙诒让自己的按语，而使此解题详略得当，人们对《诗解》的内容梗概也能有一定的了解。特别是孙诒让对陈振孙《直斋书录解题》中所收时人评价也加以转录，对后人了解《诗解》很有帮助。而且，在介绍卷数时，孙诒让仅列前代著录书目，只对那些关乎本书主旨者详细转录，这也是《温志》详略得当的一个突出表现。因此，《温志》在著录内容的处理上，即避免了朱彝尊的“少冗”，又避免了马端临的因过简而失当。

通过以上比较，不难看出，孙诒让在著录条目、著录次序、著录内容的详略处理上，比马端临的《文献通考·经籍考》和朱彝尊的《经义考》做得更好，

① 〔清〕孙诒让：《温州经籍志》卷二《陈氏鹏飞〈陈氏诗解〉》。

② 《四库全书总目提要》卷八十五《经义考提要》，中华书局1965年版。

辑录体在他这里得到了进一步的发展。

除撰《温志》外，孙诒让还编写了多部书目，如《四部别录》专录《四库》未收之书。此外，他还校订自家藏书目录——《逊学斋书目》，对不值得收录的书从书目中加以删汰，“此目杨仲渔、何子浚按箧登录，分类尚多舛误。书箧近又重检一过，亦多不符，俟别编写一帙以备览（略）”，对书目编订要求很高。此后又编私人藏书目《经微室书目》，该书目不满足于仅进行簿录登记，而是以较高的学术眼光进行分类和甄别，为清代私人编目添上了光辉的一页。

编写书目之外，孙诒让还对多种书目进行校勘。同治八年（1869），他校读张金吾《爱日精庐藏书志》，并说：“此近时书目最精博者，披览一过，为之神往。”[①]第二年，再次校读该书，对此书的认识又加深了一步，“志内所收旧本至多，然宋刊本亦止五十四种，益叹百宋一廛之盛为不可及也”[②]。两次校读《爱日精庐藏书志》，足见他对该书的重视。《爱日精庐藏书志》作为清代藏书家撰写的重要目录学专著，历来为学林所重，从孙诒让的跋语，可以发现他对目录学专著评论的精审。同治九年，他校邵懿辰遗著《四库简明目录校注》，并于次年写定该书。此书编录时未及校勘，“原稿为巾箱本，目录书端，随手记录，小字戢孴，颇不易辨，所录刊写各本，先后亦无次序”，经孙诒让整理方才成书。[③]《四库简明目录校注》是版本目录的集大成者，孙诒让参与批注近五百条，使得该书更加丰富完善，也更便于查阅。孙诒让还为黄庆澄《中西普通书目表》作叙，认为黄氏所作目录虽比较通俗，但有裨实用。利用目录学为现实政治服务，同他晚年以古文经学论治的做法是一致的。另外，还校勘章宗源《隋书经籍志考证·史部》十三卷。

五、方志编纂

清代素有重视方志纂修的传统，像孙诒让的父亲和叔父，都热心编修过地方志。同治五年，孙衣言就曾写信给当时的浙江巡抚马新贻，建议续修《浙江

① 孙延钊：《孙征君籀庼公年谱》卷三。

② 孙延钊：《孙征君籀庼公年谱》卷三。

③ 张崟：《瓯海访书小记》，载《蓼绥年刊》1934年创刊号，转引自胡福畴、潘猛朴：《孙诒让研究资料辑目》，1988年。

通志》。鉴于温州、瑞安等地郡县志也存在年久失修的问题，他又和弟弟孙锵鸣一起提出续纂意见。马新贻与郡县官绅虽然都表示赞成，但受经费制约，续修方志的事儿只得暂且搁置。考虑到乡邦文献日就湮没，孙衣言兄弟只好计划亲自采访遗闻轶事，并从所见书籍中摘录资料，草为《温州备志长编》，打算等搜辑到足够资料后，再请地方设方志编纂局一起审议形成志书。他们还为搜辑志乘订出《采访条例》十七条，条例规定方志内容应该十分宽泛，像宋末遗民、明时倭寇、明季兵事，以及方言谚语、私家谱牒等都属采访范围。并且，在条例末尾，还规定了一些采访时可能遇到的细节问题：

> 录寄各件，务须统用卷格纸（每页十八行，每行二十格）端楷誊写，以便合订。并须查阅本条例，以类相投（如金石艺文不可与科第职官等事并抄一纸）。其志传长篇，每篇另写，不必接抄，以便分类汇订。如以谱牒及大部诗文、一切粗重器物送示者，由本局给与收据，订期缴还，仍给来人饭食路资。其诗文巨帙无力抄写者，送阅后酌助写资。①

从文中来看，二人对方志编纂中可能遇到的问题已经考虑得十分细致，足以为后来编志者参考。至20世纪30年代，孙诒让次子完成祖父和父亲的年谱时，家中藏书楼玉海楼中还有《温州备志长编》数十册，据他回忆，长编中的资料除去编《瓯海轶闻》和《永嘉集》时用过一部分，其他就没有再成书。

孙诒让继承了父辈积极参与方志编纂的传统，对方志撰写方法及相关问题也作过深入探讨，其不少思想足可被视为方志编纂之圭臬。

由于孙诒让在晚清学术界的地位，且家中玉海楼又藏书极富，因此当地编纂地方志时多邀请他参与。光绪六年（1880），永嘉续修新县志，聘孙诒让为协纂，戴咸弼为另一协纂，好友王棻为总纂。孙诒让将家中藏书凡与永嘉掌故有关者共几千卷寄存在永嘉县志局，以备修志者考览。另外，他自己编撰的地方艺文志《温州经籍志》在资料及体例上，对修志者也有很大帮助。

① 王葆心：《方志学发微》，湖北省地方志编纂委员会办公室，未刊行。

两年后，孙诒让又补校了同乡戴咸弼所著的《东瓯金石志》。原书为十卷，戴氏撰成后自己很不满意，随即以初印本嘱孙诒让补校。孙诒让将自己所著《温州古甓记》中著录的历朝古砖全部补入《东瓯金石志》中，作为第一卷；又将无年代的古刻及附存佚目即温州人所收藏的金石古物汇为一卷，作为该志的末卷。孙诒让的这些补正，大大增加了《东瓯金石志》的学术含量。

另外，孙诒让还校读了南朝宋人郑缉之的《永嘉郡记》，共补正50余条。在作补正时，他广泛引书，计有虞世南《北堂书钞》、欧阳询《艺文类聚》、徐坚《初学记》《白孔六帖》《乐史》《太平寰宇记》、李昉《太平御览》、王象之《舆地记胜》、欧阳忞《舆地广记》等20余种。其引书以宋元前本为主，明朝以后书仅顾祖禹《读史方舆纪要》一部，且只采用一两个条目。这样引书，主要是为了弥补温州地方志仅据明代以后地志俗书编写，较少引用宋元文献，说服力的不足。孙诒让认为，郑缉之一书出齐梁之前，“零珪断璧，无非瑰宝”[①]。由此可见孙诒让独特的学术眼光。

在辑《永嘉郡记》后，孙诒让以一旬之功，撰成《温州建置沿革表》，以改变明朝以来图经所载沿革表舛忤不足据的弊病。孙诒让的故乡瑞安，自三国时始为县治，以罗阳为名。两千年来治境不迁，而名号屡易，“统部之移并，代各不同”，然“极诵图经，益增瞢惑”。鉴于此，孙诒让专门考定瑞安自夏商以来直至清代的沿革情况，撰《瑞安建置沿革表》一文。该文援据正史，辅以历代舆地专家之说，踵宋代《咸谅临安志》体例，先表沿革，并以考证附缀下方，便于省览。另外，孙诒让还著有《唐静海军考》。

在大量编纂地志的实践后，结合前人的经验，孙诒让总结出了判断地方志优劣的标准。比如，孙诒让十分注意地方志编写中的体例问题。同治七年（1868）十月，好友王棻纂成《九峰山志》，孙诒让为之作跋。在跋里，孙诒让就对各朝山志体例提出了自己的看法。他认为，《山海经》作为山川地理志的雏形，仅涉及山川、道里、物产及神怪，体例上有很大欠缺。晋代及南北朝以后，专门的山志开始出现，但因为属萌芽期，篇目较少，体例也比较简略（如《五

① 孙延钊：《孙征君籀庼公年谱》卷一。

代志》中仅著录宋居士《衡山记》一卷）。唐宋以后，地志撰述渐繁，到后来，凡名胜都有人为其写志，随之在体例上“侈谈量物，兼及释老，而其所尤详者，又莫若《艺文》”，“至今而山志之例，几涉总集矣”，几乎成了一个大杂烩。[①]对山川地理志发展的历史，孙诒让总的评价是，“初则图经之体，后析为山志。至今而山志之例，几涉总集矣”，即最初是太简，如今是过冗。王棻的《九峰山志》共有五卷，有关九峰山的诗文就占了四卷。孙诒让认为这对于人们了解名山相关情况，固然很有帮助，但地方志中诗文过多，就与专门的文集没有什么两样。他还指出，《九峰山志》有序有图却无凡例，是一个很大的失误。由此可见，他对于地方志的体例是有自己的看法的。在光绪十二年（1886）致书黄体芳时，孙诒让对《平阳县志》的体例也作出了尖锐批评。他认为吴承志所修的《平阳县志》，义例舛谬百出。比如《人物》一门，尽改古志旧例，而以德行、言语、文学、政事四科分列；其中言语一科，因不知该收什么内容，就将治训诂的一些儒生列名其中，非常牵强；而《列女》一篇，又强分妇容、妇言等四德，对甄采材料十分不便。因此，他认为此志在体例方面是失败的。同年，孙诒让又贻书友人，讨论修《雁荡山志》一事，其中就讽刺吴承志于修纂义例绝不相及，批驳了吴氏的“地志好坏与篇幅长短有关”的谬说。[②]

在《温州经籍志》中，孙诒让还从理论上批评了旧方志体例上的不足。他指出，有的地方艺文志盲目沿袭《经义考》体例，将专书中论经义的部分析出作单篇，但又不能“尽录别集中所载之文”。《经义考》是要搜集与经义有关的所有文献，析出单篇，说明作者网罗材料不遗余力；而地方志是针对一地之艺文，析出单篇毫无意义。孙诒让这一批评，切中肯綮，对后来编志者很有参考价值。

孙诒让在对他人义例或曰体例方面的失误提出批评的同时，也提出了自己在体例编排上的看法。比如，修名山志，忌不对古舆地书体例做出考察就动手；那种只编录旧文，类似抄书匠的做法，也不可取。他认为，要修一部好的名山

---

① 孙延钊：《孙征君籀庼公年谱》卷一。

② 孙延钊：《孙征君籀庼公年谱》卷四。

志，有比较重要的两部书可供参考。一是仿照现存最古的地志——释慧远《庐山纪略》的做法，先写成一部简要的册子，然后将游记、题咏别收作一集以作补充。章学诚在《文史通义》中曾提到用这一方法来修郡县志，孙诒让认为这也同样适用于山志的编写。二是参考宋田夫的《南岳总胜集》，仿照它的体例，可将掌故及诗文散附于诸峰名迹之下，这“虽非唐以前地志旧法，要亦不失为雅整”[①]。从上面两点也可以看出，孙诒让既继承前人思想，又不拘泥于前人成例。

除了重视体例问题外，孙诒让对修志还有一系列的系统主张，主要表现在他于光绪三年（1877）撰成的《温州经籍志》的凡例和光绪八年三月撰写的《瑞安县志局总例六条》中。《瑞安县志局总例六条》则可视为其地方志编写的实际操作指南，包括纂辑例、测绘例、校雠例、采访例、检查案牍例和缮写例六部分，涉及与地志编纂有关的各方面的问题。以纂辑为例，孙诒让在文中指出：

> 大抵树例缀文，必以唐宋古志及近代通人所论著为矩臬，以正史及先哲传书、金石遗文为根据。多立图表、以理纷错之端；多附小注，以广异同之辨。考证必究其本原，以惩剽窃稗贩之弊；纪录必详其出处，以杜凭虚撰造之嫌。不敢因循俗陋，致类钞誊官簿。[②]

他还认为，“艺文”一目应当删除，“经籍”一门应单列，碑碣应归入金石类，其余诗文与和地志有关涉的按内容分别隶属各个类别下。如篇幅过长志内不能全载，或有裨讽览但与地志考证无关的，则别辑为专集，与志并行。其他五例中详细论述与编地志有关的工作，均有裨实用，限于篇幅，不作赘述。

孙诒让在地方志编纂方面有很深的造诣，因此，他评定以往地方志尤其是温州各县的地志，往往就能切中要害。如孙氏认为，明代永嘉张孚敬纂修的

① 孙延钊：《孙征君籀庼公年谱》卷四。

② 孙延钊撰，徐和雍、周立人整理：《父子年谱》，第193页。

《温州府志》8卷，承王文定《温州府志》之后，而卷数乃不及王《志》之半，“盖吾乡地志之简陋自此始矣”[①]。而明万历年间永嘉王光蕴等纂修的《温州府志》，孙诒让却称其“体裁尚称渊雅”，书中虽有小小疏舛，也仅是白璧微瑕，“校之康熙、乾隆诸志，则终为近古，砭讹补缺，渔猎不穷”。他还说，此志以宋代《永嘉谱》、弘治《温州府志》（王瓒修）为蓝本，“故所纪宋、元以前旧闻轶事，尤多有根据，不似流俗地志，凭虚臆造，不可究诘”，“年代寖远，传播绝稀，印帙偶存，诚吾乡之宝笈也”，给予了相当高的评价。对《四库全书总目提要》，他讥其“颇多舛略，”“亦嫌繁碎”，颇不以为然，“至《四库总目》以《学校门》失收‘永嘉书院’一事，议其挂漏。考此《志》、《古迹门》盖已载入，因明时书院已废，故于《学校门》不复纪述。修书诸公于全《志》先后义例未及详检，故有此论矣”[②]。

看来，孙诒让始终认为，地志之优劣应以义例为首要考虑的因素。其《温州经籍志》参考了朱彝尊《经义考》和谢启昆《小学考》等书的义例，又有所补苴完善。作为目录学史上的名著、地方艺文志之帜志，它长期以来为学界所推重，除资料丰富等因素外，义例精当是重要的原因。而方志义例的精当与否，又反映出编纂者学养的深浅。孙诒让对这一点的重视可以说抓住了地方志编写的核心问题。

孙诒让不仅在理论上指出了旧方志的不足，在方志编写实践中，也力改前代志书之不足。

灵活变通。有清以来的地方志，“所纪艺文，多以人次”，如此便导致体裁类目混乱，不利后人参证。而《温志》遵照传统的四部分类法，在“经、史、子、集”四部以下另列子目。同时，《温志》又不拘泥于四部，还增设了“政书类”“地理类”等新的门类，以适应温州文献的实际情况，从而使当地大量有关气候、地貌、风土人情及官制改革的文献有了适当的归类。像“农家类”，由于温州缺乏这一类的文献，《温志》干脆取消了该类别。这种既遵四部法而又机动

---

①〔清〕孙诒让：《温州经籍志》卷十《瑞安县志局总例六条》。

②〔清〕孙诒让：《温州经籍志》卷十一《王氏光蕴〈温州府志〉》。

灵活的分类方法，对后来修地方志很有启发意义。并且，《温志》还修正了《永嘉县志》《乐清县志》《温州府志》在分类上的多处错误。

限断严格。《温志》对温州一地的含义进行了辩正。比如，对旧府志收入“无名氏《瓯闽传》一卷”，孙诒让提出，温州虽然是古瓯地，“然古之瓯越统今浙东台、温、处三府，南极闽广”，其地不仅有温州，还包括福建等地的一部分，《瓯闽传》可能描述温州以外的地方，故《温志》将其剔出不收。这为编地方志者处理古今地名相同但辖区有异的情况，提供了借鉴。

对于撰者是否为温州人，《温志》的限断也很严，甚至在父子之间也有区别。有录父不录子者，如经部收录了叶味道的《仪礼解》，但子部却不收叶采的《近思录》，理由是父亲虽为温州人，而儿子已经迁出。有录子而不录父者，如集部收了徐玑的《二薇亭诗》，但经部却不收其父徐定春的《春秋解》，因为儿子是土著，父亲只不过暂时居住。至于那些在温州旅居或为官者的著作，《温志》一律不收，如释启元《太初语录》。孙诒让限断之严，大大超出了旧方志作者。

补正前志。《温志》在大量征引旧地方志固有资料的同时，对散见文献也广泛引用。孙诒让曾作《征访温州遗书约》，“广托同志良友，代为搜访”[①]，“片纸只字罔不收拾”，[②]所以旧地志不曾收录之书，《温志》则据诗文集、碑铭、序跋等予以补录。比如，《温志》“小学类”所收的“周应期《正字遗书》”，旧府县志都未著录。孙诒让校读《慎江诗类》，见其中载有《周炤如以其尊人止庵先生〈正字遗书〉见示题赠诗》（炤如，止庵中子天镜字，止庵即周应期），因此推断“止庵著述，固有此帙”，“惟遗书二字似非原稿标题，今无可考”，因而将《正字遗书》收入《温志》中，于文献目录考订可谓有功之举。这种考证的功夫，对于那些只知道从旧有文献中引用现成资料的编志者来说，无疑是值得借鉴的。

---

① 孙延钊撰，徐和雍、周立人整理：《父子年谱》，第163页。
② 孙延钊撰，徐和雍、周立人整理：《父子年谱》，第161页。

六、版本鉴藏

孙诒让对于文献学的贡献，并不仅限于目录、校勘两个方面。他在版本鉴别方面也有相当独到的见解。尽管他没有鸿篇巨制式的版本学理论，但散见于《温州经籍志》等书中零珠碎玉式有关版本的评点，及他在版本鉴藏方面的一些具体做法，对今天仍有借鉴意义，值得我们作一番探讨。

孙诒让的版本鉴别成就与其大量收藏善本密不可分。他很早就涉猎古书，10岁时以浏览明刻本《汉魏丛书》为乐。[①]同治三年（1864）冬，17岁的他侍父南归，取道武林，收得元大德本《白虎通德论》十卷，旧抄本《水心文集》和阮元校刻本《薛尚功钟鼎款识》，视若珍宝。从此，他开始从事善本的鉴别与收藏。同治七年，孙衣言为金陵监司，时“东南寇乱之余，故家遗书，往往散出，而海东舶来，且有中土所未见者”，他见孙诒让在书籍鉴藏方面很有特长，就令其恣意购求。十余年间，家中藏书达八九万卷。孙诒让出身贵胄，不必为购书开销大小而发愁，他本人又学识渊博，清楚版本的真伪优劣。具备这两个条件，自然可以在很短的时间内收得大量好书。

如果仅固守瑞安一隅，孙诒让见到的善本就会非常有限，所幸孙诒让因为侍父和科举等原因各处游历。他长期在江南一带，并曾八次前往京城考取功名，广泛的游历使他有机会见到很多珍本秘籍。同治六年（1867），孙诒让去北京参加秋试，经过武林时购得《养新录》四册，书眉有吴槎客、周松霭的校语。同年，又购得罗以智校本《集韵》和卢文弨校本《白虎通》。[②]其间，为遍访遗书，孙诒让还辗转各地，足迹遍及温州、宁波、杭州、上海、苏州、南京、北京等地的书坊厂肆。据《玉海楼善本书目》记载，当时正是太平军起义之后，名家藏书楼中有不少珍本散出。从孙诒让所购得的书来看，有四明范氏天一阁、绍兴祁氏澹生堂、会稽钮氏世学楼、常熟毛氏汲古阁、钱氏绛云楼等三四十家的藏书，且版本精善，光宋元刻本、宋抄本就有几十种。孙诒让父子还收藏了大量学术价值极高的名家批校本及未刊稿本，其中仅罗以智批校本就有《周易图

---

① 孙延钊：《孙征君籀庼公年谱》卷一。

② 孙延钊：《孙征君籀庼公年谱》卷四。

说》等14种，手稿本有《宋太学石经考》等3种。

孙诒让清楚，单靠个人目营掌录来收藏图书是十分有限的，因此，他除了亲自到各地搜购古书外，还通过友人或以公告的方式征访善本古籍。光绪九年(1883)，孙诒让侍父江宁时，为搜集整理温州一地的文献，作《征访温州遗书约》，广泛求购求抄乡贤遗著，并且指定高人，在各个地方分管搜访遗书之事。这样一来，孙诒让先后共收乡邦文献260余种。

除大量购书外，孙诒让还积极誊录当时著名藏书家手中旧籍，有时也与人交换副本，以广收藏。孙家一直有借抄别人藏书的传统，孙衣言就曾多次向归安陆心源及钱塘丁丙等人借抄善本，并有“写本书非多得数本无由是正”的心得，孙诒让在这一点上继承了父亲的做法。同治九年，孙诒让从戴望处借钞卢文弨批校本《越绝书》。卢氏批校本的特点在于以明代吴琯《古今逸史》校张佳胤刻本，又取《史记》《续汉志注》及唐宋类书征引之文，勘今本夺误。孙诒让因其举正精审，录而藏之。同治十二年（1873）春，孙诒让又从好友刘恭冕处借其父刘宝楠所著《〈大戴礼记〉旧校》一书，这个本子的精善之处在于“刘氏尽录乾嘉经儒《大戴礼记》旧校，除有孙渊如、丁小雅、严九能、许周生诸家手记外，又有赵雩门所校残宋椠异文，与孔书小异”[①]，孙诒让抄录一册，以原书归还刘恭冕。

孙诒让收藏善本的另一个重要来源是亲朋好友的馈赠。光绪十二年（1886）冬，德清县通判蔡汇沧以陆心源十万卷楼所藏的顾千里校道藏本《墨子》的抄本赠给孙氏。[②]而好友冒广生，则让亲戚将所藏张惠言《墨子经说四解》抄录一册，寄赠孙诒让，使孙氏在治《墨经》时能以它为重要的参考资料。其他如戴望、刘寿曾、刘恭冕、黄绍箕、唐仁寿、谭献都曾赠给孙诒让珍本或抄本，这些都大大丰富了孙诒让的藏书。由于孙氏父子长期不遗余力地搜购古籍，使得他家藏书楼“玉海楼”不久即一跃成为与四明范氏天一阁、南浔刘氏嘉业堂齐名的浙江三大藏书楼之一。

① 孙延钊：《孙征君籀庼公年谱》卷一。

② 孙延钊：《孙征君籀庼公年谱》卷六。

孙诒让与父亲一起，将征访得来的善本，一一详细编目。孙衣言曾编有《晒书目录》，孙诒让则著有《经微室书目》。

除认真整理古籍外，孙诒让父子还特别注意将各种不同的书籍分类誊录。孙诒让父子身为版本鉴藏家，深知版本的重要性。他们在日常著书抄书时，就注重选用有色界纸，注重抄工手笔与纸色行款，从而起到区别抄本的作用。孙诒让与父亲将自己著书的稿本及别人著作的抄校本，均请正楷抄手用版印稿纸书写。根据著作的不同类别，选用不同的版式，光版式就多达14种。孙家版印稿纸有红界、绿界、墨界、蓝界的区别。像《永嘉集》抄本，用蓝界十行纸，版心有“永嘉集内编”及“永嘉集外编”字样。而经微室（诒让号）所著书抄本，用红界十一行纸，版心有仿宋体“经微室所著书”字样。除用有界分行纸外，玉海楼尚有无界白纸抄录本，具有这个特征的抄本往往是他人送录或内容平常的著作。

孙诒让以学问家而事书籍收藏，往往能凭其深厚的学养与考证功夫，对于所见版本详加考证来确定其真伪，最终还书籍以本来面目。

同治二年（1863），晚清著名学者莫友芝在得到《说文解字·木部》残卷后，撰《唐写本〈说文解字·木部〉笺异》一文，引起学界大哗，纷纷将《说文·木部》残卷惊为稀世秘笈。此后《木部》为端方所得，后其家人将端方所藏斥卖殆尽，此卷归于白坚，白坚又以三千大洋转售与日本人。[①]面对这样一部煊赫海内的所谓“唐写本”，独具慧眼的孙诒让却有自己的看法。孙诒让根据《说文·木部》的内容、行款及序跋断定，“其为伪迹显然，莫氏自不察耳”，当时的他年仅17岁。今天，孙诒让关于《说文·木部》残卷为后人伪作的观点已为不少人接受，很少有人能找出有力的证据推翻这一看法。

孙诒让卓绝的版本鉴别能力，不仅仅表现在对《说文·木部》残卷的鉴定上，他还揭穿了清代李鼎元自称翻刻宋版《六书故》这一谎言。

关于《六书故》，李鼎元曾说：“前明岭南张萱曾刻于浒墅，后版归岭南，流传于世者甚少，购之书肆，绝不可得。余在翰林职司校理，得见宋刻原本，

---

① 孙延钊：《孙征君籀庼公年谱》卷一。

恐其流传日少，六书之故无从求证，因手自抄录，细加雠校，选工重刻，以公同好。”对于李鼎元的此番表白，孙诒让明确指出：“戴氏此书成于入元以后，延祐庚申始刊行，安得有宋刻？李氏谓得见宋本，雠校重刻，欺人之言也。”孙诒让详细查考《六书故》的张萱刻本与“李鼎元刻本”，发现所谓的“李鼎元宋刻本”实际是重新翻刻明张萱本，只在每卷开头的第二行将“明岭南张萱订”六字剜改成“西蜀李鼎元校刊”罢了，其版式行款与张萱本没有丝毫区别。像李鼎元刻本《六书故》内卷二“晤”字下，卷六“泣”字下还有“张萱附注”的字样，看来是由于李鼎元太大意而忘记删去了。李氏瞒天过海的做法在版本学界倒也常见，并且已经骗过了不少人，但版本鉴藏的行家里手孙诒让却一眼瞧出端倪。

如果说《六书故》中李鼎元的作伪过于大意且比较容易发现的话，那么对另一本书《孔氏家语》的辨伪更能显示出孙诒让的学术修养。

同治十一年（1872），孙诒让从桐城人萧穆处借来影写宋本《孔氏家语》，并用它来校勘明代毛晋所藏汲古阁本《孔氏家语》。毛认为，自己收藏的本子是北宋苏轼收藏的蜀大字本。该书第十卷页末有“东坡居士”白文方印，似乎是一个有力的证明。孙诒让在册端作校记云：

> 宋大字本半叶九行，行大十七字，小廿五字，二卷十六页以前缺，影宋抄补。每册首有“宋本”二字小长圆印，“甲”字小方印，“毛晋之印”方印，“毛氏子晋”方印，册后有“毛氏子晋”方印，并朱文。宋讳缺笔至桓字止，盖南宋初季刻本。毛斧季跋以为即东坡所谓蜀大字本，非也。第十卷末叶有“东坡居士”白文方印，大书贾伪作。①

通过避讳来发现成书年代，从而有效地辨明古书真伪，若无深厚的历史知识是做不到的。

古代藏书家往往都是校勘家，所以，对藏书家派别的划分同样适用于校勘

---

① 孙延钊撰，徐和雍、周立人整理：《父子年谱》，第105页。

家。明代著名学者胡应麟曾将藏书家分为两类，一曰鉴赏家，一曰好事家。[①]后来洪亮吉又将藏书家分为考订、校雠、收藏、赏鉴、掠贩五等。[②]缪荃孙又承胡应麟之说，将藏书家分为赏鉴家和收藏家两派。[③]其实无论怎么分，无非是看藏书的目的是什么。其中一类藏书家主要是为了求古求真，以功利而言，是为鉴赏与刻书，所以很在乎版本的源流、珍贵与否，人称之为版本派。这一类藏书家整理古籍的初步工作，为后一类考证型的藏书家从事校勘工作提供了善本。而另一类人，收藏的目的是治学，虽然看重是否是善本，但这一类人对善本的定义与上一类也不完全相同，凡对校勘治学有利的就视之为善本，比较注重考证不同版本存在异文的缘由。

孙诒让藏书的目的是治学，在《札迻》序中，他表达了自己得善本后用于治学的苦乐情形：

> 每得一佳本，晨夕目诵。遇有钩棘难通者，疑牾累积，辄郁悒不怡；或穷思博讨，不见端倪，偶涉他编，乃获确证，旷然昭寤，宿疑冰释，则又欣然独笑，若涉穷山榛莽霾塞，忽观微径，竟达康庄。[④]

同治三年（1864），孙诒让取道杭州，购得旧刻十卷本《白虎通》，“既抵家，乃即家中所有之本校之凡得数百条”，继又得到卢文弨校本，于第二年秋“肄经之暇，乃重取藏本以校其字，又取唐宋人书所引用其异同为卢君所遗者，凡得若干条”。同治七年，孙诒让在从北京回家的路上，收得写本《刘忠肃公遗稿》二册，以之校对家藏咸丰间刘氏后人活字版印本，并作校记曰：

> 今所见四卷本，乃明初永嘉阮存重编，旧有其裔孙永沛等用活字版排

① 〔明〕胡应麟：《少室山房笔丛·经籍会通一》，光绪二十二年刻本。

② 〔清〕洪亮吉：《北江诗话》，陈迩冬校点，人民文学出版社1983年版，第46页。

③ 〔清〕缪荃孙：《古学汇刊序目》，转引自王世伟：《论孙诒让校勘的特点和方法》，《华东师范大学学报（哲学社会科学版）》，1985年第3期。

④ 〔清〕孙诒让：《札迻·自序》。

印本，盖自文澜阁抄出，故删去每卷刘应奎校正、阮存编次之文，而别题曰宋刘攽撰。然此系秘阁写定全书体制，若重刊，自宜照原本，不然，则原本卷数改并之由不可知矣。伏读《四库总目》云："传抄既久，文多脱讹，而刊本完善，殊无缺误，其经刊者改窜无疑。"戊辰得写本于四明，尚为阮氏之旧，其标题可订印本之缺，虽有脱误，然多可以意求，不似印本并泯其脱误之迹也。因详为雠校，笺其异文于卷中，庶读者重见阮本之旧云。①

同时，又以所见到的刘攽《汉官仪》一册校正了阮元"堂印"为辽时专用语的说法：

此册得于甬上，乃从宋椠影写，竟帙无缺字，盖缮本之精者。阮文达提要谓《辽史》国语解"堂印"博采之名，此书亦有之，知"堂印"不独为辽语。余谓博采以重四为"堂印"，并不自辽始也。唐无名氏《玉泉子》云：……是唐时亦有此名。至南宋初，李易安作《打马图经》，犹沿此称。盖唐宋时中原以此为常语。元与南宋相接轸，修史者乃不知，而以为辽之国语，何其陋也！②

从这些表现来看，应该说，孙诒让是偏重于考证派一类的藏书家。

当然，由于他当时藏书有限，所见到的版本有限，也对治学产生了一些负面影响。像《墨子间诂》校注上存在的一些缺憾，就是因为他以本身不乏校勘错误的毕沅校本为底本造成的。后来吴毓江、栾调甫等人校《墨子》时，所见版本日多，又采用了《墨子间诂》的校勘成就，因而在校勘方面也就有了更大的突破。

孙诒让在书籍收藏与鉴别方面所做的一切，表现了他在版本学领域的深厚

① 孙延钊撰，徐和雍、周立人整理：《父子年谱》，第78—79页。
② 孙延钊：《孙征君籀庼公年谱》卷一。

修养。经孙诒让手校之书，多成为善本留传后世。而他在版本鉴定方面的独到见解，不少散见于《温州经籍志》。孙诒让的版本收藏与辨伪方面的思想，以及他其他的文献学理论，都是我们从事古籍整理研究不可多得的宝贵财富。

学术渊源

思想和学术的发展具有历史继承性，每一位学者都是在前辈或同侪的影响下，在前人创造的学术成就的基础上进行新的研究。孙诒让作为一位处于转型期的学者和思想家，也不例外。仔细考察其著述和由此显现出的思想轨迹，可以看出孙诒让在很大程度上是在继承和发展了永嘉事功之学、清初实学、乾嘉朴学的基础上，才会成为《周礼》学的集大成者、墨学中兴的倡导者、甲骨学研究的开创者。孙诒让所继承的学术传统中，既有传统的古文经学，又有对民生疾苦、社会变革的关注，因此到他这里时，清朝的正统学术——朴学能再度复兴，古文经学与社会实用结合的特征也更加明显。

一、永嘉学派

南宋时期，在江南永嘉（今浙江温州）活跃着一个主张“事功学说”的学派，时人称为永嘉学派[①]。永嘉学派在当时的思想学术界具有举足轻重的地位，清代学者全祖望曾评价说：“乾、淳诸老既殁，学术之会，总为朱、陆二派，而水心其间，遂成鼎足。”[②]永嘉学派有一个从出现到逐渐成熟的发展过程。早在北宋庆历之际，永嘉已有“儒志、经行”二子在进行学术活动，“儒志”即王开祖，“经行”即丁昌期，正是他们二人开了“永嘉之学”之先河。特别是王开祖，被南宋学者陈谦称为“永嘉理学开山祖”。到北宋神宗元丰年间，又有周行己等“永嘉九先生”[③]，从而使“永嘉之学”得到进一步的发展。至南宋，“永嘉之学”进入了蓬勃发展时期，除了郑伯熊、郑伯英兄弟，以及徐谊等人各自

---

① 王凤贤，丁国顺：《浙东学派研究》，浙江人民出版社1993年版，第105页。

② 〔明〕黄宗羲等：《宋元学案》卷五十四《水心学案上》，沈善洪主编：《黄宗羲全集》（第八册），浙江古籍出版社2012年版，第1950页。

③ 王凤贤，丁国顺：《浙东学派研究》，第41页。

的学术活动外，主要是通过薛季宣、陈傅良和叶适的学术活动，使永嘉学派形成了自己独特的思想体系。而叶适则成为以“事功之学”著称的“永嘉学派”的主要代表人物。

永嘉之学，不同于朱熹的理学和陆九渊的心学，而是如黄宗羲所说，“教人就事上理会，步步着实”①。其主要特色有：（1）有强烈的爱国思想和要求。永嘉学派所处的南宋时期，民族矛盾严重，山河破碎，金兵所到之处，被焚掠一空。温州学者薛季宣、陈傅良、叶适都是坚决的抗战派，有的还亲自赴前线指挥军队抵抗金兵，他们还将这种思想映射到了自己的学术著作中，比如通过治《周礼》来匡救宋代制度之失。（2）重视实用之学，研究实际问题。《周礼》一书，王莽曾用来托古改制，王安石曾用来托古变法。同样，永嘉学者为了改革南宋秕政，实现国富民强的目的，也对《周礼》大加研究，以此衡量宋代制度的得失。（3）重视史学研究，以此考求历代兴亡之理。从孙诒让《温志》的统计来看，永嘉学派中著述史书的就有25人，著作43部。永嘉学者大量研究史学，是想通过总结以往朝代的治国经验与教训，达到振兴南宋，使之由弱变强的政治目的。

总的说来，永嘉学派学术思想的特点是重视事功，注重研究实际问题。相比起来，无论是朱熹的理学还是陆九渊的心学，都注重心性，喜欢谈论义理。

永嘉学派与程朱理学的这种不同，始于薛季宣而成于叶适。薛季宣虽有“义理不必深穷”之说，但并未公开向程朱理学竖起叛旗，只是厌恶“清谈脱俗之论”“语道而不及事”。叶适晚年在薛季宣对道学有异议的基础上，进一步有所发挥。首先，在解释经制上坚持与社会现实相结合。薛季宣曾写有《大学解》《中庸解》，开始以事功观点解释经书中记载的制度，这和理学就不相同。如果说薛季宣只是从实践上开始要这样做的话，到叶适时则力图从理论上解决这个问题。比如“格物致知”这个传统的认识论问题，叶适说：“知之至者，皆物格之验也；有一不知，是吾不与物皆至也。”他认为正确的认识来源于对物的认

①〔明〕黄宗羲等：《宋元学案》卷五十二《艮斋学案》，沈善洪主编：《黄宗羲全集》（第五册），第56页。

识，并且要经过对“物格”的检验，才能得到证实；如果离开了“物”或者不与“物”接触，就不会有知。朱熹的“格物”只是体验天理的手段，叶适的观点和道学的“自为物而远于物”确是大异其趣了。其次，叶适等人以功利观点来统一仁义，也给后人以很大的启发。晚年的叶适认为，仁义必须表现在功利上，否则仁义就会成为没有实际内容的空谈，仁义本身无法存在。当朱熹将董仲舒“正谊不谋利，明道不计功”当作白鹿洞书院的学生信条时，叶适就明确指出，“仁人正谊不谋利，明道不计功”初看极好，细看全迂阔，因为“古人以利与人而不自居其功，故道义光明，后世儒者行仲舒之论，既无功利，则道义乃无用之虚语尔”[①]。永嘉学派反对理学讲义与利完全对立起来，反对他们“以义抑利”，而主张“以利和义”。

永嘉学派对孙诒让产生了重要影响。这种影响主要表现在四个方面：

重视整理永嘉文献。孙诒让的父亲孙衣言、叔父孙锵鸣以整理乡邦文献为己任，用永嘉事功之学来弥合清儒汉宋门户之见。孙衣言曾辑补《永嘉学案》，为黄宗羲、全祖望拾遗。孙氏三人整理了《永嘉丛书》十三种，孙诒让不仅负责校勘了其中的多种著作，还代父亲题跋，并在刊布时总其成。孙诒让本人还专门编成《温州经籍志》，以保存永嘉文献。

维护永嘉学派的学说与学术地位。《永嘉丛书》的作者，既包括北宋“永嘉九先生”中之许景衡、刘安节、刘安上，南宋“永嘉学派”的叶适、薛季宣、陈傅良，也包括清代著名学者孙希旦、方成珪，他们虽属不同时代，但在孙诒让及其父亲看来，他们都重视实际时务，不好空发议论，其学术道统是一以贯之的，都属“永嘉之学”的范畴。

在宋代，理学思想占统治地位，朱熹各种道学门徒各种诋毁重视事功的永嘉学者及其著作。非但薛季宣、陈傅良、叶适等人被诬蔑，就是出身程门的周行己和他的私淑弟子郑伯熊也受到朱熹的诽谤。朱熹攻击周行己“学问靠不住”，说郑伯熊“气象虽好，然所说文字处，却是先立个己见，便都说从那上

---

① 〔宋〕叶适：《习学记言序目》（上），中华书局1997年版，第324页。

去，所以昏了正意”[①]。孙诒让站在“永嘉学派”的立场上，为其道德学术正名。永嘉学派中的薛季宣撰《书古文训》，朱熹讽刺他多在地名上下功夫，在别的方面不够用心。孙诒让则认为，《书古文训》“概括旧诂，推阐大义，不屑屑于章句，至偶涉考证，则援据至为该博”，而且其“搜摭既多，舛驳不免”[②]，然自此以外，“则大都精审，厥后蔡仲默作《书集传》所释地理大半沿袭薛训，罕有刊易”。孙诒让还指出，朱熹所作《学校贡举私议》，“胪列诸儒经说，其尚书十家，薛氏居其一，则未尝不心折是书矣”，他对朱熹明明心里承认《书古文训》一书的价值又故意对其妄加批评极为不满。[③]孙诒让还批评夏炘《读书札记》对朱熹的回护，认为夏炘对陈傅良书妄加批评，对“永嘉之学颇致不满”的态度是墨守成规、党同伐异之论，完全不足据，是推崇朱熹“博正学之名”的结果。孙诒让还认为陈傅良是“永嘉魁儒”，并说“止斋为薛文宪（薛季宣谥号）弟子，于井地、军赋，尤为专门之学，宜其精究治本，非空谈经世者可比”[④]。孙诒让对叶适更是推重，认为他是南宋永嘉学派最有成就的学者。他在《书宋史叶适传》中批评《宋史》的编著者大都是道学门徒及其崇拜者，认为《叶适传》编写失当，“仅于拥立宁宗及制置江淮事甚详，于学术诸大端，称之经济自负而已，殊为疏略”[⑤]。

继承永嘉学派的周礼学思想。孙诒让在《周礼》学方面的杰出成就，与南宋永嘉学派有很深的渊源关系。

《周礼》自汉代以来便是一部有争议的书。西汉刘歆和东汉郑玄认为《周礼》是周公致太平之作，而与刘歆同时代的太常博士斥《周礼》为刘歆伪作，与郑玄同时代的何休则将其视为六国阴谋之书。这两派对立的看法一直持续到宋代。北宋王安石训释《周礼》，著《周官新义》作为变法的理论根据，于是反对新法的旧党人士苏辙等便对《周礼》和《周官新义》大肆攻击，认为《周礼》

① 〔宋〕朱熹：《朱子语类》卷七十九《尚书》，岳麓书社1997年版，第1824页。
② 〔清〕孙诒让：《温州经籍志》卷二《薛氏季宣〈书古文训〉》。
③ 〔清〕孙诒让：《温州经籍志》卷二《薛氏季宣〈书古文训〉》。
④ 〔清〕孙诒让：《温州经籍志》卷三《陈氏傅良〈周礼说〉》。
⑤ 〔清〕孙诒让：《籀庼述林》卷六《嘉靖本周礼郑注跋》。

为“秦汉诸儒以意损益者众矣，非周公之原书也”[①]。至南宋时，更有人继续斥《周礼》为伪作，甚至陆九渊的得意门生傅子云作《保社议》，认为郑玄注《周礼》“半是纬语，半是莽制，可取者甚少”[②]。南宋永嘉学派非常推崇《周礼》，叶适就对宋代理学家尊《春秋》而抑《周礼》的做法提出批评，认为“学者承误不思，其中所闭塞多矣”。据统计，南宋永嘉学者中治《周礼》的有21家，著作有23部，对《周礼》的研究可谓盛极一时，但他们有关《周礼》的著述，今已大多失传。今所存者仅有郑伯谦《太平经国之书》11卷和王与之《周礼订义》80卷等，另外还有薛季宣《浪语集》和叶适《习学记言序目》中的几篇文章。

孙诒让不仅像永嘉学派一样重视对《周礼》的研究，还在不少方面继承了永嘉学者的《周礼》学思想。

首先，孙诒让受永嘉学派影响，认为《周礼》一书是周代的典籍。叶适说：

> 《周官》独藏于成周，孔子未之言，晚始出秦汉之际，故学者疑信不一。好之甚者以为周公所自为，此固妄耳……虽不必周公所自为，而非如周公者亦不能为也……盖周召之徒，因天下已定，集成其书。章明一代之典法，殆尧舜禹汤所无有，而古今事理之粹精特聚于此。[③]

在叶适看来，《周礼》即使不是周公一人所作，也应该是周公、召公等人的成果。受这种看法的影响，孙诒让觉得《周礼》应是“有周一代之典”，“粤昔周公缵文、武之志，光辅成王，宅中作洛，述官政，以垂成宪。有周一代之典，炳然大备……其经世大法，咸粹于是”[④]。而且他认为《周礼》的作者就是周公。为强调中国古代文化优于西方，孙诒让坚持《周礼》产生于周朝并成于周

---

① 〔宋〕苏轼：《栾城后集》卷七《历代论》，钦定四库全书本。

② 〔明〕黄宗羲等：《宋元学案》卷七十七《主簿傅琴山先生子云》，沈善洪主编：《黄宗羲全集》（第十册），第2900页。

③ 〔宋〕叶适：《习学记言序目》，第83页。

④ 〔清〕孙诒让：《周礼正义·序》，《周礼正义》（第一册），第1页。

公之手的看法。对永嘉学派这一观点的继承，也是孙诒让内心深处不愿接受西方文化的一个表现。

从学术界研究成果来看，由于《周礼》所记述的制度与先秦其他典籍有许多不合之处，若是其为周公所作且又实行于周代，就不应该出现这种矛盾的现象，因此人们普遍认为这种看法不可信。也有学者根据文字与官制的研究指出，《周礼》是西周宣王中兴时代的书[①]，有人指出《周礼》中无铁无耕牛，因此不可能是战国以后的书。比较圆通的说法是《周礼》为战国人所作，作者一方面掇拾周代典制之遗，一方面参合己意，设计出了一套完整的理想官制。

其次，像永嘉学派一样，主张“以经术措诸世用”。南宋永嘉学者力图借《周礼》改革当时的秕政，薛季宣认为“舍周家之制为兵，皆苟然之道也。周家制兵之法，其要略具于《周官》”，如果被起用，“则执周礼以往”。[②]陈傅良说：“王道至于周备矣……求文、武、周公、成、康之心，考其行事，尚多见于《周礼》一书。”[③]他还根据《周礼》写成《格君心》《正朝纲》《均国势》等篇目进于朝廷。正是受这些前辈的熏染，孙诒让认为《周礼》一书“为周代法制所总萃，宏章缛典，经典毕晐”[④]，其政教之宏意眇旨，无论古今中外，只要真正实行，都可以得到明效大验。他治《周礼》，就是为了实现救亡图存的政治目的，所谓“阐周、礼六艺之教，以远播蛮荒；储种、蠡九术之谋，以大雪仇耻”[⑤]。他还说：“海疆多故，世变日亟，眷怀时局，抚卷增喟……然则处今日而论治，宜莫若求其道于此经。”[⑥]孙诒让本着爱国之心，希望能借助《周礼》中的政教，从外部来抵御强敌，从内部克服当时“政学舛弛”的弊病。可以推测，正是在南宋永嘉学派事功思想的影响下，他因目睹时世艰危而从事《周礼》研究。

再次，校释《周礼》中的具体内容有时也采用永嘉学派的看法。比如《周

① 朱谦之：《周礼的主要思想》，《光明日报》，1961年11月12日。

② 《薛季宣集》，张良权点校，上海社会科学出版社2003年版，第372页。

③ 〔宋〕陈傅良：《止斋集》卷四十《进周礼说序》，四部丛刊本。

④ 〔清〕孙诒让：《周礼正义·略例十二凡》，第3页。

⑤ 张宪文辑：《孙诒让遗文辑存》，第84页。

⑥ 〔清〕孙诒让：《周礼正义·序》，《周礼正义》（第一册），第5页。

礼正义》中“春官・叙官”下的“世妇”一职，孙诒让就采用了南宋王与之《周礼订义》的说法，认为这里的“世妇”为“外世妇”，与“天官”中的“内世妇”不同。[①]

最后，疏解《周礼》，继承永嘉学派不守门户之见的优良传统。永嘉学派的代表人物叶适先向同里陈傅良问学，“陪公游四十年”，又向郑伯熊、王楠等人问学，据《水心文集》中仅存的《与吕文书》的内容来看，叶适还受到吕祖谦思想的影响。对于这一点的继承，正如孙诒让曾在《〈浪语集〉叙》中所说：“曩在京师，与方闻之士论当时门户之弊，常以为欲综汉宋门户之长而通其区畛者，莫如以永嘉之学。”

在校释《周礼》的过程中，孙诒让不问见解是出自哪家哪派，而是一律择善而从。用他自己的话来说就是“然如郊社禘祫，则郑是而王非；庙制昏期，则王长而郑短。若斯之伦，未容偏主”[②]。需要强调的是，孙诒让对永嘉学派学术思想的继承主要集中在其注重事功一方面。相比而言，在治学方法上，孙诒让研究《周礼》重在疏解本文，走的仍是乾嘉朴学的道路。南宋永嘉学派研究《周礼》，大多侧重书中政治、经济的论述，比如叶适认为《周礼》之所贵“固文武周召之实政在是也，奈何使降为度数事物之学哉？”[③]从孙诒让《周礼正义》对度数事物的重视程度看，似乎不以叶适观点为重。

二、清初实学

除继承宋代永嘉实学思想外，孙诒让还像清代大多数知识分子一样，深受清初诸儒经世致用思潮的影响。经世致用思潮之所以得到孙诒让的青睐，是因为其中重视实用和事功的特点与他从小就受到永嘉之学的熏陶有不少相似之处。我们知道，明代万历以后思想学术失实向虚，“一时人士尽弃宋元以来所传之实学”[④]，“有明一代，囿于性理，汩于制义，无一人知读古经注疏者”[⑤]，思想

---

① 〔清〕孙诒让：《周礼正义》（第五册），第1262页。

② 〔清〕孙诒让：《周礼正义・序》，《周礼正义》（第一册），第1页。

③ 〔宋〕叶适：《水心先生文集》卷十二《黄文叔周礼序》，上海涵芬楼借乌程刘氏嘉业堂本。

④ 〔明〕顾炎武：《日知录》卷十八《四书五经大全》，团结出版社2022年版，第1548页。

⑤ 〔清〕江藩：《汉学师承记》卷八，清嘉庆十七年刻本。

学术既已患了虚病，又有何良方救治呢？自应提倡实学，以实补虚。自嘉靖以来，不断有人呼吁弘扬实学。前七子之一的王廷相云："士惟笃行可以振化，士惟实学可以经世矣。"[①]到明末清初，以实救虚、由虚反实的呼声越来越高，响彻整个学坛，实学思潮进入鼎盛时期。李塨则从更长的历史空间来观察学术上虚与实的相互转化问题：

天地之道，极则必返，实之极必趋于虚，虚之极必归于实。当其实之而得衰也。江淮迤北，圣贤接踵，而老聃、列御寇之流，已潜毓是间，为空虚之祖。今之虚学，可谓盛矣，盛极将衰，则转而返之实者，其人不必在北，或即在南。[②]

李塨所谓"虚学"，系指宋明理学，包括程颐、程颢、朱熹、陆九渊、王阳明诸家，并非仅指阳明心学。

清初实学，以黄梨洲、顾亭林、王船山、朱舜水为代表人物。这批学者处于天崩地坼的时代，大多怀有经世之志，具有强烈的社会责任感与历史使命感。顾炎武云："保天下者，匹夫之贱，与有责焉耳矣。"[③]黄宗羲云："扶危定倾之心，吾身一日可以未死，吾力一丝有所未尽，不容但已。"[④]儒家积极用世的精神与明清之际特殊的社会现实铸就了一代知识分子坚实、峻洁、贞亮、弘毅的人格典范，其热力与光芒对后世为救亡图存、振兴国家而奋斗的志士仁人鼓舞极大。

因为明清之际这批学者治学的根本目的在经世致用，力挽时艰，济民水火，正人心，兴太平，所以他们鄙视把学问当作博取功名富贵、沽名钓誉的途径和手段。不管是治经、治史、治地理、治兵农，还是研究别的什么学问，都是为了益世利民，而不是其他。他们认为，学术与事功是统一的，不应将二者割裂

① 《王廷相集》(第2册)，中华书局1989年版，第419页。

② 《李塨全集》(第4册)，河北人民出版社2017年版，第1561页。

③ 〔明〕顾炎武：《日知录》卷十三《正始》，第1087页。

④ 《黄宗羲全集》(第十册)，第288页。

开来。黄宗羲批评宋明理学家将学术与事功割为两途，非“真儒”之学行。而且为了发挥学术的经世致用功能，他们还特别注重探讨国家兴亡、民族盛衰的原由和经验，研究一切与国计民生攸关的实事实务，并重视思想学术和社会风气。顾炎武将经世之学归结为两点：“君子之为学，以明道也，以救世也。”他的《日知录》分“经术”“治道”“博闻”上、中、下三篇，“经术”重在“明道”，“治道”与“博闻”重在“救世”。这一实学思潮又包含科学方法，重视实习、实践、实证、实测与实验。故王国维在总结清初学术时曰：

> 顺康之世，天造草昧，学者多胜国遗者，离丧乱之后，志在经世，故多为致用之学，求之经史，得其本原，一扫明代苟且破碎之习，而实学以兴。[①]

他认为清初实学最为兴盛，而实学的基本精神与根本主旨在于致用，透辟地指出清初学术本质及成就所在。

晚清激荡的国内外政治形势，使得一大批有责任感的知识分子重新关注清初实学思想，这是时代的必然。比如孙诒让的好友戴望就曾偷偷地对《亭林诗集》作过校勘。戴望十分重视对颜元的研究，著有《颜氏学记》一书。同治八年（1869）戴望著《颜氏学记》时，颜元去世不过165年，时不仅“举颜、李姓氏无人知者”，要找颜、李书亦甚难。颜元、李塨乃清初大儒，死后不过百余年，姓氏就无人知晓，是学术史上的一大憾事。而戴望认为他们注重实用、反对空谈的思想可补当时弊政，于是著《颜氏学记》以张大其影响。戴望、谭献都尽力宣传颜元、李塨的学术思想，正是因为他们，颜李学术才得以在晚清重新振兴。谭献也十分尊崇清初黄宗羲、顾炎武、颜元、李塨等人，他曾列师儒表，虽自谦为“一时之见，未为论定，录存日记，聊以备忘”，然列黄梨洲、顾亭林为“通儒”，又单独著录大儒三人——清初的颜元、李塨、王源，并且称之为先生，不敢直呼其名。后面的三位清初学者，被梁启超归为“实践实用主义”

---

① 王国维：《观堂集林》（外二种），第574页。

的代表，顾名思义，也可以明白他们的为学宗旨。戴、谭均为孙诒让挚友，孙曾自称与前者“同为金石之学至交”，较与他人“踪迹尤密”；而谭献则在《复堂日记》中自述与孙诒让情谊深笃。既然如此，他们对清初实学的重视不可能对孙诒让没有影响。关于孙诒让提倡颜、李之学的言论虽无从寻绎，但他以戴望《颜氏学记》转赠谭献这一点足以说明，孙诒让对颜、李之学并不陌生。

颜、李学术思想的特点是看轻辞章，不满考据，其学术精髓在动、在实、在习、在用。作为一个学者，孙诒让本来就十分注重在学术活动中的实地考查，尤其是在金文学方面，总是尽量亲自到乡间搜访古刻，椎拓古代碑铭石像。学术之外，他还参与乡间事务，除前面屡次提到的办教育、开矿、办实业之外，还任瑞安筹防局董事，以备日寇入侵。这与颜、李学派提倡的动实习用并无二致。

当然，在治学方法上，孙诒让又与颜、李学派不同，他精研《周礼》，注重考证，与不满考据之学的颜元有别。也就是说，他虽然接受颜、李学派部分实学思想，但所受影响又有一定限度。

孙诒让推重清初实学思想，最明显的表现是他于戊戌变法之后毅然校勘了朝廷禁书《顾亭林诗文集》。经孙诒让校勘后，顾亭林诗文始可读，并且从孙氏开始顾集校记才第一次出现单行本。此后吴眉孙、黄季刚、徐益藩等人又对顾炎武诗文先后进行过校勘。但筚路蓝缕，始自孙诒让。

孙诒让校顾亭林诗文的目的，就是要借其中经世思想以挽救衰颓的国运。他在校记中曾说：“后之览者，倘亦亮其存楚之志而恕其吠尧之罪乎？”这句话是由唐诗中的两句“秦车今已出，誓死必存荆”转化而来，目的是希望读者了解顾亭林的爱国之志，从而表明自己心迹。[1]

清初诸儒，无论顾炎武还是颜元，均以空虚为讳，以切实为归。顾炎武曾说：“读九经自考文始，考文自知音始，以至诸子百家之书，亦莫不然”。[2]提倡实想、实读、实著、实行，从音韵文字入手通经子百家也只是手段，目的在于

---

① 徐益藩：《孙先生〈亭林诗集校文〉后记小笺》，《浙江学报》，1947年第1期。

② 《顾亭林诗文集》，中华书局1983年版，第69页。

“明道”“救世”。这种思想对孙诒让影响很大。孙诒让一生奉经世致用为治学之圭臬，原因有二：一方面是继承永嘉事功之学的衣钵，关心民生疾苦、国家兴亡；另一方面就是自觉修正乾嘉只管说经校书的做法，自觉向着清初诸儒提倡的“明道”“救世”的学术宗旨复归。

三、乾嘉朴学

如果说孙诒让在治学指导思想上受永嘉事功之学和清初实学影响比较大的话，那么在治学方法论上则主要继承了乾嘉朴学的做法。正因为这一点，他才被人称为“正统派死守之最后堡垒”。

朴学，发轫于清初，极盛于乾嘉两朝。就研究范围而言，乾嘉朴学以经学为中心而旁及史学、小学、天文、历算诸学。在古文献的整理上，朴学成就可谓前无古人。梁启超认为，经过清代学者的爬梳，“吾辈向觉难读难解之古书，自此可以读可以解……许多伪书及书中窜乱芜秽者，吾辈可以知所别择，不复虚磨精力”①。清代乾嘉朴学之所以能有如此建树，与当时众多大师的治学方法有不可分割的关系。

孙诒让生活在鸦片战争至辛亥革命前的这段历史时期，太平军起义失败后清朝社会相对稳定，加上他出身官僚家庭，生活条件比较优裕，这为他继承乾嘉学者的传统，潜心于古代典籍研究，从而取得出色的成就，成为清代最后一位朴学大师，创造了可能的条件。

对于乾嘉朴学，孙诒让十分推崇，他曾说：

> 我朝乾嘉以来，此学大盛，如王石臞先生（念孙）及其子文简公引之之于经、子，段若膺先生（玉裁）之于文字训诂，钱竹汀先生（大昕）、梁曜北先生（玉绳）之于史，皆专门朴学，择精语详，其书咸卓有功于古籍，而某自志学以来所最服膺者也。②

---

① 梁启超：《清代学术概论》，第48页。

② 孙延钊撰，徐和雍、周立人整理：《父子年谱》，第351页。

孙诒让对这一学派的继承，主要表现在以下几个方面：

穷搜博讨加仔细甄别。清儒“以通经博物相尚”，强调无证不言，论必有据。比如钱大昕关于古无轻唇音与古无舌头、舌上音之分的论断，即是以对《尚书》《诗经》《吕氏春秋》《周礼》等先秦典籍的考察为依据的。而王引之对虚词的诠诂，也是以遍搜博讨为基础，“自九经三传及周秦两汉之书，凡助语之文，遍为搜讨”[①]。在这一点上，与乾嘉诸儒相比，孙诒让可谓有过之而无不及。以《墨子间诂》为例，孙诒让取法乾嘉学派实事求是、不主一家的做法，参验群书，旁征博引，为求得确诂尽了最大的努力。

《墨子》一书，到清代毕沅才开始有注，此后注家迭起，孙诒让自己也说：“余幸生诸贤之后，得据彼成说，以推其未竟之绪”。[②]他校注《墨子》，博稽众家之说，且交代来历。据台湾学者刘文清统计，《墨子间诂》先后称引的校释观点，共有王念孙、王引之、戴望、俞樾、王鸣盛等45家之多。尤其可贵的是，其中有的学者并非墨学名家，而是仅有单文零篇存世，甚至仅有只字片语和《墨子》有关，如果其观点有可取之处，孙诒让也收录在内。如《墨子·尚贤（下）》：“于先王之书《吕刑》之书然，王曰：‘於！来，有国有土，告女讼刑，在今而安百姓，女何择言人？何敬不刑？何度不及？’……”“讼”字孔安国传本作“详”，孙诒让引王鸣盛说云：“《墨子》作‘讼’，从‘详’而传写误。”王鸣盛语出自《尚书后案》，《尚书后案》并不是记载墨家言论的专书，但也被孙诒让网罗在内，可见他搜讨之勤。[③]除了博采部分涉及墨学研究的书籍，孙诒让还广征古注、类书、字书及相关书籍，古注有《十三经注疏》《战国策注》《吕氏春秋注》《淮南子注》《楚辞注》《三国志注》《史记三家注》《水经注》《汉书注》等，类书则有《北堂书钞》《群书治要》《艺文类聚》《初学记》《意林》等多种。孙诒让在《墨子间诂·自序》中曾说：“今谨依《尔雅》《说文》正其训故。”[④]实则他所引用的字书，除上述两种外，还有《急就篇》《小尔雅》《方

① 〔清〕王引之：《经传释词·自序》，《王文简公文集》卷三，民国十四年高邮王氏遗书刊本。

② 〔清〕孙诒让：《墨子间诂·自序》。

③ 〔清〕孙诒让：《墨子间诂》，第69页。

④ 〔清〕孙诒让：《墨子间诂·自序》。

言》《释名》《玉篇》《广雅》等，由于以大量小学典籍作参考，所以他往往能以形索义，纠正别人发现不了的舛误。如《墨子·经说下》："夹帚者，法也。"孙诒让就是根据《说文》和《集韵》来辨识"帚"的异体字。[①]

孙诒让在继承乾嘉朴学家遍搜穷讨例证的同时，还注意甄别文献资料的客观性。戴震说："凡学未至贯本末，彻精粗，徒以意衡量，就会载籍极博，犹所谓思而不学则殆也。"[②]在乾嘉朴学家看来，全面考察与反对主观臆测相结合，才算得上是真正科学的治学方法。孙诒让对这一特点体会得尤其深刻。拿《周礼》来说，历代学者多好言郑玄、贾逵之短，但信而有据的例证并不多见。孙诒让在博稽诸家精义的基础上客观地匡纠郑玄、贾逵的讹谬，其观点多有理有据，最后得出了"郊社禘祫，则郑是而王非；庙制昏期，则王长而郑短"的结论。再如《周礼·天官·宫正》"辨外内而时禁，稽其功绪，纠其德行，几其出入，均其稍食"，对此句中"稍食"的解释，孙诒让先录郑注和贾疏。郑玄云："稍食，禄廪"；贾逵疏曰："稍则稍稍与之，则月俸是也。则下士食九人，中士倍下士，上士倍中士，大夫倍上士之类。其禄与之米廪，故云禄廪也。"随后又录易祓、金榜、沈彤三家说，他们都认为"禄"与"稍食"不是一回事。但是，郑玄解说不明，贾疏则禄食不分，而易、金、沈三家对禄食的区分也不够明晰。于是孙诒让在指出郑、贾疏失的基础上，将易、金、沈的观点加以阐发，从而把"禄"和"稍食"从有无爵命上区分开来。这个发现，解决了《周礼》中的一个重要问题，从而使古代禄食制度的真相大白于后世。[③]

会通义例并一以贯之。所谓会通义例，即是在广泛占有材料之后，力图从中概括出一般的义例规则，也就是通常所说的"例不十，法不立"。在乾嘉诸儒看来，只有从丰富的事实材料中抽绎出一般性的原则，才能把握纷纭复杂的具体现象。王引之《经义述闻》末卷即以前三十一卷所收集的资料为基础，通过缜密的比较分析得出"旁记之文误入正文则成衍文""形近易误"等校勘规律。而"一以贯之"，则是朴学家们的另一要求，"不会通其例、一以贯之，只厌其

---

①〔清〕孙诒让：《墨子间诂》，第372页。

②〔清〕《戴震集》，上海古籍出版社2009年版，第181页。

③〔清〕孙诒让：《周礼正义》（第一册），第219页。

胶葛重复而已耳，乌睹所谓经纬途径者哉”[①]。通俗地说，即是在一般义例的指导下，考察千差万别的特殊现象。

孙诒让接受并实践了会通义例的主张，非常注意对义例的贯通，不以孤证作为得出结论的依据。如“制禄”之数，《周礼》本文无记载，礼家各执一偏之见，说解愈多，纠葛愈甚。孙诒让对《周礼·春官·内史》中“王制禄，则赞为之，以方出之”中的“禄”作了详细的考察，先是把《周礼》《王制》《史记》的有关记录联系起来，接着用崔灵恩所提出的方法加以推比，计算出禄粟的具体数字，得出一个一般的规则。为验证这一规则，孙诒让又拿它与《墨子》《韩非子》《商子》对勘，从而证明上、中、下士的年禄大体符合。[②]很显然，这种先从个别到一般，后又从一般返回个别的比勘方法，对疏通古制是十分有益的。乾嘉大师戴震，就是先通过推敲归纳出三条通则，然后又以这三条通则逐句审订，从而对《水经注》的经与注作了明确区分，解决了唐代以来《水经注》中经、注混杂相错的难题。孙诒让从多种古籍中抽绎原则，后又用另外几种文献来一一验证，其做法与戴氏相同。相应的，孙诒让特别反对治学过程中不重视义例，为此他曾对吴祁甫《平阳县志》提出批评。[③]

理证和实证交叉运用。校勘古籍，有本校、他校、理校等方法。所谓理校，即在校书时从内在特征或相关规律入手，不必非在文字上找到据依。其实，理校就是理证的一种。孙诒让曾说：“综论厥善，大抵以旧刊精校为据依，而究其微恉，通其大例，精研博考，不参成见，其諟正文字之讹舛，或求之于本书，或旁证之他籍，及援引之类书。”[④]“究其微旨，通其大例”，实际相当于理证，而“求之本书，旁证之他籍”即实证，相当于校勘方法中本校、他校一类严格寻求根据的做法。从这段话可以看出，孙诒让很注意理证和实证的交叉运用。

除了用理证、实证结合的方法解决了唐写本《说文·木部》残卷的真伪问题，孙诒让还用这种方法解决了不少学术难题。比如，他通过虚实结合的方法

---

① 〔清〕凌廷堪：《礼经释例·自序》，《校礼堂文集》卷二十六，清嘉庆十八年刊本。

② 〔清〕孙诒让：《周礼正义》（第八册），第2132页。

③ 孙延钊：《孙征君籀庼公年谱》卷四。

④ 〔清〕孙诒让：《札迻·自序》。

揭穿李鼎元自诩依宋版刻元代戴侗《六书故》一书的谎言，指出李本实际依据的是明代张萱刻本。

由此可见，理证与实证相结合，作为一种严密的治学方法，从乾嘉到晚清能有如此旺盛的生命力，直到今天还被广泛运用，是有其原因的。

大胆推求与多闻阙疑。作为一个治经者，要善于阙疑存异，尤其不能专断和抱残守缺，这是乾嘉朴学大师戴震强调的一条原则。“世之学者往往惑也，何也？……尊信太过，先有成见在心。即有可疑，亦必曲为之解，而断不信有伪也。”阙疑存异强调无征不信，要求以事实作为去取的准则。

孙诒让继承了这一观点，在著述过程中，对待异说有时就采取存而不论的态度。如《墨子・非攻下》“越王繄虧”，孙诒让曰：“《史记・越世家》则谓句践始为越王。《史记正义》引《舆地志》云：‘周敬王时，有越侯夫谭，子曰允常，拓土始大，称王。’案允常为句践父，《汉书・古今人表》亦云‘越王允常’，并与《史记》不同。此越王或当是允常，亦未能决定也。又案《国语》《世本》并以越为芈姓，则疑繄虧或即执疵。”[①]像这样阙疑不轻加裁断的例子，在《墨子间诂》《周礼正义》中比比皆是，足见孙诒让审慎的治学态度。

像大多数朴学家一样，在实事求是、阙疑存异的基础上，孙诒让还十分注意在校勘训释时大胆推求古代名物制度的原貌。如上面谈到的“均其稍食”一例，就是他在掌握了郑玄、贾逵、易祓、金榜、沈彤诸家观点的前提下，通过仔细剖析，指出上述几人的不足，从而推求得出古代禄和稍食因有无爵命而不同这一结论。

除了以上四点外，孙诒让还十分注重考察源流，这与乾嘉学派的做法也是相吻合的。

清代著名校勘家卢文弨曾说，学问固然需要自源而达流，也要自流而溯源。自流以溯源与自源而达流，大致构成了清代朴学历史考察方法的两个方面。如阎若璩《尚书古文疏证》通过追源，考证出古文《尚书》中“人心惟危，道心惟微”等十六字，实际上来自《荀子・解蔽》所引用的《道经》，从而为判定古

---

① 〔清〕孙诒让：《墨子间诂》，第154页。

文《尚书》为伪书提供了一大佐证。在史实考订中，自流溯源具体化为以原始记载证后起之言："言有出于古人而未可信者，非古人之不足信也，古人之前有古人，前之古人无此言而后之古人言之，我从前者而已。"[①]自源达流的做法，比较明显的表现是在典章制度、舆地艺文的考证中，疏通源流，追本溯源，即综观对象的变迁沿革。如阮元在《明堂论》中，就通过依次查考殷周至两汉的明堂格局，从而对不同时代的明堂特点提出了自己的看法。

孙诒让继承了这一方法，他的《周礼正义》一书，以注重疏通名物制度著称，这其中往往需要追源溯流才能讲清楚某一典章制度的来龙去脉。于是，孙诒让为证郑玄、贾逵疏失，既要搜辑佚诂，看郑玄与贾逵、郑众、马融、王肃等人的解说孰优孰劣，注重追源；又要从宋元以后特别是清代学者的著作中，精择其平实之说反复推阐，若真能证明郑、贾确谬，才选录新说以易旧解，这就是所谓的自源而达流。比如，《周礼·春官·御史》"掌赞书，凡数从政者"，"凡数"，孙诒让认为应从清代卢文弨、孔继汾、洪颐煊的看法作"数凡"，而这种看法最早来源于先郑（众），唐代陆德明《经典释文》也从先郑的观点，只不过后郑（玄）认为"数凡"应归下句。如此梳理，"数凡"的来历便交代得非常清楚了。[②]

由此，我们便可以发现，孙诒让对乾嘉学派的治学理念作了最大限度的继承。但他所处的时代与乾嘉朴学家毕竟不同，目睹"海疆多故，世变日亟"的社会现实，他无法再像一向服膺的乾嘉大师王引之那样自称"于大道不敢承"，只管"用小学说经，用小学校经"[③]，到孙诒让这里，"明道""救世"重新成为治学的根本。孙诒让强烈的通经致用思想，既来自从小对南宋永嘉学派重视事功学术思想的有意识继承，也来自本人对晚清复兴的通儒经世思想的关注，而晚清急剧变化的社会现实也是他治学宗旨发生变化的重要原因。

四、家学渊源

孙诒让能成为晚清朴学大师，取得巨大的学术成就，除了前面所提到的原

---

① 〔清〕钱大昕：《潜研堂文集》卷十六《秦四十郡辨》，四部丛刊初编本。

② 〔清〕孙诒让：《周礼正义》（第八册），第2140页。

③ 《龚自珍全集》，第147页。

因之外，还有一个直接的因素就是家学的影响。

孙诒让出身书香门第，曾祖孙祖铎与祖父孙希曾分别为邑庠生与邑增生，在当地很受人敬重。到了父亲孙衣言这一辈，因和兄弟孙锵鸣两人都中了进士，孙家一跃成为当地少有的名门望族。

有学者认为，孙衣言治宋学，以古文辞著名；孙诒让治朴学，以考据名家，两人学术宗旨不同，彼此谈不上什么影响。但笔者认为，孙衣言刻《永嘉丛书》时，由孙诒让任校勘，这需要用到考证的方法，而《永嘉丛书》中又有《礼记集解》《集韵考证》等著作，也足以引起孙诒让治朴学的兴趣。并且，孙诒让受父亲的影响治永嘉之学，还汲取了永嘉学派的学术观点，进而形成自己的思想。比如，孙诒让认为，《周礼》为周代礼制实录，其作者为周公，这些观点与永嘉学派如出一辙。而这些，直接或间接地受了父亲的影响。所以，正如著名学者戴家祥所言："其敬仰先贤，覃研经制，固庭训之薰染也。"①

孙诒让继承家学的另一个重要根据是，父亲孙衣言除了对儿子的治学方向有潜移默化的影响外，还亲自教授儿子。孙衣言在孙诒让七八岁时，就教给四子书。当时，孙衣言在京任职，其实可以像其他京官那样将儿子送去国子监读书，也可以请人在家教儿子，但他没有采用以上两种方式，因为他认为聪慧的儿子是一块璞玉，只有自己用心施教才会将其雕琢成器。

父亲和叔父不但影响了孙诒让的治学方向，他们仕途上的荣耀也使孙诒让为自己勾画了"学而优则仕"的人生蓝图。还有，父辈交游广泛，这使得孙诒让的社交圈不断扩大，随父辈所结识的才学超拔之士，为他学问的日益精进提供了良好的条件；另一方面，父辈做过高官，孙诒让不可避免与许多朝臣产生了千丝万缕的联系，这成为他在政治文化观方面虽然开明又难免保守的一个重要原因。

孙诒让继承家学，与其故乡温州地区自南宋以来就重家学的风尚有一定关系。所谓家学，即世代相传之学。永嘉学派中的许多著名人物，都曾向父兄问学，或一家连续几代治某一经典。如为孙诒让所称许的永嘉学派著名人物薛季宣，6岁时即由其伯父敷文阁待制薛弼收养，"从弼宦游，及见渡江诸老，闻中

① 戴家祥：《书孙诒让年谱后》，《图书展望》，1947年第5期，第22页。

兴经理大略”，后著有《书古文训义》《诗性情说》等多种著作[①]；薛季宣的侄子薛叔似，也喜欢钻研朱熹理学，“穷道德性命之旨，谈天文、地理、钟律、象数之学”[②]。薛季宣一家三代，都有后辈向长者学习的传统。而永嘉学派的另一位代表人物陈傅良，也是家学传承的典型代表，孙诒让曾称赞他学问文章可“昭垂万世”。其祖辈相传的学问有《周礼说》《春秋后传》等近十种；陈傅良的从弟陈谦、陈武，长于《礼》《春秋》，尤其陈谦的《续周礼说》《续春秋后传》等著作，为陈傅良的续作，也是在继承家学。孙诒让与父亲孙衣言、叔父孙锵鸣先后参与永嘉文献的整理，更是他们重视当地家学传统的一个表现。

不单孙诒让的故乡温州有重视家学的传统，整个清代重视家学的氛围都很浓厚。据清代学术史记载，四五代相传的家学，有安徽宣城的梅氏：文鼎、文鼐、文鼏—以燕—玨成—钫、钫—冲；另外，还有江苏仪征刘氏：文淇—毓嵩—寿曾—师培。这种累世的亲属宗师关系，往往是后代对前一二代人学术思想的传承，四代承袭的例子比较少见，更多的是祖父子三代或祖孙学术上的相传相继。如高邮王氏（王安国、王念孙、王引之），吴县惠氏（惠周惕、惠士奇、惠栋）就是祖、父、子三代传经的典型。其他如浙江定海的黄式三—黄以周、黄以恭—黄家岱，江苏吴县的江声—江镠—江源，浙江余姚的邵曾可—邵廷采—邵晋涵，都属于三代传家学的情形。在清代，家学更为普遍的表现是父子相师承，如江苏江都的汪中、汪喜孙父子，安徽桐城的姚范、姚鼐父子……类似的情况可以说是数不胜数。

除了学术思想的纵向传播外，家学还表现为同代人的相互影响或者姻亲之间的传承。兄弟之间互相砥砺共传家学如东浙三黄（黄宗羲、黄宗炎、黄宗会），浙江嘉兴“钱氏二石”（衎石仪吉、警石泰吉）等；夫唱妇随者如郝懿行、王照园夫妇，汪远孙、梁端夫妇等，舅甥关系如庄述祖与宋翔凤、刘逢禄两外甥，而段玉裁—龚丽正—龚自珍，则又是舅（外公）、甥（女婿）、孙（外孙）的关系。可以说，清代朴学大师中的不少人，都曾受到家学的沾溉，或立志继

① 《宋史》卷四百三十四《儒林四 · 薛季宣》，中华书局2000年版。

② 〔明〕黄宗羲：《宋元学案》卷五十二《艮斋学案》，沈善洪主编：《黄宗羲全集》（第八册），第1903页。

承祖上的治学方法，将某一专门学问传下去。孙诒让曾在《答友人管森鸿书》中说，他平生最服膺段玉裁、王念孙父子、梁玉绳等人。而王念孙父子、钱塘二梁（梁玉绳、梁履绳），均是家学传统下培育出来的学术奇葩。到孙衣言、孙诒让父子时，此风仍存。不仅孙家，像江苏宝应刘氏三世四人就以《论语》为家学：先是刘台拱博览群书，尤深入“三礼”及《论语》《孟子》《汉书》；到了刘宝楠、刘宝树这一代，濡染家学，从小向从叔刘台拱问学；到了第三代，刘恭冕又继承父亲刘宝楠的学术，撰成《论语正义补》一卷。

综上所述，我们认为，孙诒让作为一个纯粹的学者，在很多方面继承了乾嘉以来的治学方法和治学理念，但面对天崩地裂式的社会格局，其学术思想也随之发生变化。在过去相当长的时间里，对于儒学经典，人们往往通过童年的阅读、成年后的考试，建构起一套知识系统，而且又常常借助这套系统来想象和重构那些不熟悉的新知识。19世纪下半叶的中国士人，大多拥有深厚的传统文化底蕴，面对动荡时局和西方新科技知识与思想观念大量涌入的情形，不得不采取重新诠释经典的方式以回应新变。时世的忧患进入经学，使得人们从朴学家借文字音韵训诂来探讨学问真知变成了必须靠它来提供策略与感慨时事。在这种情形下，孙诒让虽然选择了固守古文经学家法，对康有为今文经学进行批评，但又无法解决经学传统与现实世界之间的矛盾。于是到后来，孙诒让不得不加入到借古文经学而论治的行列中来，也开始将权威经典视为支持现实的合理资源。

第六章　勉力兴学

甲午战争后，不少晚清士大夫从“天朝大国”的迷梦中惊醒，他们放弃了科举利禄一途，转而寻求救国济世的良方，孙诒让就是其中的一位。光绪二十年（1894），47岁的孙诒让第八次落第，羞愤交加的他从此再未踏进京城半步。也正是从这一年开始，潜心治学的他，开始在浙江南部兴办大量学校，后来成为浙江近代史数一数二的教育家。

最后一次应礼部试报罢，孙诒让在致日本友人的信中痛陈道：

> 近者五洲强国竞争方烈，救焚拯溺，贵于开悟国民，讲习科学。不佞曩昔所业，固愧刍狗已陈，屠龙无用。[①]

他分明已深切地感受到“矻矻治经生之业”在国破家亡之际起不了多大作用。“今日事势之危，世变之酷，为数千年来所未有。中国神明之胄，几不得齿于为人类。”[②]面对严重的民族危机，孙诒让可谓“忧愤填胸”。在读了京中好友黄绍箕寄来的《强学会章程》《强学报》《中外纪闻》等一批资产阶级改良派的报刊之后，孙氏认为康、梁等人提出的兴学育才、译书博闻、开民智、办报章等主张虽精详，但“其于致用，尚邈乎远也”。“其所欲经划之远且大者，尚不

① 孙延钊撰，徐和雍、周立人整理：《父子年谱》，第351页。
② 孙延钊撰，徐和雍、周立人整理：《父子年谱》，第263页。

尽于是。”[1]因此，他另草《兴儒会略例》以为倡导，阐明宗旨曰：

> 合全国各行省四万万人为一体，以广甄人才，厚积群力，志气专一，筋力灵通。运会大昌，则蔚以致中国之隆平；外敌凭陵，则共兴以御异族之犷暴。以尊孔振儒为名，以保华攘夷为实，万不得已，亦尚可图画疆自守。此区区移山填海之微意也。[2]

依据《略例》的宗旨，我们不难看出，孙氏是想不断招收会友扩充组织和收受股金，从事包括工商、文教、兵事等各个方面的事业。正如“强学会”是兼具学校和政党性质的团体那样，他所倡导的“兴儒会”一旦组成，就兼具了学校、政党、企业三种身份。《兴儒会略例》可以说集中代表了孙诒让从甲午到戊戌时期的思想现状。如果说甲午之前他是以“阐《周礼》六艺之教，以远播蛮荒”为要务，以读书治经作为经世致用的唯一途径的话，那么甲午之后，从尊重中国历史文化的深厚感情里迸发出的强烈爱国思想，让孙诒让兼顾了学术与实务两个方面，既“尊孔振儒”，又努力办学兴实业，并且将主要精力放在后者身上，实现了由朴学大师向爱国教育家、实业家的转变。

温处学务

温州、处州两府统一开设机构督查当地办学情况，是由温处籍留日学生首先提出的。光绪三十年（1904）十月，留日学生于日本神田锦辉馆集会议事。其中许燊认为，“温处今日学务固不能不取法乎西，各国为改良之地。然派遣留学，经费既巨，又不能得多数，且非七八年或十年之久不能学成归国。而内地学界万不能待十年后少数之学生为之振作，势非于内地广开师范学堂、培植中小学普通教员不可”。但开设师范，“必须宽筹经费，聘请上等教员以广为造就。

① 孙延钊撰，徐和雍、周立人整理：《父子年谱》，第262页。

② 孙延钊：《孙征君籀庼公年谱》卷五。

温、处两府十六县厅如能会办，则经费易筹，气魄较大，其造就能遍及十六县厅，学成散入各县改良学校，规则必能齐一。且有总设机关为之提倡，非唯于学务上易于调查，将来地方一切举动，两郡皆有密切关系，实至要之举也”①。刘绍宽、陈子善、石铎等人也表示赞同。

光绪三十一年（1905）六月，处州青田人，时任湖南陆师学堂总办、在籍候补知府的陈琪和温州留日学生吴钟镕、黄群等，按锦辉馆大家达成的共识向温处道童兆蓉提出设立两府学务机构，得到了童的支持，还召集府县士绅张之纲、刘景晨、刘绍宽等五十余人，决定成立温处学务分处，并公推孙诒让为总理。其后童兆蓉去世，学务分处成立一事中辍。温处学务分处正式成立于当年1905年11月28日，筹备处设在纱帽河沙氏宗祠，并修订了《学务处简章》。温处学务分处名称曾有改易，如次年（1906）改称温处劝学公所，次年春又改称温处学务总汇处，但职能没有大的变动。孙诒让的职衔也一直未变。如光绪三十二年十二月初一（1907年1月14日）被任命为“钦派学部二等咨议官法部主事总理温处劝学公所孙”，光绪三十三年四月二十日（1907年5月31日）则为“钦派学部二等咨议官法部主事督办温处学务总汇处孙”。学务分处自成立至撤销，共存在了两年七个月。

因《奏定学堂章程》中并无一府或两府合设一分处的规定，全国也无第二例，所以温处学务分处的成立颇费周折。分处的设立虽说是由于留日学生的倡导和温处道童兆蓉、温籍京官黄绍箕的支持，但其实孙诒让在温州乃至浙江的学术地位和声望才是关键所在。还有一种说法是，管学大臣张百熙屡招孙诒让入都襄助学务而不得，于是“请浙抚侍郎聂公缉矩，强起居士，总理温、处两州”②，即上面施压，要求浙江巡抚起用孙诒让主管温、处两州的教育。此说源自孙诒让的从妹夫、著名的学者、资产阶级革命派的代表人物宋恕。宋、孙是姻亲关系，且私交甚密，其说法应该不是空穴来风。其间的情形是，代聂缉矩而为巡抚的满人宝棻（兼浙江学务处总办）曾以《奏定各省学务处章程》中无

① 胡珠生：《温州近代史》，辽宁人民出版社2000年版，第205页。

② 孙延钊：《孙征君籀庼公年谱》卷五。

下设分处之规定为理由，“饬道从缓举办”温处学务分处，当地士人大愤，“联合从与集议之各县士绅，公电京师学务大臣陈请，学务大臣孙公家鼐得电，以为可权宜办理以顺舆情，遂檄浙江学务处特准分设”[①]。由此看出，若非有较大声望和相当影响，温处学务分处这样的特例就不可能出现。并且，在学务分处成立之初，就存在着与浙省守旧势力之间的对立，虽然孙氏取胜，但其日后工作则不可能不受到一部分人的阻挠与破坏。

孙诒让就任分处总理不久，即制定《温处学务分处章程》。《章程》分总纲、调查部、编检部、同人约规、门役总规等十三章一百一十三条。[②]总纲中规定学务分处的宗旨是：“本分处为温处两郡教育总会，以交通联络，推广整顿，尊重伦理，统一教科为主”，“对省城学务总处有担任赞助之责任，对各属学堂有督查整顿之实权。调整各属所到之地，应与地方官和衷商榷，地方官亦应有保护施行之职任”。《章程》还详细规定了文牍、管理、调查、编检、评议等各部的职责，可以看出孙诒让为温、处两地教育考虑谋划之深入细致。

在温处学务分处存续的两年七个月里，虽然名称有变化，或为温处劝学公所，或为温处学务总汇处，但其主要领导人没变，其作为清末温、处两府最高教育行政领导机构和决策机关的性质和职能也未变。温处学务分处，既需主管两府十六县的教育，又要接待国内外来访者，对内还要调节学务纷争、编写教材、筹集经费，日常事务可谓繁杂。分处按每部设正副主任两名、干事三四人的设置算来，统共约有三四十人，这样少的人力却能在不到三年的时间里完成创办各级各类学校300余所、集资50万元的大事，不能不归功于孙诒让的领导有方、管理得法。孙诒让曾感慨清廷的机构臃肿、人浮于事为“不疗之痼疾”，而他领导的温处学务分处可以说尽量地避免了这一点。温处学务分处在孙诒让的领导下，在短短不到三年的时间里，就在以下几个方面取得了令人瞩目的成就。

---

① 孙延钊：《孙征君籀庼公年谱》卷六。

② 转引自童富勇：《孙诒让与温处学务分处》，《温州师范学院学报（社会科学版）》，1987年第1期。

一、重振府学

温州府学堂成立于1902年7月。时清廷下诏兴学，温处道童兆蓉、知府王琛提议将府城中山书院改办为温州府学堂，特邀各县士绅在中山书院精勤堂会商，欲推孙诒让为总理，孙诒让带头支持，并具体拟立了府学堂章程，但见“王太守与陈经郛均意在敷衍，余小璇太史，扼腕空拳，毫无权力”①，“闻官绅意见未融，权限无定，故毫无端绪”②，故未就总理一职，“虽厕名，然事不甚与”，理由是瑞安初办学务，事须躬亲，难以离开，于是改由永嘉士绅余朝绅担任总理，陈祖绶担任副总理，朱寿保任监堂。光绪三十一年（1905），中学堂遵章裁总理、校监等职，改设监督，以原学堂副总理陈祖绶升任监督。

温州府学堂虽名义上为州最高学府，但由于存在着孙诒让所虑及的种种弊病，管理相当混乱。拿功课设置来说，学堂中文课本已确立，但为温州知府王琛所改，“极错乱，恐难得效也”③。加上原监督墨守成规、管理无方，乃至出现了课程不全、教习迂腐、学生嬉游的局面，虽名为中学堂，实则仅有小学程度。各县高材生都不愿入府学堂就读，引起温州所属各县商学界的强烈不满。各县士绅联名具牍，指责府学堂“敷衍牵就，毫无精神”④，要求省学务处派人查处整顿。省学务处即命温州知府锡纶加以治理，锡纶不仅对办教育毫无热情，还对新学抱有敌视态度，“于新学未能深究，又素疑新进少年之多事，故力持仍旧不必更张之论”。遂将此事转推给刚成立的温处学务分处，由孙诒让负责改革整顿。孙诒让接手后，认为学堂事积弊已久，“似非破坏不能议建立”⑤。还须对监督、教员、学生进行考核和重新选择，“多备好教员监员……以备将来位置，不至仍蹈旧辙也”⑥。孙诒让改革的第一步就是设法辞退监督陈祖绶，拟请人“密劝墨农（陈祖绶）辞总理而举介石（陈黻宸）为监督”。后者坚辞不就，孙即将自己办学的得力助手，曾到日本考察教育的编检部主任刘绍宽（次饶）

---

① 张宪文辑：《孙诒让遗文辑存》，第186页。
② 张宪文辑：《孙诒让遗文辑存》，第184页。
③ 张宪文辑：《孙诒让遗文辑存》，第184页。
④ 张宪文辑：《孙诒让遗文辑存》，第187页。
⑤ 张宪文辑：《孙诒让遗文辑存》，第190页。
⑥ 张宪文辑：《孙诒让遗文辑存》，第195页。

推为府学堂监督。刘在孙诒让的指导下，大刀阔斧，“力矫学风，整教风，肃校规”。对全体教员，以学术水平、教学能力、道德品质等项作为教师合格与否的标准，淘汰不称职者。还从六县中学堂教习中，各选调二三人员来郡任教，以充实师资，如张木冈即来自瑞安县中学堂。对全校学生，则以品学优劣为标准，重新甄选，开除一些荒废学业，整日嬉游作恶的官宦子弟。空余名额，另招新生补充。在课程设计上又添设了博物、理化、地理、经济、法制等必修科目，使其符合完全中学的要求。此外，刘绍宽还坚持到各班听课，查阅学生作业，检查教学工作，督促教师认真讲授，平时注意深入了解学生，“考其心得之多寡，以决其学问之优劣，使学生受其教者皆能成材。邑中学风乃大振矣”。经过孙诒让、刘绍宽等的一番改革，中学堂（整顿后改名为温州府中学堂）的面貌焕然一新，成为较前完备之中学，各县报考者骤增。永嘉私立和教会办的学堂学生骤然减少，都想插班到温州府中学堂学习，各县优秀生也纷纷以之作为第一志愿。当时在中学堂任教的著名教师有撰写《墨商》的王景羲，有精通《史记》《汉书》的张棡等名人。这一期间培养的学生中，有后来成为著名国画家的马孟容，书法家马公愚，教授潘云路、项蛰、陈君橄等人，这无疑是温州府中学堂的全盛时期。

孙诒让改革温州府中学堂的意义，不仅仅是把一所腐败的官立中学整顿成一所有生气的新学校，更重要的是通过整顿中学堂，树立了温处学务分处的威望，取得了各界的信任，为以后的教育活动奠定了良好的基础。

二、阻力重重

光绪二十七年（1901），京师大学堂聘孙诒让任经学教习，他坚辞不就。自光绪三十年至三十三年，张之洞曾三次聘其为湖北存古学堂教习，均未就。这期间，礼部设礼学馆，奏派孙诒让为总纂，也未入京。孙诒让不愿接受这些“规格”较高的延聘，而安心在温州办教育，一是出于对乡邦的眷恋，二是相信在这里更可放开手脚大干一番，为乡里造福。不过实际的情形与其初衷还是有一些距离，自孙诒让主持温处学务分处以来，羁绊与困难就时时相随。

迫于国内外压力，晚清政府于光绪二十七年“诏议变法”，实行所谓“新政”。“新政”的一个重要内容是教育改革。光绪三十一年十一月，清廷颁行

《奏定学堂章程》，其中规定：兴学为地方官应尽之义务，官绅合办学有成效者，予以奖励，百般阻挠敷衍塞责者，一经查明严加惩处。尽管如此，清末兴学过程中，“地方官率爱惜财力，而疑绅士以挟制。于是官绅新旧之间，凿枘不相入”[①]的情形比比皆是。究其原因，无非因清末官吏或为科举出身，或因祖荫、或因捐资谋得一官半职，对新兴的学校教育自然没有好的印象，由于思想僵化，因循守旧，对于朝廷兴学谕旨阳奉阴违，迟迟不肯办学，当时“处属各学堂，有未经开办，而地方官绅，即以案牍互相讦者”[②]。处州府在学务分处成立之前，根本无新学堂。经省提学使再三催促，不得已才将旧有的月池书院易名为崇正学堂，教员课程保持原样不变，“取杭垣书院前列卷，命诸生转抄。以抄数多寡验勤惰，即以此定名次”[③]。名为新学堂，实际上仍是以科举为目的的旧书院。温州也存在类似的情况。所以，孙诒让感慨：“庸暗守旧之辈，既识见顽钝，不足与言教育”[④]，“更法虽见谕旨，而举办仍未见踊跃，真不药之痼疾也”。这种局势下，孙诒让主持温处学务分处，自然会“怨谤间生，阻碍百出”[⑤]。正如有人总结的那样，当时的矛盾，从对象而言，可以分为官与绅、绅与绅、学界与学界、学界与其他领域四种；就内容而言，不外乎名、权、利三字。[⑥]究其根柢，应是资产阶级新文化与封建旧文化之间的较量，“五四”之前的学校与科举之争，新学与旧学之争都具有这一特点。大致说来，办学的阻力主要有以下四个方面：

首先，作为一地方士绅参与办学，难免会遭到守旧官吏的阻挠。童兆蓉、程筱周主政温州时，因为他们对教育事业颇为热心，与孙诒让的关系也十分融洽，所以，办学活动进展得较为顺利。然自其总理温处学务分处，尤其童、程二吏不在任上以后，孙诒让与本省及本郡的守旧官吏就多有龃龉。当顽固守旧的满人锡纶接管温州后，温处学务分处的工作，更是遇到了重重困难。锡纶公

---

① 张宪文辑：《孙诒让遗文辑存》，第25页。

② 张宪文辑：《孙诒让遗文辑存》，第25页。

③ 转引自童富勇：《孙诒让与温处学务分处》。

④ 张宪文辑：《孙诒让遗文辑存》，第25页。

⑤ 孙延钊：《孙征君籀庼公年谱》卷六。

⑥ 童富勇：《孙诒让与温处学务分处》。

开声称“不喜新学”，不满孙诒让“用人太新”，处处与孙诒让为难，并鼓动乐清顽固知县何士循、永嘉守旧知县丁维晋等人，暗中与孙诒让作对，使学务分处难以开展正常的教育活动。孙诒让在写给黄绍箕的信中悲叹曰：“此间自程筱周观察受代后，继者但坐啸而已。温守则极厌新喜故。弟承立分处，无能为力。”[①]孙诒让此言，确是有感而发，有一例可以为证。孙诒让曾于光绪三十二年（1906）上禀浙抚，请拨科举费为办学费。此项建议虽获浙抚允准，但锡纶怂恿各县官吏拒不奉行，将此款肥私。经一年多的争讼，省学务处多次派人调停，减少议拨，最后，“终因库书坚抗，分文未得，足见官场旧利不易争拨”。锡纶等顽固官吏不但拒拨官款办学，还对绅商殷户捐款兴学者，不择手段地加以迫害，使热心教育者欲助不能。永嘉富户徐元凯奉母命捐银千两，作为温州师范学堂的开办费，县令丁维晋知道此事后，大为不满，遂利用手中权力，一面派人对他进行“勒谷”“诬敲”；另一方面又编造莫须有的罪名，对他抄家治罪，妄图以此阻止开明士绅对孙诒让所主持的学务分处的支持，从而达到破坏新教育的目的。

曾任浙省学务处总办、浙江布政使的宝棻，为人顽固庸劣，孙诒让极为鄙视。浙江巡抚张曾敭为张之洞之侄，与孙诒让交情颇深，并且在当时的封疆大吏中较为开明，因此孙氏遇事即向抚院径陈，批准后即交省学务处备案，对此，宝棻十分不满。后来虽由支恒荣担任学务处总办一职，宝棻仍对温处学务处心存反感。于是，他暗中唆使温州知府锡纶，永嘉知县丁维晋、乐清知县何士循等旧派人物，处处与学务分处为难，合谋搜罗资料，准备予以攻击。恰好当时乐清县发生《新山歌》案，何士循到郡告知锡纶，锡纶密函转告宝棻。“随由锡通详各大宪，声称被告聚众讲说《新山歌》、鼓动革命之陈耐辛系虹桥女学堂现任堂长，温处学务处引用党人，责有所归。”将矛头直接指向孙诒让，“诒让闻之，飞牍为之申辨，复驰书张抚，请予从宽处理”。[②]宝棻则借题发挥，欲一并铲除温处学务分处。张曾敭派沈维城来乐清查办，无果而归。张认为宝棻是在

① 张宪文辑：《孙诒让遗文辑存》，第129页。

② 孙延钊：《父子年谱》，第359页。

诬告，而后者“尤不谓然，当即提取全案，将另派员复查”。张抚无法，只得密电求叔父张之洞帮忙。孙诒让也致电黄绍箕，请求帮助。张之洞后来亲自援手，将宝棻调任山西布政使，锡纶调任金华府知府，丁维晋调任长兴县知县，何士循为桐庐县知县。一干人等全部调离原来职位，事情才算告一段落。1907年冬天发生的这桩案子，最后以孙诒让等人的胜利而告终。但若没有恩师张之洞、挚友黄绍箕相助，温处学务分处的命运就很难说了。

其次，摒绝私人，用人唯贤，有时会得罪当地劣绅。温处学务分处成立时，各县士绅都想从中谋取一官半职，以便名利双收。而孙诒让为人骨鲠正直，坚持任人唯贤的标准，“摒绝私人，严拒干谒”，于是便屡屡获罪于人。永嘉劣绅梅佐羹曾托人向孙诒让谋求“挂名董事”，孙严词拒绝。“公所本无挂名支薪之董，而该衿向业刀笔，声名狼藉，于教育毫无所解，严拒未用。”①梅因此对孙怀恨在心，屡次散布谣言，阻挠学务。他的同党吴木天，曾以设飞鹏学堂为名，私吞学款，变学堂为赌局，被孙诒让派人查处，从而与孙结下私怨。梅佐羹、吴木天两人臭味相投，结成死党，在永嘉知县丁维晋的庇护下，公开与孙诒让主持的学务分处作对。光绪三十三年（1907），省学务处视学杨某在分处职员夏莘如的陪同下，巡视瑞安、平阳、乐清等县的学校后，至永嘉县所属学堂视察时，被梅党沿途拦辱，并将陪往之夏莘如拦回，勒令签字，杨某及孙诒让皆有公函至道府县，而毫无反响。一个普通士绅竟敢公然拦辱省学务处的官员，如无锡纶、丁维晋等的怂恿包庇是不可能的。正是由于锡纶、丁维晋故意与孙诒让为难，府县才对孙诒让、杨某要求惩处梅佐羹的函札无所作为。

梅佐羹、吴木天两人除公开与孙诒让对抗外，还暗中用假名诬陷、控告孙诒让。其中最大的罪状是“演说革命”，包庇“逆党”陈乃新。陈乃新（又作耐辛，名梦熊），是晚清浙江著名的革命志士，曾在乐清创办僧民小学和民强女学，作为宣传排满理论、培养革命志士的基地。他曾自编反清教材《新山歌》作为两校的必读课本，后被当地劣绅胡倬章告发，遭到清政府的通缉，逃到了温州。孙诒让认为，此等青年后生，志在爱国，热情可嘉，宜爱护之。故当此

① 张宪文辑：《孙诒让遗文辑存》，第142页。

案事急时，孙氏留陈耐辛在家中躲避了多日，并想尽一切方法帮其东渡日本，以安然脱险。梅、吴得知此事的内幕后，即以“演说革命”罪指控孙诒让。虽有黄绍箕等人的保护，孙诒让化险为夷，但劣绅的陷害给孙诒让及温处教育界带来了种种精神压力，从而影响了他们的办学热情。孙诒让在致省提学使信中，详述了此事造成的恶果：

> 学界自此寒心矣。迩年青年英隽，大都褰裳东游。而在里办事者，又以屡遭反对，厌世者笃守保身之明哲，热心者而怵聒耳之哗嚣，望尘却步，意兴索然。故校舍虽略有增多，而精神则隐见退缩。诒让以孑然寡助之身，既不能为乡里稍竭微劳，又万不欲与流俗争此权利，当兹荆棘丛生之会，实有进退维谷之情。[①]

虽是一时过激言论，却也反映出一个事实，即当地劣绅的种种牵绊让一心振兴乡邦教育的孙诒让身心俱疲，心灰意冷。

再次，来自科举“俊秀”的谣言与攻讦不绝于耳。孙诒让曾于“上浙抚论学务困难事”中一针见血地指出：

> 学堂之阻力，不在无知之乡愚，而在科举之俊秀。此辈十九寒畯，既逾入学之年龄，又无远游之资斧。自学堂之设，年入数十金、百数金之家塾，皆不复存在，不引而教之，为筹出路，则穷无所向，非鼓扇浮言以遂其破坏，即借名办学，霸占公款以自营菟裘。于是废学堂复科举之谣言，与名学堂非学堂之家塾，充斥耳目，几乎不可爬梳。[②]

也就是说，除去守旧官吏的刁难，劣绅的阻碍破坏之外，办学还不得不面对千余年来科举制度的挑战，封建旧私塾的围攻。旧儒生们见办新学砸了他们

① 张宪文辑：《孙诒让遗文辑存》，第143页。

② 张宪文辑：《孙诒让遗文辑存》，第26页。此文原载《中外日报》。

的饭碗，便煽动群众反洋热情，将新学与洋学一视同仁，欲一举捣毁而后快。清末全国各地多次发生的毁学事件，不少便是科举之士及私塾学究极端仇恨新学暗中蛊惑煽动的结果，这也是西方教育方式传入后与传统的封建教育方式较量的一个表现。

最后，因筹集学款，征募校址与工商界发生矛盾。如为厘捐带收学务费与厘卡委员发生矛盾，为盐行老板私吞的公款与盐行发生冲突，为将红封余款充作教育经费与红封受益户发生冲突，如此种种，不胜枚举。孙诒让能在“怨谤间生，阻碍百出”的艰难环境中，领导温处学务分处，克服种种困难，发展大量新式学校，与其办学的高度热情，对教育事业的献身精神，他本人在省内外的崇高声望，学务分处同人的全力支持与共同努力，都是密不可分的。

尽管在办学中遭遇种种阻力，孙诒让领导的温处学务分处在两年零七个月的时间里，还是创办了大量的学校，这其中又以小学占绝大多数。据统计，温、处两府在光绪二十二年至三十四年（1896—1908）共13年时间里，共创办各级各类学校309所，其中243所在学务分处的领导下建立起来，占总数的78%。并且从各年办学数量来看，光绪三十二年至三十四年共三年多的时间里是兴办学校最多，共234所，占办学数的76%。而光绪三十四年孙诒让逝世后，温、处两府办学数量急剧下降，从111所降至46所。由此可见，温、处两府的办学高潮出现在学务分处成立之后。拿杭州地区来说，它的兴学高潮是光绪三十一年，显然是受了清廷兴学诏及废科举的影响，而温处两府的兴学，则与孙诒让教育活动，与温处学务分处的成立关系密切。鉴于此，有学者认为，在某种程度上，孙诒让和他所领导的温处学务分处在发展温、处两府教育事业中所起的作用远远大于晚清朝廷制度的变化。①

孙诒让逝世后，浙江巡抚冯汝骙得讣告，即檄饬裁撤温处学务分处。省学务分处即以学部章程“并无一府或两府集合之教育会，而学务总汇处的名目更为部章所无。今孙绅已故，著即裁撤，毋庸再举”。所有议办而未及实施之事，一概停止进行。似乎温处学务分处特为孙诒让而设，他一走也就“人去政

① 转引自童富勇：《孙诒让与温处学务分处》。

亡”了。

苦心筹措

孙诒让办学过程中，经常会遇到“经费奇绌”的情形，翻检其文函信札，就有多处涉及经费筹措之难。如他在光绪三十一年（1905）年给温处道的信中，说自己办学“极力撙节”，“亏绌甚巨”，“需款甚巨，罗掘俱穷，勉强支撑，深虞竭蹶”①。在评罗振玉教育计划书时，孙诒让还特别强调：“惟办学根本，在于有大宗巨款方可措手”，“学费不预筹，则普及教育万不能充其望。此又当于政治经济诸大端切实改良，以求开源之法矣”②。若非有切身体会，难以有此深刻认识。

清末出现的大量新学校，有官立和民立两种。官办学校，“省会取资官款，筹集较易；郡邑官学，亦尚有宾兴书院诸款可拨，不至毫无凭藉，然欲扩张完备，亏绌仍多”，日常经费靠拨款和提取书院旧款，来源较有保障，但占清末学校绝大多数的民立学校，“则率皆仰屋咨嗟，朝不保夕”。③孙诒让在十多年间办了二三百所学校，官立、私立均有，他是如何筹措经费的，这一过程中又经历了怎样的艰辛？下面，我们将试着找到这些问题的答案。

求拨官款。孙诒让办学，首先尽量争取政府的拨款。光绪三十一年，温处学务分处开办，温处道程恩培支持，拨700圆作为正式成立之开办费。同年，孙诒让又请求将两郡考试经费，拨作师范学堂开办费，逢学部要求将其全部上缴而作罢。第二年五月，禀准提拨温郡仓谷赢余3100余圆，为师范学堂建筑费。六月，奉准通饬两府十六县派筹官捐作学务经费，每县岁捐250圆、200圆、150圆不等，合计收3000圆。这些款项虽然不多，但孙诒让尽力争取，还是能解决一部分办学经费。

官绅募捐。光绪二十二年，孙诒让向温处道宗湘文募捐，后者首出俸钱，

① 转引自童富勇：《孙诒让与温处学务分处》。

② 张宪文辑：《孙诒让遗文辑存》，第48页。

③ 孙延钊撰，徐和雍、周立人整理：《父子年谱》，第476页。

赞助算学书院开办。温州地方官吏，如知府舒某及其继任者王琛、永嘉知县程某、瑞安知县杨某及继任者苏某等，亦在宗某倡率下有所捐助。官捐之外，孙又向本邑绅商筹募，由于热心者缺乏财力，殷富者不重视此事，因而得到捐款不多，截至正月底，仅收到捐款1560圆，除开办费用去500圆外，姑以其余作为日常开支。

两年后（1898），瑞安学计馆在本地继续募捐困难，经费问题极为迫切，不得不另想办法。孙诒让一面请拨官款，另一面向外地募捐。请拨官款事，由好友黄绍箕兄弟以私人名义，写信给浙江布政使恽叔谋（祖翼），托其转向浙江巡抚及两浙盐运使请求援助。为向外地募捐，孙诒让分别写信给上海、杭州、宁波各地热心教育的人士，请求赞助，结果得款1300余圆，并官款拨到2000圆，加上自捐的200余圆，连同原有基金、剩余款项4000余圆，合拼凑成4000圆作为日后经费基金。

光绪三十三年（1907），乐清富绅洪国垣，徐幹各捐助学款15000圆；永嘉富绅徐元凯捐学款3000圆，徐凤来、沈诗联各捐学款2500圆，合计38000圆，除拨给温州府中学堂1万圆、乐清高等小学5000圆外，其余23000圆，指定作温州师范学堂建筑经费。同时，孙诒让倡议筹绅商捐及渔船捐，试办瑞安渔业学堂，因响应者少，遂无果而终。

税款带征（附带征收）。光绪三十一年，奉准厘捐每元带收学务经费三分，此项带收，厘卡委员均不愿行，温州西门卡委员彭文荪反对尤力，阴嗾少数绅商具禀厘金总局表示异议；同时复有多数商家具禀商会，佥以带收为数轻微，情愿附缴以助学款。厘金总办杨承昌乃嘱商会总理王岳崧，召集各业董共同协商，乃一致赞成，带收之案始定。

同年，于盐局栈租项下，拨款充学务经费。初，孙诒让与温处盐局督办叶寿崧商筹学款，叶以盐税无可再加，如有闲款可以化私为公者，当竭力设法。因查得盐行已奉裁撤，而犹征收栈租一项，每篰五分，大可充公。事为永嘉东郊十户盐行所闻，联合反对，相持不下，乃由商会王总理居间调停，留二拨三，年计可提4000余圆。

光绪三十二年，设法筹集作学务经费，每年约3000余圆。其他方法还有：

庙产款，学生学费，改红封为柜完，以羡余充学款等。光绪二十八年正月，于瑞安县城设蒙学堂4所，每校经费暂定为360圆，从庙产款、学生修金及绅富捐款中出。学额各50名，每名修金6圆、4圆、2圆不等。[①]正月，瑞安普通学堂开学，其经费来源有原学计馆存款，学生收费，宾兴学院公款的一半（时科举未废，留其半仍作考生川费），库串加价等。瑞安普通学堂常年全部开支，约需3600圆，本县其他官办性质的学堂都参考了它的做法。[②]

光绪三十三年（1907），孙诒让提议改瑞安红封为柜完，以羡余充学款，并陈述其理由如下（共八条，取前四条）：

1. 今之红封户，固皆绅富之领袖，其父兄多学界任事之人，其子女多学校肄业之生，以责任论，固有不宜执吝者。

2. 红封为数十家之利益，而柜完为阖邑之通例。今日文明世界，本不宜有此阶级。中国不立宪自治则已，倘其立宪自治，则此等不平等之例，必宜削除。

3. 红封之改照柜价，每两不过加六百余文，吾邑极大富户，每年所任不过数十千，费轻易任。况通邑小户，均是柜完，而谓大户不能，其谁信之。

4. 乐清之自封与吾邑之红封，事同一律。前年业已由绅富自请照柜完提充学款，毫无反对。而吾邑顾龂龂不已，彼此对照，能无愧色。[③]

尽管孙氏理由极其充分，但由于牵扯红封户的利益，多数人否决，于是只得作罢。

在《学务本议》中，他对自己开设学校的几种筹资途径作了概括：

凡郡邑之间，土著则绅富寡而农民众；商业则大贾少而行贩多。以彼

① 孙延钊撰，徐和雍、周立人整理：《父子年谱》，第302页。
② 孙延钊撰，徐和雍、周立人整理：《父子年谱》，第301页。
③ 孙延钊撰，徐和雍、周立人整理：《父子年谱》，第357页。

起家畎亩之间，竞利锥刀之末，此皆昔之屏诸教育之外者，安能解学务之重要。强为劝索，未必尽属乐输，学董热心集事，又不得不略事科派，而商民于是与学校交恶。提拨陋规公款，不能无藉于官权，而州县有司，勇于自润，怯于图公，催科之外，皆非所乐。而提公款，则稽查旧储，厘剔私润，往往牵涉出入衙署之劣绅；拨陋规，则根究侵挪，求索余羡，又往往牵涉蟠踞城社之书役。此皆官之所狎昵而覆护者也，拙者或压搁不行，黠者且阻挠万状。学董强聒不已。诘辨纷然，此又官所不能耐也，而官吏于是与学校交恶。宾兴、书院诸公款，向多为窳败旧董肥家之窟穴，其秉公经营，皭然无所染者，百不得一。今移以兴学，其揞占不交者不必论，即使慨然承缴，亦必有清算亏蚀考核奇赢者，皆旧董之所不利也，于是旧董与新董又交恶。公款者，乡人之所共也。甲乡兴学已拨之款，乙乡继开，则求分其半；丙乡丁乡，嫉甲乙之擅此公款也，则饰其家塾，榜曰某学堂，又踵起而分之；而经理之绅董，凡一切亏挪不能弥补隐匿不可以告人者，则亦往往藉自办学堂以为抵制之地。盖其贤者，因兴学而出于争款，不肖者，又因霸款而托于兴学，两者竞争，胶扰无已，于是学董与学董又自相交恶。①

筹款的途径，或募绅民之捐助；或抽商税之毫厘；或请拨书吏之陋规；或酌提祠庙田产。这些做法往往程序复杂，且涉及多方利益，“荆棘丛生，其事乃纷纠而迭起”，钱款最终到手者往往“琐屑而无多”。上述办法不只“数米简丝，劳而寡效”，且“徒令种种恶感集于学界，甚非计也”②。筹措经费导致的商民与学校、官吏与学校、旧董与新董、学董与学董四种“交恶”，或许是由于办事太过于执拗，可是细究其原因，无非是由于没有大宗进项，“迫而出于搜括以肇事端”，长此以往，处处交恶不说，“则已开之学校，且虑其不足揞撑，将成废辍，是虽计户校龄，分区劝学，其于普及之效，庸有冀乎?”③于是，在不得已

① 孙延钊撰，徐和雍、周立人整理：《父子年谱》，第476—477页。

② 张宪文辑：《孙诒让遗文辑存》，第146页。

③ 孙延钊撰，徐和雍、周立人整理：《父子年谱》，第477页。

采用上述方法筹款提学的同时，孙诒让还建议用以下方式取得大宗学款。

地方地丁钱粮带征。光绪三十一年（1905）春夏间，孙诒让就向浙江巡抚张曾敭提议，就地丁钱粮带征学务经费，每两百文。由于当时农民所负担的苛捐杂税已到了所能承受的极点，清政府深恐激化矛盾，危及统治，下诏“永不加赋”，故而孙诒让的提议因碍于律令，迹近加赋，没有被浙抚采纳。事实上，清廷的“永不加赋”只不过是一纸空文，各地官吏千方百计变换方式，横征暴敛比以往有过之而无不及，如银洋之耗浮征，米石之斛耗加折等苛捐杂等税，有增无减。鉴于这些事实，孙诒让在《学务本议》中又提出“酌禁无名横敛以便民，而带征有限之余资以兴学”的建议。果如是，则筹集教育经费既简易快捷，又有保证，同时还可减少各种杂税，减轻农民负担，学校与各界的矛盾也可顺利解决。

有人认为，孙诒让提议地丁钱粮带征学务费，与清政府及各地官吏加于民的苛捐杂税不同。首先，它不是用来肥私的，而是取之于民、用之于民。其次，它是有限的，并明文规定征收标准，可防止敲诈多收之弊。最后，它不增加农民原有的负担，只是把官吏巧立名目从农民身上榨取的钱财，转为普及教育经费。①

孙诒让之所以主张从地丁钱粮中带征学务费，是因为他考虑到，普及教育本为国民开智造福，是国民自己的事，国民理应担负办学的义务。无论是周时的乡学，还是西方国家的公立学校，无一不是乡民筹款自办或从地方税中提取办学经费的。因此他认为今天兴学，也可仿照古代和外国的办法，于“地方地丁钱粮带征毫厘，以资应用”。为了避免劣董劣绅肥私，也为合理使用学款，他提出明置账簿，将所收钱款一一登记，公布于众，以杜绝贪污。另外，他还提出推选廉洁奉公的官吏和名绅共同管理、合理使用经费。各县劝学所应按本县人口预算应办学校数及所需教育经费，报学务分处，然后再由分处召集各县绅董、官吏核实，公议分拨，以平纷争。凡学校还未设立，或名为学校实为私塾，管理、教学皆不符合要求者，则暂不拨款，待办理合格后，再将应拨之款拨还

① 童富勇：《孙诒让教育思想评述》，《杭州大学学报（哲学社会科学版）》，1988年第1期。

该乡该村。有了可靠的经费来源，又能合理使用，教育自然就能普及。

以外输留学经费办学。甲午战争之后，我国留日学生规模日渐扩大。这既同资产阶级改良派的宣传和清政府的鼓励政策有关，也与当时经费困难，不能聘请好教员，所教科目不全等因素有关。于是，“好学之士，不能餍其所望，遂相率褰裳远引，求学于外国”①。孙诒让原本赞成出国留学，“以今日吾国之学堂教育之无方，懵尔国民，于普通之知识尚缺焉其未逮，其施教也，恒扞格而不通，其受教也，若茫乎其无畔岸，于此而遂侈然自足，相与终古，则其效仍虚悬而不可期。然则博观精考，采异域之长，以裨我之缺，其必不可以已矣”②，所以“可先于派遣出洋留学生时特加留意，选派若干名……以宏造就，则英才辈出，不复依赖外人矣”③。可是到光绪三十一年（1905），“游学日本者岁以千数计”，他又猛然警醒，“以彼三十年之教育，其胜于吾今日创设之学堂，固不可以道里计，然吾有国有民，乃自放弃其教育，使转受教育于他人，非计也”④。从国家教育主权上来看，此事极为不妥，而作为一个长期办学苦心经营的人，他更为担心的另一方面：“大较计之，游学日本者逾二万人，游学欧美者亦数千人。一人旅学之费，日本约四五百圆，欧美则少者千圆，多者二三千圆，而意外之浪费，犹不在此数。我有国民，而岁辇千余万金以增之他人，而求其教育。寄生附木，既显弃其主权；涓流成河，又隐妨于国计。斯亦讲内治外交者所宜审计也。”⑤所以他提出应将这部分款项用作兴办完全学校，使那些出国游学之士重新回国就读。这样看起来是国家增加了几百万的经费开支，实际上为民间节省了大量的金钱，从而又可以解决民办学校的经费困难。

孙诒让从教育经费外流和掌握教育主权的角度，提出用留学款自办“完全之学校”吸引留学生回国求学，这对发展本国教育，保护国家民族的教育主权，无疑是具有进步意义的。从教育思想的角度而言，孙诒让能在举国上下都以提

① 孙延钊撰，徐和雍、周立人整理：《父子年谱》附录，第478页。
② 孙延钊撰，徐和雍、周立人整理：《父子年谱》，第323页。
③ 孙延钊撰，徐和雍、周立人整理：《父子年谱》，第231页。
④ 孙延钊撰，徐和雍、周立人整理：《父子年谱》，第322—323页。
⑤ 孙延钊撰，徐和雍、周立人整理：《父子年谱》，第478页。

倡留学为时尚的时候，冷静提出限制选派官费留学生，以发展本国教育，有自己清醒的思考。

罢教职提学田以助学费。为筹得大宗经费办学，光绪三十三年（1907），孙诒让在《学务枝议》中提出了罢教职提学田以助学费的主张。清代废科举之前，各郡县均设有教职，只负责管理生员的名册，并不从事教育工作，已经是名不副实。变法后两个教职裁掉一个，除了掌管学庙祭礼外，无所事事，品行恶劣者还要去学校谋份差使，以求多拿薪水。并且，他们还负责郡县学署学田租谷的征收。面对这种情况，孙诒让提出当“尽罢教职，而以学田尽拨入学校，以助经费”，具体做法是“生员学册，改为州县官兼管。至丁祭大礼，宜另设圣庙奉祀官，作为实官，品级俸糈，均与旧教官同……”这样既可安顿裁缺下来的教职，名实又相符。“而提拨学田为学校经费，乃全无阻碍，亦两得之道也。”①此主张虽不乏正统守旧思想，但确有裨于实际问题的解决。

孙诒让的上述主张，站在办好普及教育，消除学校与各界矛盾的角度考虑问题，不只在当时有积极意义，在今天仍有可借鉴之处。

多头并举

一、重视职业教育

孙诒让等人认为，甲午战争的失败是清政府政治腐败、科学技术落后及国弱民穷造成的。因此，创办职业学校、传授科学知识是包括孙诒让在内的一批知识分子实现教育救国思想的又一重要举措。在这一思想指导下，孙诒让在戊戌变法期间接连创办了瑞安学计馆、温州蚕学馆、瑞平化学堂等几所专业学堂。他认为，“泰西一切政教理法，无不以数学为根底”，于是于光绪二十二年（1896）首先创办瑞安学计馆。“学计馆之设，专治算学，以为致用之本。盖古者小学六艺之一端。而造乎其微，则步天测地，制造治兵厥用不穷。今西人所

① 孙延钊撰，徐和雍、周立人整理：《父子年谱》附录，第481页。

为挟其长以雄视五洲者，盖不外是。”[①]为了应时需，孙诒让还强调对学生进行西方资产阶级的政学和国内外时事的教育。他本人不但常对学计馆师生发表时事讲演，而且还经常督促本馆教师对学生讲授“中外交涉事务，各国记载及近时西人所著格致诸书，每时择简明切要者，讲习一二条，以广见闻而裨实用”[②]。学计馆内不但购置各种算学书籍、挂图、实验仪器及理化、格物、制造等凡能购买到的各种西方书籍，而且还订购了从西方传教士、资产阶级维新派、革命派创办的报刊书籍，以开阔学生的视野，培养新思想。而当时新旧学校都必不可少的“中学”，学计馆却破例没有列入课程之中，只要求学生在家时，也就是说在课外时间自学经史子集，“以尽博古之长，穷极义理，以致实践之功，讲求经济以务达用之学”[③]。这与《奏定学堂章程》中规定的“无论何等学堂，均以忠孝为本，以中国经史之学为基，俾学生心术壹归于正”为学宗旨相比较，无疑是前进了一大步。

重视职业教育，重视西方科学技术的介绍，虽然也是清末的一股教育思潮，但像孙诒让这样，既注重理论上的宣传，又重视职业教育实践发展的教育家则为数不多。主张把科学知识编成“俗语衍为口说”，以教不识字农工；面向社会，招集工商各界随地补习业务，这说明他的职业教育思想在范围、对象、形式上比其他教育家高出一筹，也取得了更好的效果。拿瑞安学计馆来说，创办不到3年，学生即于“三角测量诸术得有门径，其高才者，受瑞安县志局之选用，以新法测绘全县五十五都地图”[④]。由馆内高材生组成的“天算学社”，还编著了中西算学书目两卷及科技论文多篇。这足以说明孙诒让推行职业、科技教育的卓著成效。

二、提倡普及教育

由于“强邻环伺，事变纷乘，非广兴教育无以植自强之基”[⑤]，孙诒让晚年

①〔清〕孙诒让：《籀庼述林》卷五《新开瑞安学计馆序》。

②转引自童富勇：《再论孙诒让教育思想》，载温州师范学院编：《孙诒让纪念论文集》，《温州师范学院学报》，1988年增刊。

③孙延钊撰，徐和雍、周立人整理：《父子年谱》，第271页。

④孙延钊撰，徐和雍、周立人整理：《父子年谱》，第287页。

⑤孙延钊：《孙征君籀庼公年谱》卷六。

极力主张“自强之原莫先于兴学”。而在确定教育救国的目标之后，孙诒让最为看重的是普及教育，所谓“世界日进文明，觇国者必以教育能否普及作为强弱之符验”，“全国人民个个都有知识，程度不相上下”，国家才有可能富强。孙诒让于1907年在《学务本议》及《学务枝议》中，介绍了普及教育的几个途径：（1）普及教育，当先从官吏开始。“若欲通国四万万人无不受教育，以与列强驰骤于环球，其亦俟河之清矣”，“窃谓欲求全国无不受教育之士民，必先求无不受教育之官吏”。[①]他认为，让官吏先明白教育原理、教育的重要性是中国实行普及教育的关键。“吾国之官吏，则利禄之见，梗塞胸次，至于不辨五洲之方位，不解三育之名词者，程度相去，抑何悬绝！”[②]如果循此不改，以不通教育之官吏去统治未受教育之绅民，“群盲相遇”，不但不能使教育普及，后会因课程设置、教师聘请、经费管理等问题，与校董发生矛盾，阻碍教育普及。既然官绅对普及教育有如此重要的作用，且实行普及教育又并非不可能，他提议政府应采取适当措施。如十年之外，非京师大学堂毕业者不得为知府，非各省中学堂毕业者不得为州县，在孙诒让看来就是一个可行的办法。对于现任的官吏，孙诒让认为势不能停职入校读书，但必须要求他们聘请精通教育的同僚，讲授教育原理，代理学务。这样方可继续任职，否则予以罢免。通过这些必要措施，“上有森严之学律，下有赞助之通人。则濡染指导，或不致为学务之蔀障，而后士民之普及教育，乃可渐图矣”。[③]（2）保证适龄儿童入学。“学而优则仕”的观念在我国根深蒂固。一旦读书不能做官，“骤语以国民之教育，非徒不能解，甚或舌为迂谈”。[④]所以新学乍兴时校舍、教材、教师齐备而学生不来读书的事并不少见。“是非略加劝励，不足以广招徕”，能够招到学生并稳定住他们，是办学者煞费苦心的事情。为此，孙诒让也有自己的主张，一是“优异下户学生之父兄”，二是罚“重官绅官子弟不入学”，如此奖惩结合，以确保适龄儿童能够入学。孙诒让提出民家子弟“入初级小学毕业者，其家一切科派徭役，概予

① 孙延钊撰，徐和雍、周立人整理：《父子年谱》，第474页。
② 孙延钊撰，徐和雍、周立人整理：《父子年谱》，第475页。
③ 孙延钊撰，徐和雍、周立人整理：《父子年谱》，第475页。
④ 孙延钊撰，徐和雍、周立人整理：《父子年谱》，第480页。

豁免”等奖励措施；而相反，官费富商家子弟及学龄而不入学者，“父兄有罚”，这一点是向外国实行强迫教育的做法学习。“吾国户口蕃孽，学校未能普设，平民子弟入学者尚少，势不能骤加以罚，惟有就官绅富户先酌量试行。”[①]采取的办法则有“倍征钱粮”“不得世袭爵位”“摘去衣顶”“倍征商税”等几项。(3)提倡女学，认为普及教育不能将女子排除在外。所谓“普及教育，兼重女学。盖女人亦应有普通之知识，乃能相夫教子，破迷信，助营业，有以自立于天地之间。吾国女子无学，教育之不能普及，亦为一端”[②]。

三、加强师范教育

重视师范教育，培养提高师资，是孙诒让教育活动和教育思想的另一个重要方面。师范是小学之母，孙诒让晚年关于教育的文章、信函及讲演中，多次对这一点作了强调。他指出：“推广学堂而不先设师范，犹之无耜而耕，安期收获。”[③]在致信浙江巡抚张曾敭时，他说：

> 温、处两府学堂，以百数计，日来之禀请开办颁给章程表式者，络绎不绝。而寻常合格教员，可用者鲜。一二志识远大之士，率挟地小而不足回旋之慨，或者以求学而去，或以改就辞退。虽办事者得执关约以争，而为教员者，常郁郁居此，若不终日。夫视官如传舍，尚不足以治民，况传舍学堂，足以言教育乎？……查各国小学之制，一教员恒任各学科，则一校止六七人。教员不必多添，学级亦易编制。温处各属教员，于学科既乏完全，则各就偏长，分门教授。何论学生多少，即一最小学堂，而教员必须三四，于经济既有窒碍……[④]

可以看出，当时教员的数量不足、不够安心、素质不高、徒费金钱等种种情形，都使孙诒让加紧办师范的想法更趋坚定。

---

① 孙延钊撰，徐和雍、周立人整理：《父子年谱》，第480页。

② 孙延钊撰，徐和雍、周立人整理：《父子年谱》，第481页。

③ 《温处学务分处暂定学堂管理法》，光绪三十二年（1906）铅印本。

④ 张宪文辑：《孙诒让遗文辑存》，第25页。

其具体做法是：

第一，建议（或亲自）筹办师范学校（堂）。光绪三十一年（1905），温处学务分处成立，时任总理的孙诒让上任伊始就着手开办师范学校，最后在温州、处州各办师范学校一所。次年，孙诒让又以省学务议绅的名义，建议将杭州贡院改办浙江两级师范学堂，被省学务处采纳，次年冬天，师范学堂建成。

筹备时，本打算温、处两府合设一所师范学校于温州，后来处州士绅以为两府距离较远，交通不便，学生往返困难，要求分设。当时也有人反对，以为同时筹办两所师范，人力物力分散，筹集经费比较困难。孙诒让考虑到山区师资需求的迫切性，力排众议，“不以私见阻其进步”，同意两府分设，并决定官捐、库券等项捐款，温、处两府分开征收，于是处州初级师范学堂也在光绪三十三年（1907）建成开学。

光绪三十三年，温州师范学校校舍建成，这是一所规模宏大、结构新颖的校舍，共有楼房十三楹，平房十二楹。各座房屋之间以长廊相连。当时只有4个班级，而新造教室就有20个，建筑用费36000多银圆，为温处两府最好的校舍。孙诒让手拟《温州初级完全师范学校暂定章程》，还请张謇书写学校横额“温州初级师范学堂”。张謇答应书写，但嫌“初级”意义太狭窄，“学堂”二字用得太多，建议改为温州师范学校，校印及对上行文仍为温州初级完全学堂，对外称温州师范学校，清政府也不过问。学校创办之初就考虑到以后的发展，可见孙诒让等人的远见卓识。除此之外，对学校的教师人选更是精心物色。如理化、音乐教师托镇海钟献巹介绍，其他如经学、国文、历史、地理、教育、心理、体操等科均由各县劝学公所推选杰出人才，再由孙诒让召集有关部门会议商讨决定。当时聘请的都是著名的学者，有画家汪如渊（著名温籍画家张江薇、郑曼青、马孟容等人均出其门下），经济学家徐寄庼（后任中国银行总裁）、文学家钱伯吹、刘绍宽、黄式苏、朱味温、郭凤诰、刘景晨，教育家姜伯韩（后任暨南大学校长），文史学家张㭎、理学家曹文升等，教师队伍堪称一时之选①。师范学校还设置附属小学，作为学生实习之所。经过三年的筹办，光绪三

① 转引自朱鹏《孙诒让与浙南师范教育》，《温州师范学院学报》，1988年增刊。

十四年三月，温州师范正式开学，首批240名完全科学生入学。因经费紧张，孙诒让准备逐步扩大办学规模，先办综合性的师范一所，俟三年后第一届毕业，各县再设师范学堂一所，将温州师范学校也升为优级师范学校。可惜温州师范学校开学前后，孙氏即因劳瘁过甚，抱病不起，至6月20日去世。

孙诒让亲定《温州初级完全师范学校暂定章程》，其中立学总则为："初级师范学堂原有完全、简易两科之分"，"因简易科时间太促，未能研求深造，恐他日出为人师或致难以胜任，而小学又需材孔亟，不能过延时日，故通设完全科而以毕业期限缩短，定为三年"。孙诒让对师资素质要求很高，专办完全科（今普师），不再办简易科（速成班）和各种传习所，但考虑到各地亟须师资，又将学部的《奏定初级师范学堂章程》的"五年"学制变通执行为"三年"，大大缩短了完全科的学习时间，既培养了人才，又提高了效率，这种大胆的改革，显示出了一个教育家的胆识气魄。

第二，重视师资的培养和选拔。孙诒让曾多次在书札、文牍、讲演中强调为师者应有相当的素养：首先，应具备相当的智识。这智识包含两个方面：一是丰富的科学文化知识，二是相应的教育方法和心理学知识。孙诒让认为，教师的威信是依靠自己的学识建立起来的，"凡教员在欲得生徒之信服，则于学生偶有疑问，必能随机剖决，洞澈首尾。不具丰富之学识与讲授之方略者，不能与此也"。"教员之知识虽源远，而其教法不能透切于实际，则不能达到教育之目的也。要洞察世态人情土地风俗，以相当之方法施之，否则迂阔而失信，于学堂教育之价值将骤减也。"同时指出"教育学童与成人心理脑力难以强同，大抵非简易无以引其领悟，非错综无以博其旨趣"。教师如果不结合学生的心理，注意运用正确的教学方法，结果"其施教也，恒扞格而不通；其受教也，若茫乎其无畔岸"①。

其次，应有相当的道德水准。孙诒让曾强调，"造就人格，为中外教育唯一主义"。而教师要培养出德性品行优良的学生，自己就断不可没有这方面的修养。"学校教育之良否，由于教员人格之若何。盖教员一举一动、一言一语印于

---

①〔清〕孙诒让：《籀廎遗文》卷上《东瀛观学记叙》，民国15年刊本。

儿童脑，其感化有永不灭者。苟教员之性情品行，不足使儿童心服而熏陶之，则虽使管理之方法善良，终归无用，徒伤儿童品性之发达耳。”[①]具体说来，有爱国爱教的事业心，温厚、恳切勤勉的个性等几个方面：“教育者当笃信其道，自尊其业，不可怀鄙吝之心志，陋劣之思想”，要“笃信自尊”，“大家都受文明教育，将来培植人才。替我们中国办事，不教受外国人欺侮”，“师范生将来有教育国民之重任，当激发其爱国志气，使知学成以后，必当勤学诲人，以尽报国家之义务”。[②]不能只知道追求个人名利，志趣鄙浅，眼光狭迫；还要注意修养，性情宜纯良，言语精晰而不粗野，动作灵活而不轻忽，容貌端庄温厚，坚忍温厚，恳切、勤勉，是为师者应付教育琐事所必需的品质。再次，孙诒让还强调，为师者除须德才兼备外，还要有健康的体魄。教书育人是费心费力的事情，非体质孱弱者所能承担，作为教员，宜持守起居饮食规律，坚持运动，保持身心健康。

第三，采用种种方式选拔培养教师，提高教员水平。

组织社团，让教师在相互切磋中长进。光绪二十九年（1903），孙诒让等人成立“师范教育研究会”，研究提高各校的师资水平。在我国近代教育家中也有不少人重视师范教育，但创设专门机构，较早组织学会进行理论上的探讨，以推动师范教育的发展，却是少有，因而孙诒让的做法在当时可算是一个创举。同年，孙诒让又在瑞安学堂设“师资读书社”，订简章六条，并备有教师个人无力购买的书籍报刊，提供借阅。师资读书社以普通学堂的教师为基本学员，同时吸收其他学堂教师，互相质询疑义，研讨教学问题。次年，孙诒让考虑到温州地处浙南一隅，方言特殊，与通都大邑交流有窒碍，又倡导成立了“普通话讲习会”，由在校教员及各界人士自愿参加，每星期日下午讲习一次，每次4小时，孙诒让本人自告奋勇担任教员，以推广普通话教学，算起来他还是我国最早提倡用普通话进行教学的教育家之一。

孙诒让整顿温州府中学堂后，学生人数骤增，须添聘新教员，“惟时新学人

---

① 转引自朱鹏：《孙诒让与浙南师范教育》。

② 转引自朱鹏：《孙诒让与浙南师范教育》。

材供不应求，罗致实难……就学生中择其对于此科程度较优者用为助教员，使受正教员之指挥担任初年级之教科”[①]。当时破格提拔学生任宏中担任英文助教员，陈叔平担任数学助教员。之后担任教员的有：英文科马孟容等三人，国文科潘子澄等二人，理化科项蜇民、音乐科蔡旅平等。任宏中、陈叔平二人曾以副教员代正教员教课达一年之久。孙诒让还从瑞安中学选拔教师进入温州府中学堂。由低就高，看重的是教师的学问人品。

派教师留日学习。光绪二十九年（1903）9月，孙诒让召集瑞安普通学堂高材生的家长来校举行茶话会，在会上鼓励学生家长送子弟到日本留学，当场申请者20多人。在他的提倡下，瑞安许多学生赴日留学，以致普通学堂不得不停办。这一年，全区官费到日本留学师范实业诸科的学生共22人，作为温州第一批官费留日的学生，他们回国后分别在各中小学校任教。当时及以后的一段时间内，温州各学校教员中留日学生很多，温州中学新中国成立前历任校长中有不少是留日学生，这同孙诒让的提倡是分不开的。[②]由于欠缺合格教师，孙诒让不得不派在职教师到日本留学。光绪三十年，瑞安普通学堂已办三年，但理化科始终请不到合格的教员，致使无法开课。孙诒让采取自力更生自行培训师资的办法，在学校经费支绌的情况下，由学校拨款600银圆派遣陈恺和许藩两位教师带职到日本留学，并亲自同他们签订合同。现存的孙诒让与许藩签订的合同规定：“派数学助教许介轩君游学日本，专习速成理化一年，毕业以后愿任本堂算学理化两科”，“由堂内抽提常年入款墨银三百圆以为留学之费”，“须习理化科，不得擅入别科”，否则需赔偿学费，“毕业之后，须在本堂任教三年，不得别就他馆，亦不得中途托故辞退”。[③]这种主张向外国学习来培养新师资、改革旧教育的思想是十分进步的。

办短期传（讲）习所。在当时学校急需大量师资的情况下，孙诒让决定先办短期的师资传习以应急。光绪三十一年，孙诒让学习日本，在小学也开设唱歌课。由于音乐教师奇缺，于是在暑期中举办唱歌教员传习所，招收两府小学

① 转引自朱鹏：《孙诒让与浙南师范教育》。

② 转引自朱鹏：《孙诒让与浙南师范教育》。

③ 转引自朱鹏：《孙诒让与浙南师范教育》。

教员60多人入学，旨在造就初级小学的唱歌教员。光绪三十三年，温处学务分处又在乐清举办师范传习所，招生80名，分甲、乙两班上课。同年，温州师范学校只建成东边部分校舍，为了解决当时理化博物教员奇缺的问题，开办了博物讲习所，招生75名；接着，又办了理化讲习所，招生100名，都是半年速成。此外，处州地区也举办了短期的师范传习所。这些传习所都是半年速成，培养初级小学教员，以解决师资的迫切需要。这种做法对加速增设学校，尤其是小学，起了一定的作用。

奖惩分明。主张对安心在校教学的教员给以特殊奖励。“凡教员在本校四五年，学生毕业一次，中间无离校者，依小学中学差次酌给职衔，蝉联二次毕业以上，给予升衔。三次以上，酌给官职。其学行优长，卓著成效者，破格优奖。”①“倘有未毕业而移就别校，旧劳不得随带。又，本校毕业期间，或有请假逾三月以上者，均不准给奖，以示限制”；“本地各学堂教习于所任学科，如有以其心得自为论著者”，或所课之书，有“阐明议论”者都“将原稿或录副送处审阅，择优印传并酌量奖励”②；保护学行俱优的教员。光绪三十二年（1906）乐清陈乃新在虹桥创办明强女学堂，以宣传革命的《新山歌》为教材，事泄，陈被通缉，这就是当时有名的《新山歌》案。孙诒让冒着犯“包庇罪”的风险，为陈乃新申辩，并护送其出逃。孙诒让认为“其事起衅甚微，片言可折，而守、令均不求甚解，尚未鞫谳定案，遽以陈逆二字，高悬批牍，遐尔传诵，同声骇诧”③。另外，受孙氏庇护的还有冯豹等人。冯为光复会会员，在乡创办柳市高等小学堂，并任温处学务分处委员，曾与陈乃新等在上海组织爱国学社。冯从事革命活动，为人告发，孙诒让帮其开托。孙诒让不只处处庇护有进步思想的优秀教师，对孜孜矻矻、勤勤恳恳做教习的刘祝群等同样爱护有加。刘祝群留日归国后任温州府学堂经济、国文教习，温州师范学校讲习所监督，时“怨家以私藏军火大题，向抚署诬控，遽奉严檄电府饬县搜查”，孙氏闻讯气愤已极，“不敢安于缄默”，上书省学务公所及教育总会曰：“以清门华族，遭此

① 转引自朱鹏：《孙诒让与浙南师范教育》。

② 转引自朱鹏：《孙诒让与浙南师范教育》。

③ 张宪文辑：《孙诒让遗文辑存》，第142页。

奇辱，非徒身受者万不能堪，即两郡学界闻之，亦为寒心”，“化日光天之下，魑魅横行，非徒国家无此政体，而荆棘弥天，亦复成何世界，言之可为痛哭”[①]。孙诒让上书后不久，省提学司、府道等都予以过问，事情才平息下来。刘氏忆及当年，感恩不已，“不禁涕零”[②]。

综观孙诒让晚年的教育活动，不得不承认，他在创办学校、丰富教育理论方面有重大贡献。作为晚清的大教育家，他在我国近代教育史上留下了十分宝贵的一页，总结其教育思想和教育活动，主要有以下几个特点：

教育要“应时需”。孙诒让早年虽埋头考据之学，不问世事，但叶适、薛季宣、陈傅良等永嘉学派代表人物所提倡的功利之学及经世致用的思想对他产生了很大的影响，这对他形成“务实”“应时需”的办学宗旨起着重要作用。他与其前后其他经学大师的不同之处就在于把学术和经世致用的思想统一起来。他在前半生非常注重研究课题的选择，如用近30年时间注疏《周礼》一书，是因为“中国开化四千年，而文明之盛，莫尚于周。故《周礼》一经，政法之精详，与今泰东西诸国所以致富者，若合符契”[③]。很显然，他研治《周礼》是为了从中寻找一条致富之路，达到古为今用的目的。研究《墨子间诂》，也是因为墨子主张强本节用，兼爱非攻，劳身苦志，应变持危，“其用心笃厚，勇于救世振弊”[④]，足以有裨当日时局的缘故。

后来，孙诒让虽偏居瑞安一隅，但因与黄绍箕、宋恕、汪康年、张謇、张元济等人有密切的联系，加之与章太炎、康有为、梁启超等为文字交，这使他的思想能适应时代潮流，进而由不问世事转向关心时局，并逐渐于治旧学外，走上了兴学育才的道路。在一般人看来，孙诒让早年热心经学，晚年兴办教育，生活轨迹发生了翻天覆地的变化。其实，细究其研究学问的指导思想与办学宗旨，会发现它们是二而一的关系。因此，孙诒让晚年热心教育，振兴实业并非心血来潮，而是早有渊源。这个渊源，也就是决定其治学道路的“经世致用”

① 张宪文辑：《孙诒让遗文辑存》，第148—149页。

② 张宪文辑：《孙诒让遗文辑存》，第149页。

③〔清〕孙诒让：《周礼政要・叙》。

④〔清〕孙诒让：《墨子间诂・自序》。

思想。正是受这一思想的支配，他才会感受到甲午战后“五洲强国竞争方烈，救焚拯溺，贵于开悟国民，讲习科学。不佞曩昔所业，固愧刍狗已陈，屠龙无用”①。也恰是受此思想影响，他才积极寻求救国图强的道路。或筹办团防以抗击日军保家卫国，但是正当他积极备战时，政府早已与日本签订投降条约；或决定成立“兴儒会”，以培养“应时需”的人才，但未及与友人探讨兴儒会的章程，就传来了北京、上海等地强学会被清政府勒令解散，《中外纪闻》《强学报》被查封的消息。于是，孙诒让唯一可施展报国之志的办法就是教育救国，即其信中所说的“富强之原，在于兴学。其事深远，非一蹴而能”②。其具体办学的过程也贯彻了“致用”和“应时需”的原则。为应时需，他才大力创办职业学校（堂），并提出在初级小学加强应用科目教学的主张。为应时需，又提出须先兴科学，要兴科学，须先破除封建迷信的观点。

在给日本友人的信中，孙诒让曾说“开悟国民，讲习科学”是当务之急③，而“中国数千年来，神道设教，迷信繁伙，今其沿袭已久，或为愚民所深信者（如迎神赛愿，祈祷晴雨之类）。教育尚未普及，势难骤革。其无关感情，而焯然妄诞，又与学界相涉者，宜示删除”。科学要振兴，不革除迷信是万万不行的，比如日食月食，迷信者杜撰为天狗吞日（月）；文昌斗魁，本为星象，讲求迷信的，牵强附会为主管科名之神，各学校书院均设位祭祀。“凡学宫学堂，旧有魁星象一概撤去，以祛迷信之蔀障，而科学始可望大兴矣。”④

孙诒让还强调，既然“唯督课以科学”才有重振国威的希望，人们就不该有畏难情绪。他把西方的科学知识同中国的“道”“艺”“器”联系起来，并作通俗易懂的解释，“积众知以通其原理谓之道，积众巧修其良法为之艺，发明新理新法利其用增其力为器”。他还认为，科学技术中，数学最重要，化学次之。因此主张“由明算而旁及各种新学，如代分化合，动重动静诸艺……极深研几，

① 孙延钊撰，徐和雍、周立人整理：《父子年谱》，第351页。

② 〔清〕孙诒让：《籀庼述林》卷十《与梁卓如论墨子书》。

③ 孙延钊撰，徐和雍、周立人整理：《父子年谱》，第351页。

④ 孙延钊撰，徐和雍、周立人整理：《父子年谱》，第482页。

弥纶大用”[①]。这也是他最早创办学计馆、化学堂的出发点。

孙诒让除提倡破除迷信、学习科学外，还让学生尽可能多地接触国内外时事和本乡史地知识。他亲自编写《泰西史约》，还从《民报》——资产阶级革命派机关报中辑录白话文作为教材，作为温处各校的补充读物。此外，孙诒让还重视把温、处两府当地的历史掌故、风土人情、乡贤事迹编写成教材，以培养学生热爱家乡的感情。“温处乡土史记，为教授历史、地理两科之教材，应即编辑成书，以供初级小学之用。”[②]

为应时需，孙诒让又提出了一些大胆的建议和设想。首先，他认为教科书中的译名应该统一，以便教师和学生掌握。他认为，现在翻译的外国教科书浩如烟海，对外国人名、地名及中国未有之事物，多用译音。由于译音不同，同一事物“舛异百出”。“教员既穷于参考，学生又苦于兼记，甚为教育之碍。”因此建议学部对译名加以规范化，统一名称，颁行天下，各校“悉用定名教授”。这既可省纷争，又可减少记忆、教学上的困难，提高教学效果和学习效率。其次，教草书以代简字。孙诒让认为，“世界文明日进，则文字之用愈繁，故尤贵简速”，每个人在抄誊讲义，记录讲稿、采访、游记、日记时都希望能写得快些，因此要对文字进行改革。他反对仿日本片假名之例或另制简字的做法，主张从古代草书中，“择其最简应用者三千字，编成一书，颁之学校”[③]，与其他正体字同习。每日学习三四字，四年便可精熟。他认为这既可以提高书写的速度，又可继承发扬我国古代的灿烂文化。

提倡养成“国民之资格”。孙诒让指出，教育的目的是造就人格，此为“中外教育惟一主义”而“不知各学科与德育之关系”，是教育者的无能。他曾多次提到教育是要把冥顽不化者“收养成伟大国民之资格”[④]。何谓国民资格？他的标准有三条：

---

① 〔清〕孙诒让：《周礼政要·通艺》。

② 童富勇：《再论孙诒让教育思想》。

③ 孙延钊撰，徐和雍、周立人整理：《父子年谱》附录，第482页。

④ 张宪文辑：《孙诒让遗文辑存》，第26页。

> 一则要有国民的知识，童年就要能识字入学堂，受普通教育，长大就要研究国家大事应该如何办法，目前时势安危如何筹法，使知识开通，则参议政治时方有把握。二则要有国民的思想。凡人一生成就，人格之高低，全视思想之远近为根本。倘止是晓得求个人的名利，志趣鄙浅，眼光狭近，便是不能成一个人格，总要高瞻远瞩，时时有希慕古今豪杰的高尚思想，则将来替国家、地方办事，才有规模。三要有国民的公德，律己要不背道理，待人要存心宽恕，总不因自私自利而侵犯别人，作件事总要公，说句话总要信，则上对国家，下对社会，都没有一点欠缺，将来出去办天下事，自然得人敬服，毫无阻滞。①

而那些“止晓得用功科举，奔赴利禄”，整日在梦里头，对世事漠不关心的腐朽儒生，在孙诒让看来，不但没有人格，不是合格国民，连做中国人也不配。

对学生进行教育时，除了在师德修养方面有较高要求外，也应在对学生的赏罚中帮助他们建立健全的人格。比如，命令、训诲、赏罚是为孙诒让所称道的道德教育的主要手段。在使用它们时，应本着公正、合理、善意、尊重、期望等十字宗旨，才可能奏效。比如孙诒让认为，教师的命令不可轻发，不可前后矛盾，不能苛刻，也不能屡变。发布命令时，应深思熟虑。训诲时最好单独进行，要有诚心，有善意使其感悟，切戒面带厌恶之情，免得刺伤他的自尊心，使对方产生反感和对立情绪，达不到教育的目的。“赏罚”是道德教育常用的方法。“赏”可分赏赞和赏品两种，也就是口头表扬同物质奖励。“赏赞”最好在公开场合进行，使“公众知之”，这样表扬了一个人，还鞭策了其余的人，其“感动力必大”，收效也大。“赏品”应是宜保存、能永久性纪念的物品。不应重视奖品本身的价钱，而是要学生把它视作无价之宝，珍藏起来，以不断鼓励自己进步。在赏赞和赏品二者，孙诒让还主张应以前者为主，即表扬为主，重精神鼓励。惩罚时要选择适当的“时机”，不可在大庭广众时进行，以免伤其自尊。教师还要使受罚者明白，这样做是“恶其罪而非恶其人”，从而使受罚者心

---

① 张宪文辑：《孙诒让遗文辑存》，第453—454页。

悦诚服，有悔改之意。[①]

办学任劳任怨、不遗余力。孙诒让晚年淡于仕进，清政府开经济新科，朝中虽有重臣屡次举荐，均未赴任。后学部聘其为京师大学堂教习，礼部请他担任礼学馆总纂，也都不曾到职。与此相比，他对温、处两府教育却十分热心，不仅大力创办新学校，费尽心思筹学款，还得罪了一些地方官和士绅，“虽众怨，也弗恤”。他自己还热情捐款，“私用俭矣，乃益损之，以补学校之费”[②]，所以有人称其有墨子之风，“行亦大类墨氏”。[③]

注意因材施教。首先，提倡充分考虑受教者的能力。孙诒让指出，教育应符合教育原理，既要照顾到学生的年龄、心理特征，也要考虑到学生的兴趣爱好，接受能力。教师讲课如果照本宣科，根本不管学生是否理解、掌握，则“其施教也，恒扞格而不通，其受教也，若茫乎其无畔岸”，只会使兴学的声势大而收效微。如学部规定的经学一科，从小学到大学都学习，而且内容、教法也相差无几，结果“其文义浅深，或不能密合学童程度；字句繁简，又不能符合毕业之时间”，教师讲授时不讲究方法，滔滔不绝，讲后又强令学生死记硬背，学生虽然对经文倒背如流，但对其义却茫然无知，这种教授法被孙诒让比作“以刍豢之甘而以饲乳儿，以钦鼎之宝而以视野老”，不能得到预期的效果。因此，考虑到儿童的心理、生理特征，他主张小学堂宜先教“浅近适用算术”，在方法上使用启发式教法，“以博其旨趣”。“总之，教育学童与成学，心理脑力，难以强同，大抵非简明无以引其领悟，非错综无以博其旨趣。”[④]其次，按受教者的水平设立选科补习学校。当时学生多来自私塾，程度高低不一，各科知识参差不齐。由于学校小、学生少等原因，不同程度的学生同在一班中学习，教师无法对他们进行统一的教学。为解决这一问题，孙诒让提议在各府、州、县另设先科补习学校，“凡各校中诸生科学与本级不符者，均改入补习学校考核

① 转引自童富勇：《再论孙诒让教育思想》。

② 孙延钊：《孙征君籀庼公年谱》卷七。

③ 《章太炎全集》（四），上海人民出版社2022年版，第219页。

④ 孙延钊撰，徐和雍、周立人整理：《父子年谱》附录，第473页。

成绩，俟诸科约略平均，再入本校，以免牵强参差之患”[1]。选科补习学校还宜设旁听生名额，以便私塾生选科听讲，为入正规学校作准备。孙诒让这一思想对解决当时学校普遍存在的学生程度不一问题，具有指导意义。时至今天，也仍有现实意义。

孙诒让以他在办学上的卓越贡献和教育理论上的独特见解，获得了省内外教育界的广泛推崇。翰林院吴士鉴评价他“深明教育，成效昭著”，“实于今日兴学前途，大有裨益”，并建议国史馆为他立传。民国浙江教育厅在为孙诒让立传时，则极尽称许之能事：“诒让当世变学纷之会，慨然欲通古于今，汇外于中，而苦心劝学……自孙诒让主持学务分处三年，两郡中小学增至三百余所。当时士大夫谓，浙中学界开通，实诒让提倡之力，非过誉也。”作为清末一位杰出的教育家，孙诒让在中国近代教育史上占有重要地位。

---

① 孙延钊撰，徐和雍、周立人整理：《父子年谱》，第479页。

第七章　参与实业

作为著名学者和教育家的孙诒让，其学术贡献与办学业绩早已为人所熟知。其实，孙诒让晚年除致力于教育及继续整理早年学术著述外，对于办好其他地方事务，发展地方实业也颇为用心。考查孙诒让光绪二十年（1894）以后至去世前办实业的种种尝试，就不难得出上述结论。

开矿保路

孙诒让一生虽以研究经学为职志，但他深受永嘉学派“通经致用”思想的影响，一向尊重中国传统文化，再加上当时深重的民族危机，使他迸发出强烈的民族意识和爱国思想。因此，除了兴办新学培养人才之外，他对地方事务也投入了极大的热情。光绪二十年（1894），中日战起，瑞安设筹防局，孙诒让总董其事，有《办防条议》上陈浙江巡抚廖寿丰，提出了堵塞海口、修理城垣、建筑炮台、购办军火，清查保甲、筹捐经费等六条措施，作为一介书生，能有如此细致、缜密的筹划，实属难能可贵，由此可看出其勇于任事、心系国运的抱负。[①]同年，他在《兴儒会略例》中表达了自己兴办实业的目的：“购商轮，行驶各埠，运货行商，以分洋商之利”，设立“建造机器、纺纱、织布各局，以保中国自有之利权”，“开采煤矿、五金矿及设立制造铁舰、枪炮各厂”，“不致

① 孙延钊撰，徐和雍、周立人整理：《父子年谱》，第254、259页。

仰给于西人，复仇雪耻之大功，庶或可望告成”。[1]概括说来，他兴办实业，是为了救国图强，正如在送郭凤鸣去湘鄂学习办矿经验时所咏“昆弟君家各振奇，峥嵘棣萼照华楣。嵇生锻灶消长日，谁识雄心在救时”[2]，是为救时弊。

晚年，孙诒让虽居温州，地处偏远，也深虑西方列强对中国矿山铁路等经济命脉的掠夺。光绪十一年（1885），温州从国外进口铁700余担，第二年一下跃升至3500余担，随后几年，铁进口量不断增加，浙南一带的土铁业遂日益凋敝。到了20世纪初，日本又加紧了对温州的经济掠夺，他们设肆经商，和本地商人争夺市场，使当地工商业的处境更加困难。睹此危局，孙诒让采取了开矿山、保路权、兴办地方实业等一系列措施，以求发展工商业，保护本地资源和利权，促进资本主义经济的发展。对当时清政府顽固分子所散布的“以开矿为弊政，奸民私开往往滋事”的迂腐之见，孙诒让十分不满，认为那是“因噎废食不察之论”。他认为，中国矿产资源非常丰富，自己不开采，“弃之不取”，反而“启彼族之觊觎，以致俄夺东三省之矿利，德夺山东之矿利，英于扬子江上游，法于云南边界，皆首要索开矿之权。十年以后，中国矿利尽归西人噬脐之悔，不可复及，不可不深思而长虑也”[3]。又说：“殷户子弟筹资出洋学工艺场以兴制造，保利权，山中有矿，自行开掘，则权犹在我，可保祖宗丘墓。否则外人必来开采，一切任其所为，蛮力万无可拒，地方种族必受害无穷，想贤者必早筹及此矣。”[4]因此，他主张，政府须放弃“厉禁”，鼓励民间自由开采，这样既可以使国家强盛，人民致富，又可以抑制列强对中国矿产资源的侵夺。

为了把自己的主张付诸实施，孙诒让首先筹措在永嘉开矿。光绪三十年，他获悉永嘉孙坑境内的郑山、横山、前山等处均产铅矿，而孙坑为族众聚居之地，商洽较便，遂由他领衔发起成立富强矿务开发中心，准备开采。他亲自和孙坑民众的代表孙世彪、金显巽等各14人订立合同，合同规定该矿集股开采，当地民众可自愿入股，但永远不许外国人加入，以防止他们乘机吞并企业，还

① 孙延钊：《孙征君籀庼公年谱》卷五。

② 孙延钊撰，徐和雍、周立人整理：《父子年谱》，第320页。

③〔清〕孙诒让：《周礼政要·矿政》。

④ 转引自周立人：《孙诒让与浙南地方实业》，《温州师范学院学报》增刊，1988年。

规定采炼纯净的矿物售价，除公司开支外，每年以纯收益百分之五报效国家。从此不难看出他开矿是为谋求国家强盛的苦心。富强矿务公司成立后，呈报当地政府立案，并由孙诒让致函武进费念慈，请其转达清廷商办兼办矿务大臣盛宣怀，派一专家来温察勘。盛氏循其请，派一英籍工程师及译员王省三（名丰镐，清末曾任浙江交涉使）来温。巡视一周后，断定孙坑虽有各种矿藏，但为量不多，且交通不便，设厂提炼很不合算，若将矿物外运，非筑轻便铁道不可，资金更巨。因此，开采只得中辍。

从事开矿活动的同时，孙诒让还积极参加保护路权的斗争。光绪三十二年（1906），浙江民众为了抵制英帝国主义侵夺苏杭甬铁路路权，成立浙江铁路公司，推汤寿潜、刘锦藻分任总理、协理，筹资自办。孙诒让表示坚决支持，与汤、刘函电往返共商筹建浙江铁路事宜。翌年8月，在英帝国主义的胁迫下，清廷决定向英国借款150万英镑，供建造苏杭甬铁路之用，借口将“借款造路分为两事”，路由中国自造，款向英国筹措，实际上以路作押，权柄操诸英人，路权已经丧失。为了保卫苏杭甬铁路路权，江浙人民进一步展开拒借英款的斗争。10月，浙江保路拒款会宣告成立，各县也纷纷设立保路拒款分会。孙诒让热烈响应，在他的领导下，瑞安保路拒款分会于11月间正式成立，并致电清廷，坚决反对借款筑路；同时分电江苏、安徽各省铁路公司，要求共起支持。同年底，江浙两省选派代表7人，赴京力争。孙诒让是代表之一，不巧当时他左足患疾，未能成行。孙诒让留在家乡瑞安，积极筹募路款。瑞安保路拒款分会议先在本城募集优先股5万圆，孙诒让率先自认2000圆以为提倡。接着，亲赴莘塍、海安、长桥、梅头等20余乡劝募，后又前往山区大峃（今属文成县）演说，宣传集款筑路的意义，各地群众积极响应。莘塍集得股金2000圆，海安等处集得股金25000余圆，大峃也集有千余圆。不久，浙江保路拒款会集全省十一府绅商学界代表在杭州集议，孙诒让代表温州府前往参加。会上决定预认浙江路股金2500万圆，温州府分担5000万圆。孙诒让又先自认万圆，为温州府绅商作出表率。

除了倡导保护路矿利权，孙诒让还亲自倡导抵制洋货，反对外国商人在瑞安开设店铺。光绪三十一年（1905），为了抗议美帝国主义虐待华工，迫害华侨，拒不废除已经期满的限制华工的前约，全国掀起了一次群众性的抵制美货运动，这一运动从海外发展到国内，并在全国范围内迅猛地展开。这时，孙诒让正担任瑞安商会总理，他闻讯后即于是年5月约集温州府六县商界30余人，在永嘉县（即今温州市区）商会集议抵制办法。他们一面展开抵制美货的宣传，呼吁“不用美货，人人皆有责任”；一面由孙诒让领衔，联名致电杭州、上海等商会，表示采取一致行动。温州开埠后，日本商人就在温州设肆经营，横行霸道，欺压群众。光绪三十年，日本人又窜到瑞安，“招妓住宿，房众聚观，持刀吓禁，致于众怒”。后又图谋在瑞安开设店铺，瑞安商民得知此消息，一致起来反对。孙诒让则多次致函浙江官府，要求派员来温州查处，“务使已设之肆，一律闭歇”。由于清朝官员畏惧日本帝国主义的势力，此事不了了之，但此次事件充分表现了孙诒让伸张正义、维护国权的勇气和决心。

孙诒让坚决维护国家的路矿利权，并非主张一味地闭关锁国，完全同外国断绝来往。首先，他支持正当的对外贸易。他指出，“泰东西诸国，始相与息兵而通商，而寰海五洲，遂为商战之天下。凡觇国之强弱者，必于商权之广慨也”，认为商业在国与国力量的对比中占重要地位，“吾国商务久不讲，细者竞于锥刀，强有力者或拘守故常，于异域事情懵然无所解，斯不足与乎！”其次，他在当时就保持着与外国友人的学术切磋。比如日本学者馆森鸿就在《拙存园丛稿》一书中，讲述了自己就经学问题与孙诒让的多次通信来往，二人还相互寄赠著作。另外，孙诒让重视日本先进教育科技思想，热情鼓励人们留学日本等，我们已在“孙诒让与晚清教育”一章中作过陈述。这些，都反映出他的开放的眼光与博大胸襟，与其维护国家权益抵制外侮入侵的做法也并不矛盾。综合这两端，我们才能读懂孙诒让，一个爱国但并不保守的实业家，一个虽饱读经书却又识时务的经世大儒。

因地制宜

孙诒让十分注意从实际出发，开发温州的丰富资源，发展当地经济。

重视蚕桑，种植瓯柑。温州在古代蚕桑业就比较发达，古称八蚕之乡，南朝刘宋时代，郑缉之曾在《永嘉郡记》中载其名目。到了近代，蚕桑业有了较快的发展，据《续清文献通考》的统计，到光绪中叶时，温州年产鲜茧量为三千担，但因受外资的压迫和封建制度的束缚，加上种养方法的落后，发展亦很艰难。为了促进浙南蚕桑业的发展，孙诒让从提倡改进蚕桑种养方法入手，于光绪二十三年（1897）集资于永嘉（即今温州市区）创办蚕学馆，招收浙南各县热心蚕桑事业人员进行学习，“兼用中西新旧诸法，考验品种，选制蚕子纸，教导饲蚕种桑”方法，并附辟场地，作为学员试验之用，“务使土桑劣种逐渐改良，多病蚕身随时疗治”[①]。在他的倡导下，永嘉、平阳等县的蚕农每年从外地引进良种桑秧十万余株进行栽种，有效地促进了浙南地区蚕桑业的恢复和发展。有很高经济价值的瓯柑，在浙南各地种植相当普遍，而且历史悠久，早在南宋时，叶适就曾赋诗称赞温州西山一带柑橘种植普遍的盛况，诗云：“有林皆橘树，无水不荷花。”[②]但由于种植方法落后，影响了柑橘产量的提高。为了改进瓯柑的种植方法，促进柑橘生产的发展，孙诒让等主办瑞安农学会，“购置附郭田园，试种湖桑、瓯柑，酌采欧美种植之方，以兴本邑自然之利”[③]。

振兴渔业，兼顾海权。光绪三十一年，张謇等集资在上海创设江浙渔业公司，用渔轮在江苏、浙江沿海捕鱼，这是中国用新法捕捞的开始。江、浙两省绅商推张謇为江浙渔业公司总理，拟推孙诒让为副理。孙诒让因办学事务繁忙，难以兼顾，力辞不就，“乃荐郭凤鸣代表襄理进行事宜”。为支持创办江浙渔业公司，孙诒让撰联相赠，联云：

微物为圣人师，蛛蝥结网；

大群开新世界，珊瑚成洲。[④]

此联表达了他对发展渔业的重视，希望江浙渔业公司能“开新世界”。瑞安濒临东海，海岸线绵长，为渔业要地；而瑞安北部，岛屿星罗棋布，可为渔船停泊地，其岛屿位置正当飞云江之冲，沿岸十里皆为四十寻内之浅海区，有陆

---

① 孙延钊撰，徐和雍、周立人整理：《父子年谱》，第280页。

② 〔宋〕叶适：《西山》诗，转引自周立人：《孙诒让与浙南地方实业》。

③ 孙延钊撰，徐和雍、周立人整理：《父子年谱》，第281页。

④ 孙延钊撰，徐和雍、周立人整理：《父子年谱》，第348页。

上之肥料及有机物质推送海中，营养甚富，适合鱼类之栖息繁殖[1]，渔业资源十分丰富，自然条件堪称优越。可是，"渔民知识未开，拘守旧法，获利甚少"。根据这种情况，孙诒让撰写了《致各绅士书》，建议各界集资成立瑞安渔业公司，建造渔轮，教授渔民捕捞新法，以增加捕鱼量。他说："泰东西各国，向重海权，而奖励渔业，亦复不遗余力。每一小埠，所设渔轮，有六七十艘之多，年获渔利不可胜计。"[2]同时，鉴于温州沿海常受到帝国主义的侵犯，海盗活动猖獗，渔民生命财产受到严重威胁，为了加强海防，保护渔业资源，使渔民能安全从事捕捞生产，他提出了"振兴渔利，兼以巩固海权"的主张。为此，孙诒让曾多次邀请本邑渔户共商发展渔业，设置巡船办法，"藉防水上盗劫之虞，且杜外人觊觎之渐"[3]。

努力发展交通运输。经济的发展必须有便利的交通，两者是相互促进的。孙诒让深知发展交通运输，对开发浙南地方经济有重要的作用。他说："振兴地方，输注文明，以开通道路，便利行旅为第一要义。"[4]光绪三十年（1904）初，孙诒让倡议成立东瓯通利公司，并撰《通利公司章程》送官府立案。在《章程》中，他分析了温州的自然条件，认为有利于发展海运和内河航运。"吾乡面山负海，湖港交错，夙利舟楫，而轮辕之用未兴，斯诚缺典也。"[5]由于交通不便，造成"商务疲滞"，影响了工商业的发展。同年7月，孙诒让又集资在瑞安创设大新轮船股份公司，租用湖广轮船，以飞云江为起点，航行于浙南沿海。

在努力发展船运交通的同时，孙诒让还重视城市交通建设。他说："温州开埠廿年，而地方街道未修，马路未辟，尚难行驶马车，更不可能骤议行驶电车、汽车。"他认为，温州城市街道狭窄，人口稠密，商业繁荣，适宜于行驶人力车。使用这种简易交通工具，既"使人可代趋步之劳，复省舆马之费"，而且可使失业的贫民共得"就业糊口"的机会，想象着"此车频繁来往于其间，则亦

① 参见周立人：《孙诒让与浙南地方实业》。
② 孙延钊撰，徐和雍、周立人整理：《父子年谱》，第324页。
③ 孙延钊撰，徐和雍、周立人整理：《父子年谱》，第325页。
④ 孙延钊撰，徐和雍、周立人整理：《父子年谱》，第317页。
⑤ 孙延钊撰，徐和雍、周立人整理：《父子年谱》，第316页。

似觉市容为之改观矣”。于是，他召集“永、瑞、平三邑同人，议集资购车百辆，试行于郡城”，遂创办人力车公司，“向上海购入铁皮车轮数辆，雇匠仿造五十辆，试驶城厢。虽无意外之事发生，终以道路崎岖，桥梁未平，车座过高，乘者生畏，营业不振，资本无形消耗殆尽”，最后又被迫停顿。[①]

温州地处瓯江下游，东临大海，有漫长的海岸线和宽广的内陆腹地，历史上就是浙南政治、经济、文化的中心，但由于交通闭塞，严重地影响了经济的发展。有学者认为，孙诒让在从事振兴浙南农工商业时，以很大的精力兴办地方交通业，并首先从投资少、收益快的海运和内河航运入手，是富有经济战略眼光的创举。

先进技术带动经济。像《极致须知》《格致新报》《亚泉杂志》《科学世界》等自然科学书刊，晚年孙诒让几乎天天阅读。为集中精力取得更好效果，他把阅读时间安排在白天。他还非常注意科学实验和先进技术的推广，使科技成果及时转入生产领域，以促进生产发展。光绪二十三年（1897），他仿照湖北、上海务农会成规，和同里友人黄仲弢、黄叔颂等成立瑞安农学会，不久易名为瑞安务农支会，由“二黄”分任正副会长，他任研究部长，会址附设在卓公祠内，集股购地以供试验，并购置寒暑表、燥湿表、风雨衣、洋式农具、考验仪器等，在郊外神农庙展出，同时展出的还有各种农作物的良种，任人参观，并允许借作研究或租用。他还规定，如有人向农学会购买农作物良种者，凡属自己种植的可以减价出售，以为推广。为总结推介当地老农的生产经验，他还注意吸收他们参加农学会，为其提供条件进行科学试验，以提高其技术水平。后来，瑞安务农会同人根据农作物的试种经验，编写成《瑞安农事述》《瑞安土产述》《温州茶述》等书，印行于世，广为传播。同邑友人吴子翼采用科学方法种桑养蚕，获利甚厚，他根据自己多年的研究和试验撰写的《蚕桑验要》（二卷）一书，孙诒让亲为作叙，以为推广。这种既重视科学理论的研讨，又注意总结推广来自生产实践的经验，并把两者密切结合起来的做法，是十分可贵的。这些活动，对引导人们重视科学技术，开创社会新风，促进农业生产发展，都起了

---

① 转引自周立人：《孙诒让与浙南地方实业》。

一定的作用。

从结果来看，孙诒让办实业成效甚微。他的主张和倡议，有的成为一纸空文，有的虽已付诸实施，也因中途受阻而遭夭折，这种失败与当时的历史条件有关，非孙诒让个人的主观努力所能改变。总的说来，孙诒让为发展温州地方农工商业作了不懈的努力，究其目的，是为了实现实业救国的理想。与在教育救国思想指导下所从事的办学活动一样，他办实业的努力，在当时具有相当的进步意义。值得一提的是，他在办实业的过程中坚持从本地区实际出发，注意开发本地资源，重视科学技术的学习推广以及各类经济人才的培养，这些务实的态度和做法是值得称道的。

结　语

孙诒让作为晚清著名朴学大师、教育家，是浙江近代文化名人，在中国近代史上具有十分重要的影响，做出了十分重大的贡献。

首先，将永嘉学术发扬光大。这一点表现在两个方面：（1）重视整理永嘉文献，以整理乡邦文献为己任，用永嘉事功之学来弥合清儒汉宋门户之见。孙衣言曾辑补《永嘉学案》，为黄宗羲、全祖望拾遗。孙家三人整理了《永嘉丛书》十三种，孙诒让不仅负责校勘其中多种著作，还代父题跋，并在刊布时总其成。孙诒让本人还专门编成《温州经籍志》，以保存永嘉文献。（2）积极宣传永嘉学派的学说与学术地位。《永嘉丛书》的作者，既包括北宋“永嘉九先生”中的许景衡、刘安节、刘安上，南宋“永嘉学派”的叶适、薛季宣、陈傅良，也包括清代著名学者孙希旦、方成珪，他们虽隶属不同时代，但在孙诒让及其父亲看来，他们都重视实务，不空发议论，其学术道统是一以贯之的，都属“永嘉之学”的范畴。

正是由于孙诒让等不遗余力整理文献推广学说，南宋永嘉学派诸学者的著作才得以流传，并且《永嘉丛书》中的不少集子也成为最好的传世版本。比如，陈傅良的《止斋集》，宋代曾有曹叔远永嘉本和蔡幼学三山本，但到了明代，两个本子均在民间失传。明代版本有二，一是弘治年间王瓒从内阁录出曹叔远所编本子，正德年间温州同知林长繁加以刊刻；一为嘉靖时书坊间流行的安正堂小字本。到乾隆年间，瑞安林上梓重编为《陈文节公诗文集》，其中诗五卷，文十九卷，附录一卷。道光年间，浙江学政陈用光以林上梓本重刻于杭州。“至林氏重编，始以曹编移易离析，任意更张。其内外制诸卷，删改篇目，至不胜校。乙篇中缺文讹字，率多凭臆增窜，无复旧观。止斋遗书，斯为一厄”，“陈侍郎（用光）重刻时，……其本仍沿林刻诗文分集之陋，讹文脱字，旧袭尚众”，“家大人既校刊刘许诸先生集，复以止斋永嘉魁儒，而遗集世无佳刻。乃检家藏明椠两本，手自雠勘，得以尽刊林陈两刻之谬。其明椠夺误，今参检群集补正之者，复得数百事。虽不能尽复宋本之旧，而较之明椠已略为完整，不论林陈两刻也”。这部经孙氏父子校勘的《止斋集》便成为流传各本中最好的一部。除此之外，《水心文集》和《水心别集》由中华书局于1961年以《叶适集》出版，此书编者认为，《水心文集》三十卷是现存最好的版本，这其中与孙诒让父子的辛勤劳动是分不开的。

南宋永嘉学派是浙江文化史上的奇葩异宝，对浙江后来的文化教育产生了深远的影响。孙诒让在继承南宋永嘉学术上，也做出了他的贡献。

其次，继承乾嘉朴学。梁启超曾称赞孙诒让，说“得此后殿清学有光矣”。的确，孙诒让与乾嘉学派治学风格在很大程度上保持了一致。凡是传统朴学所包括的领域，举凡目录、版本、校勘、方志，经史子集、金石文字，孙诒让均有所涉及，成就斐然，且在某些领域，鲜有出于其右者。拿经学来说，作为孙诒让的同时代人，章炳麟认为“古今言《周礼》者莫能先也”，给了该书极高的评价。他的另一部重要著作《墨子间诂》，“凡讹误衍夺的文字，它本旧校精确者，则据以校正，旧校旧释未备和误读误训者，则广引博证，或补其缺略，或订正谬讹，另求确诂”。《经》《说》上下篇的旁行句读，兵法诸篇的伪文错简，最为难读，而孙诒让花费心血也最多。《间诂》后所附《墨子篇目考》等合为《附录》一卷、《后语》两卷，凡墨翟行事本末、道术源流、墨学传授、诸家佚文等前人失于考辑的方面孙诒让均作了详细考证。尽管同时代人治墨学，如张惠言《经说解》有超过《墨子间诂》的地方，但毫无疑问《墨子间诂》对后代治学者的影响少有匹及者。孙诒让之后，关于《墨子间诂》的补正有王景羲《墨商》、张纯一《墨子间诂笺》、李笠《墨子间诂校补》、刘昶《续墨子间诂》、陈汉章《墨子间诂批校》、马宗霍《墨子间诂参正》等，在较短的时间里掀起了研究墨学的高潮。直到今天，就体系的系统性和完整性而言，还没有一部《墨子》校注能超过并取代《墨子间诂》。另外，《契文举例》是第一部研究甲骨文的专门著作。受当时资料少等条件的限制，考释文字有很多错误。尽管如此，唐兰先生指出其中“颇有精到之说为罗王以后所不及者”，认为“今人治卜辞，唯以罗说为宗，鲜有读孙书者矣”的情形是以偏概全的做法。以今天的眼光看来，《契文举例》所释之字错误虽多，“然至今无可易者，犹比比皆是。或孙氏当时所释不误而未为后人采信者，若之释围，一显例耳”。

孙诒让还继承了乾嘉朴学的治学方法，具体有：（1）穷搜博讨仔细甄别。乾嘉诸儒往往“以通经博物相尚”，强调无证不言，论必有据。比如王引之对虚词的诠诂，也是以遍搜博讨为基础，“自九经三传及周秦两汉之书，凡助语之文，遍为搜讨”[①]。在这一点上，孙诒让既有继承，又有发展。以《墨子间诂》为例，孙诒让取法乾嘉学派实事求是、不主一家的做法，参验群书，旁征博引，为求得确诂尽了最大的努力。（2）会通义例并一以贯之。孙诒让非常注意对义例的贯通，不以孤证作为下结论的依据。在乾嘉诸儒看来，只有从丰富的事实材料中抽绎出一般性的原则，才能把握纷纭复杂的具体现象。王引之《经义述闻》末卷即以前三十一卷所收集的资料为基础，通过缜密的比较分析得出“旁记之文误入正文则成衍文”“形近易误”等校勘规律。而“一以贯之”，即是在一般义例的指导下，考察千差万别的特殊现象。如前所述，孙诒让接受并实践了这一主张。（3）理证和实证交叉运用。孙诒让曾说，“综论厥善，大抵以旧刊精校为据依，而究其微恉，通其大例，精研博考，不参成见，其諟正文字之讹舛，或求之本书，或旁证之它籍，及援引之类书”[②]，“究其微旨，通其大例”，实际相当于理证，而“求之本书，旁证之他籍”即实证，相当于校勘方法中本校、他校一类严格寻求根据的做法。他的这一做法，不仅应用在古书校勘上，还应用在文献辨伪当中。唐写本《说文解字・木部》残卷的真伪，直到今天仍为学术界所关注。孙诒让认为它并非是真正的唐写本，从理证、实证两方面入手进行了论证。（4）大胆推求与多闻阙疑。作为一个治经者，要善于阙疑存异，

① 〔清〕王引之：《经传释词》自序。

② 〔清〕孙诒让：《札迻・自序》。

尤其不能专断和抱残守缺，这是乾嘉朴学大师戴震强调的一条原则。孙诒让继承了这一观点，在著述过程中，有时对待异说就采取存而不论态度。如《墨子·非攻下》："越王繄虧"，孙诒让曰："此越王或当是允常，亦未能决定也。又案《国语》《世本》并以越为芈姓，则疑繄虧或即执疵。"①像这样阙疑而不轻加裁断的例子，在《墨子间诂》《周礼正义》中比比皆是，足见孙诒让审慎的治学态度。从中可以发现，孙诒让对乾嘉学派的治学理念作了最大限度的继承。

与乾嘉朴学家不同的是，孙诒让治学的目的是救国。他所处的时代，与乾嘉诸儒已有很大不同，"海疆多故，世变日亟"的社会现实，使他无法再像一向服膺的乾嘉大师王引之那样自称"于大道不敢承"，只管"用小学说经，用小学校经"②。到孙诒让这里，"明道""救世"重新成为治学的根本。孙诒让的通经致用思想，既来自从小对南宋永嘉学派重视事功学术思想的有意识的继承，也来自本人对晚清复兴的清初通儒经世思想的关注，而晚清急剧变化的社会现实也是他治学宗旨发生变化的重要原因。"政教之不竟，学术亦随之"，对于中国传统学术的地位及发展深深的忧虑让孙诒让自觉地承担起整理金石文字的重任，也正是在强烈的爱国责任感的支配下，才出现了《古籀余论》等一系列著作。其实，不但《古籀余论》，像《周礼正义》《墨子间诂》《周礼政要》等著作，无一不是在强烈爱国心的驱使下写成。他的为学宗旨是"务实""应时需"，与其前后其他经学大师的不同之处就在于他把学术和经世致用的思想统一了起来。他用近30年时间注疏《周礼》一书，是因为"中国开化四千年，而文明之盛，莫尚于周。故《周礼》一经，政法精详与今泰东西诸国所以致富若合符契"③。很显然，他研治《周礼》是为了从中寻找一条致富之路，达到古为今用的目的。研究《墨子间诂》，也是因为墨子主张强本节用，兼爱非攻，劳身苦志，应变持危，"其用心笃厚，勇于救世振弊"④，足以有裨当日时局的缘故。孙诒让痛恨"中国神明之胄，几不齿于人类"的时代现实，主张君子为学应以明道救世为己

---

① 〔清〕孙诒让：《墨子间诂》，第154页。

② 《龚自珍全集》，第148页。

③ 〔清〕孙诒让：《周礼政要·叙》。

④ 〔清〕孙诒让：《墨子间诂·自序》。

任，在《兴儒会略例》中还提出了“以尊孔振儒为名，以保华攘夷为实”的主张。与将经学、小学研究推向高潮但对政治已失去热情的段玉裁、王念孙们相比，孙诒让所坚持的明道救世主张，可以说是近代中国救亡图存的时代强音。

再次，大量办学，振兴教育。强烈的爱国情怀，使晚年的孙诒让不再只是埋头学问，而是走到了兴学救国的道路上来。孙诒让一直主持的温处学务分处维持了两年七个月之久。因《奏定学堂章程》中并无一府或两府合设一分处的规定，全国也无第二例，所以温处学务分处的成立及运作颇费周折。孙诒让在任期间，革除积弊，振兴温州府学堂，“力矫学风，整教风，肃校规”。经过孙诒让等的一番改革，中学堂（整顿后改名为温州府中学堂）的面貌焕然一新，成为较前完备之中学，各县报考者骤增。通过整顿中学堂，温处学务分处的威望也得以树立，取得了学界和各界的信任，为以后的教育活动奠定了良好的基础。随后，孙诒让团结同道克服了来自官与绅、绅与绅、学界与学界、学界与其他领域四种矛盾，采用求拨官款、官绅募捐、税款带征等办法积极筹取学款，兴办了大量学校。据统计，温、处两府在光绪二十二年至三十四年（1896—1908）共13年时间里，共创办各级、各类学校309所，其中243所在学务分处的领导下建立。温处两府的办学高潮出现在学务分处成立之后，而这种兴学，与温处学务分处的成立关系密切。孙诒让所主持的温处学务分处筹取学款，重视师范教育，强调教师的作用，普通教育与职业教育并重，保证适龄儿童入学，提倡女学等教育思想均具有深远的影响。

孙诒让在办学上的卓越贡献和教育理论上的独特见解，获得了省内外教育界的推崇。翰林院吴士鉴评价他“深明教育，成效昭著”，“实于今日兴学前途，大有裨益”，并建议国史馆为他立传，传曰：“诒让当世变学纷之会，慨然欲通古于今，汇外于中，而苦心劝学……自孙诒让主持学务分处三年，两郡中小学增至三百余所。当时士大夫谓，浙中学界开通，实诒让提倡之力，非过誉也。”

在浙江近代史上，像孙诒让这样同时在传统学术和开启民智方面均有卓越贡献的大家是不多见的。他离开已近一个世纪，但这一位文化巨人所带给后人的文化遗产值得我们永远珍惜和继承。

附录一：各地现存孙诒让稿本、批校本及抄本简目

浙江大学（原杭州大学）图书馆（110种）

〔清〕方成圭撰，〔清〕孙诒让批并跋：《干常侍易注疏证》，玉海楼抄本，一册。

旧题〔东汉〕郑玄撰，〔清〕孙诒让校，《周易乾凿度》，玉海楼据武进张氏《易纬略义》本传抄，一册。

〔清〕庄忠木或撰，〔清〕孙诒让批《易纬通义》，玉海楼抄稿本，二册。

〔清〕孙诒让撰，校改：《周易乾凿度殷术》，稿本，一册。

〔清〕庄述祖撰尚书记七篇，〔清〕庄述祖撰，玉海楼抄本，〔清〕孙诒让校识，一册。

〔清〕吴延华撰，〔清〕孙诒让校并题识：《周礼疑义》，玉海楼据钱塘丁氏抄本传抄，四册。

〔清〕庄存与撰，〔清〕孙诒让校：《周官记》传抄本，一册。

〔清〕庄有可撰，〔清〕孙诒让题识：周官指掌五卷，玉海楼据戴望写本传抄，〔清〕孙诒让题识，一册。

〔清〕庄有可撰，〔清〕孙诒让题识：《周官集说》，清抄本，五册。

〔清〕许珩撰，〔清〕孙诒让题识：《周礼注疏献疑》，玉海楼据原刻重抄本，

二册。

〔清〕黄丕烈撰，〔清〕孙诒让批并题识：《重雕嘉靖本校宋周礼札记》，玉海楼据士礼居原刻传抄本，一册。

〔清〕佚名撰，〔清〕孙诒让跋：《周官说》，清抄稿本，二册。

〔清〕戴震撰，〔清〕孙诒让批校：《考工记图》，聚奎楼刻本，二册。

〔清〕阮元撰，〔清〕孙诒让校并题识：《考工记车制图解》，乾隆五十三年原刻本，一册。

〔清〕王宗涑撰，〔清〕孙诒让校《考工记考辨》，清抄本，二册。

〔东汉〕马融、〔东汉〕郑玄：《周礼》叙不分卷，附山海经错简，商子境内篇释、唐代碑志目，〔清〕孙诒让撰，稿本，〔清〕孙诒让校改，一册。

〔清〕凌廷堪撰，〔清〕孙诒让批：《礼经释例》，嘉庆十四年原刻本，四册。

〔清〕任大椿撰，〔清〕孙诒让校识：《深衣释例》，乾隆四十八年原刻本，一册。

〔清〕孔广森：《大戴礼记补注》，孙诒让批校并传录孙星衍、丁杰、严元照、许家彦等诸家手记，同治间淮南书局刻本，四册。

〔清〕孙诒让撰，重校：《大戴礼记校补》二卷，稿本，二册。

〔清〕程鸿诏撰，〔清〕孙诒让批：《夏小正集说》，同治间刻本，二册。

〔清〕林乔荫撰，〔清〕孙诒让批校，《三礼陈数求义》，乾隆四十七年原刻本，十册。

〔宋〕陈祥道编，〔清〕孙诒让批校：《礼书》，明张溥刻本，二十册。

〔清〕江永撰，〔清〕孙诒让校并跋：《律吕新声》，清传抄稿本，一册。

〔汉〕董仲舒：《春秋繁露》，〔清〕孙诒让传抄戴望校文，清卢文弨撰弨乾隆间抱经堂刻本，四册。

〔清〕刘宝楠撰，〔清〕孙诒让批校：《论语正义》，同治八年刻本，六册。

〔清〕张履撰，〔清〕孙诒让辑校：《张氏经说》，玉海楼抄本，一册。

〔清〕阮元撰，〔清〕孙诒让批校《十三经注疏校勘记》，清江西刻本，一八四册。

〔清〕胡秉虔、〔清〕孙诒让：《经迻稿本》，手稿本（草创未成稿），一册。

〔清〕顾广圻撰，〔清〕孙诒让题识：《说文辨疑》一卷，玉海楼抄本，一册。

〔清〕宋保撰，〔清〕戴望校，〔清〕孙诒让题识：《说文谐声补逸》，嘉庆八年刻本，二册。

〔清〕孙诒让撰、重校：《古籀余论稿》，稿本，二册。

〔清〕孙诒让撰、重校：《古籀拾遗稿》，稿本，二册。

〔清〕孙诒让撰、重校：《契文举例稿》，稿本，二册。

〔宋〕丁度：《集韵》，〔清〕孙诒让手录各家校识并间有校语，嘉庆十九年刻本，二十册（据雪克先生言，此乃〔清〕方成圭校勘而入玉海楼者）。

〔清〕孙诒让批：《古韵论》，抄本，一册。

〔清〕方成圭撰，〔清〕孙诒让校：《集韵考正》清刻本，一册。

〔清〕马钊撰，〔清〕孙诒让校：《集韵校勘记》，玉海楼抄本，一册。

〔清〕孙诒让撰并题识：《广韵姓氏刊误》，同治三年第三次稿本，一册。

〔清〕刘宝楠撰，〔清〕孙诒让批：《释谷》四卷，道光二年刻本，二册。

〔清〕孙诒让：《名原》，孙延钊据原稿校补墨丁，光绪三十一年刻本，一册。

〔清〕赵在翰辑，〔清〕孙诒让校：《七纬》，嘉庆十四年小积石山房刻本，十册。

〔晋〕孔晁注：《逸周书》，〔清〕卢文弨、〔清〕孙诒让校，乾隆五十一年抱经堂刻本，二册。

〔清〕朱右曾撰，〔清〕孙诒让校：《逸周书集训校释》，光绪三年崇文书局刻本，二册。

〔明〕王朝佐撰，〔清〕孙诒让校：《东嘉先哲录》，据明正德刻景抄本，四册。

〔清〕林用霖撰，〔清〕孙诒让批：《江东外记拾残》，咸丰十一年刻本，一册。

〔宋〕郑缉之撰，〔清〕孙诒让校集、批、题识：《永嘉郡记》，光绪四年初印本，一册。

〔宋〕徐自明撰，〔清〕孙诒让校《宋宰辅编年录》，明万历四十六年刻本，十三册。

〔清〕孙诒让撰、批校：《汉晋经籍录目》，稿本，一册。

〔清〕章宗源撰，〔清〕孙诒让校：《隋经籍志考证汉晋经籍录目》不分卷，玉海楼钞本，三册。

〔清〕孙诒让：《四部别录》，稿本，二册。

〔清〕邵懿辰校注，〔清〕孙诒让批校：《钦定四库全书简明目录》，玉海楼钞本，十册。

〔清〕黎庶昌辑，〔清〕孙诒让批并题识：《黎莼斋星使近刻古逸丛书目》，光绪陶浚宣写本。

〔明〕都恭焕辑，〔清〕孙诒让校（浮签）：《吴下冢墓遗文续集》，据明本钞，一册。

〔清〕戴咸弼撰，〔清〕孙诒让校补：《东瓯金石志》，光绪八年刻本，四册。

〔清〕陆耀遹撰，〔清〕孙诒让校：《金石续编》，同治七年刻本，二十一册。

〔清〕孙诒让撰、校改：《商周金文拾遗》，〔清〕刘恭冕批校（浮签），稿本，一册。

〔清〕孙诒让：《商周彝器释文》，稿本，一册。

〔清〕孙诒让撰、校：《汉石记目录》，一册。

〔清〕孙诒让撰、校：《温州古甓记》，稿本，一册。

〔清〕刘鹗撰，〔清〕孙诒让校（浮签）：《铁云藏龟》，光绪二十九年石印本，六册。

〔清〕浦起龙撰，〔清〕蔡焯编，〔清〕孙诒让校：《史通通释》，乾隆十七年原刻本，四册。

〔晋〕王肃注：《孔子家语》，〔清〕孙诒让校并题识（浮签），明汲古阁刻本，二册。

〔周〕荀况撰，〔唐〕杨倞注：《荀子》，〔清〕孙诒让临戴望校语，乾隆嘉庆间嘉善谢氏刻本，五册。

〔汉〕陆贾撰，〔清〕孙诒让校并题识：《新语》，玉海楼据浮溪精舍刻本抄，一册。

〔汉〕班固：《白虎通德论》，首载〔清〕庄述祖：《白虎通义考附补遗》，〔清〕孙诒让校，乾隆四十九年抱经堂刻本，二册。

〔汉〕班固：《白虎通德论》，首载〔清〕庄述祖：《白虎通义考附补遗》，乾隆四十九年抱经堂刻本，〔清〕孙诒让校，二册。

〔汉〕班固：《白虎通德论》，〔清〕庄述祖：《首载白虎通义考附补遗》，乾隆四十九年抱经堂刻本，二册。

〔晋〕傅玄撰，〔清〕孙诒让校：《傅子》，玉海楼抄本，一册。

佚名撰：《道德经校勘记》，〔清〕孙诒让题识，清传抄本，一册。

〔晋〕郭象注，〔唐〕陆德明音义：《庄子》，〔清〕孙诒让校，光绪间浙江书局刻本，四册。

〔周〕商鞅：《商君书》，〔清〕孙诒让录诸家批并校，清浙江书局刻本，一册。

〔周〕韩非：《韩非子》，附〔清〕顾广圻：《识误三卷》，清董慎行校刻本，〔清〕孙诒让校，六册。

〔周〕邓析撰《邓析子》，附拾遗，〔清〕孙诒让校并有浮签，同治间江山刘氏仿宋刻本，一册。

〔清〕汪继培撰，〔清〕孙诒让补校：《尹文子校勘记》，玉海楼抄本，一册。

〔周〕墨翟撰，〔清〕毕沅注：《墨子》，光绪间浙江书局刻本，〔清〕孙诒让校，四册。

〔晋〕陶弘景注：《鬼谷子》，〔清〕孙诒让批，嘉庆十年秦氏石研斋刻本，一册。

〔汉〕高诱注，〔清〕孙诒让校：《吕氏春秋》，清浙江书局刻本，六册。

〔汉〕许慎、〔汉〕高诱注：《淮南鸿烈解》，〔清〕孙诒让过录、陈奂校并跋，清庄逵吉刻本，六册。

〔明〕张纯撰，〔清〕孙诒让校：《存愚录》，景明抄本，一册。

〔清〕钱大昕撰，〔清〕吴骞、周春校《十驾斋养新录》，嘉庆九年原刻本，〔清〕孙诒让校识，四册。

〔清〕蒋光煦：《校补隅录》，〔清〕孙诒让识，玉海楼摘抄本，二册。

〔清〕孙诒让：《籀庼述林》，〔清〕孙诒让校定，有廖平签一叶，稿本，三册。

〔清〕孙诒让撰，〔清〕刘恭冕校：《籀庼述林》，稿本（蓝格写本），四册。

〔清〕孙诒让撰，〔清〕孙延钊校：《籀庼述林》，稿本（红格写本），四册。

〔清〕孙诒让撰、孙延钊校：《籀庼述林》，刻本，四册。

章炳麟：《訄书》，〔清〕孙诒让批，光绪间刻本，一册。

〔宋〕钱文子撰，〔清〕孙诒让校：《补汉兵志》，乾隆三十四年刻本，一册。

〔清〕孙诒让撰、校改：《六历甄微》，稿本，三册。

〔唐〕李淳风撰，〔清〕孙诒让校并识：《乙已占》，旧目题覆宋抄本，一册。

〔清〕丁晏撰：《易林释文》，〔清〕孙诒让批咸丰间广雅书局刻本，一册。

〔唐〕释玄觉撰，〔明〕释镇澄注：《禅宗永嘉集》，〔清〕孙诒让校，明万历十六年刻本，二册。

〔清〕朱绪曾撰并编年谱：《曹子建集考异》，〔清〕孙诒让校，玉海楼抄本，五册。

〔宋〕刘安上撰，〔清〕孙诒让批校：《刘给谏文集》，传抄本，二册。

〔宋〕刘安节：《刘左史文集》，〔清〕孙衣言校并题识，〔清〕孙诒让补校清四库传抄本，一册。

〔宋〕刘安节撰，〔清〕孙诒让校：《刘左史文集》，清四库传抄本，二册。

〔宋〕许景衡撰，〔清〕孙衣言、〔清〕孙诒让校：《横塘集》，清四库传抄本，六册。

〔宋〕曹勋：《松隐文集》，〔清〕吕无隐钞，〔清〕吕无题识；〔清〕孙诒让题识，四册。

〔宋〕叶适撰，〔清〕孙诒让校：《水心先生别集》，旧抄本，八册。

〔宋〕刘黻撰，〔明〕刘应奎校：《蒙川先生遗稿》，〔清〕孙诒让校，清据明阮存辑本抄，二册。

〔宋〕刘黻：《蒙川遗稿》；〔清〕林大椿：《年谱》一卷；〔清〕孙诒让校并题识，咸丰七年木活字本，二册。

〔宋〕林景熙撰，〔清〕孙锵鸣、〔清〕孙诒让校：《霁山先生集》，〔清〕述旧斋据汪士鋐重刊本抄，二册。

〔元〕李孝光撰，孙衣言、〔清〕孙诒让校：《李五峰文集》，清辨志书塾绿丝拦抄本，一册。

〔清〕顾炎武撰，〔清〕孙诒让校辑：《亭林先生集外诗》，附《亭林诗集校文》〔清〕孙诒让撰，〔清〕孙诒让题识，稿本，一册。

〔宋〕韩元吉编，〔清〕孙衣言、〔清〕孙诒让校：《古文苑》，光绪间宏达堂重刻仿宋本，一册。

〔宋〕□□辑：《永嘉四灵诗》，〔清〕孙诒让题识，景宋本抄，一册。

〔明〕周天锡辑，〔清〕孙诒让题识：《慎江文征·诗类》，清述旧斋抄本，十二册。

〔梁〕刘勰撰，〔清〕黄叔琳辑注：《文心雕龙辑注》，乾隆六年刻本，〔清〕孙诒让临，黄丕烈、顾广圻诸家批并校识，二册。

〔清〕潘祖荫辑，〔清〕孙诒让校并题识：《滂喜斋丛书》，同治间刻本，存一册（二种二卷）。

〔清〕顾观光等撰，〔清〕孙诒让题识：《守山客丛书校勘记》，玉海楼传抄本，二册。

温州图书馆（24种）

〔清〕方成珪撰，〔清〕孙诒让校并跋：《干常侍易注疏证》二卷，稿本。

〔宋〕易祓：《周礼总义》六卷，〔清〕孙诒让批校并跋，清乾隆二十年易祖栻刻本。

〔清〕段玉裁：《周礼汉读考》六卷，〔清〕孙诒让批校，清嘉庆经韵楼刻本。

〔清〕沈梦兰撰：《周礼学》不分卷，〔清〕孙诒让批校，清沈氏所愿学斋刻本。

〔清〕孙诒让：《周礼正义》八十六卷，〔清〕费念慈跋，稿本，存四十卷：

一至十、二十六至三十九、四十四、五十至五十二、五十九、六十四至六十六、六十八至六十九、七十三、七十六至七十七、八十一至八十二、八十五。

〔清〕金榜：《礼笺》三卷，〔清〕孙诒让批，清乾隆五十九年方起泰胡国辅刻嘉庆三年印本。

〔清〕焦循：《群经宫图》二卷，〔清〕孙诒让批，清半九书塾刻本。

王先谦：《鲜虞中山国事表疆域图说》一卷，〔清〕孙诒让校，清光绪九年长沙王氏自刻本。

〔清〕朱右曾：《逸周书集训释》十卷，《逸文》一卷，〔清〕孙诒让校，清光绪三年崇文书局刻本。

〔明〕王朝佐：《东嘉先哲录》二十卷，〔清〕孙诒让校。

〔清〕叶嘉棆：《叶文定公年谱》不分卷，〔清〕孙诒让批校，〔清〕孙诒让家抄本。

〔明〕胡用宾、〔明〕侯一元纂修《〔隆庆〕乐〔清〕县志》七卷，清玉海楼抄本。

〔清〕陆进：《东瓯掌录》不分卷，清抄本，〔清〕孙诒让校、管庭芬校并跋。

〔明〕胡汝宁：《雁山志》四卷，〔清〕孙诒让批校，清抄本。

〔清〕孙诒让：《温州经籍志》三十三卷外编二卷辨误一卷，〔清〕孙衣言批校，稿本，存十九卷：三至十四、十七至十八、三十二至三十三外编二卷、辨误一卷。

〔清〕孙诒让：《温州经籍志》三十三卷外编二卷辨误一卷，〔清〕孙衣言批校，稿本，存十八卷：一至七、九至十二、十五至十七、二十二至二十五。

〔清〕孙诒让：《温州经籍志》三十三卷外编二卷辨误一卷，〔清〕杨绍廉、〔清〕孙延钊校，稿本，存十二卷：五至六、十七至十八、二十三至二十五、三十、三十三外编二卷。

〔清〕戴咸弼：《东瓯金石志》十卷，〔清〕孙诒让校清光绪二年温州郡庠活字印本，存八卷：一至三、六至十。

〔清〕孙诒让辑《永嘉瑞安石刻文字》不分卷，清抄本。

〔清〕李锐：《补修宋金六家术》六卷，清抄本，〔清〕孙诒让跋。

〔宋〕陆佃注：《鹖冠子》三卷，〔明〕王宇等评，〔清〕孙诒让校注，明天启五年朱氏花斋刻本。

〔清〕孙诒让：《讽籀余录》一卷，稿本。

〔清〕孙诒让：《补埶宧检书小志》一卷，稿本。

〔元〕陈高《不系舟渔集》十五卷，附录一卷，〔清〕孙锵鸣、〔清〕孙衣言、〔清〕孙诒让校，清抄本。

温州博物馆　一种

〔清〕孙诒让：《周礼正义》八十六卷，稿本，存五十三卷：一至九、十七、至四十二，五十五至五十六、五十九至六十一、六十五至七十二、八十二至八十六。

瑞安玉海楼　六种

〔汉〕郑玄注《周礼》十二卷，《札记》一卷，〔清〕黄丕烈撰，〔清〕孙诒让校并跋，清光绪十六年上海蜚英馆石印士礼居丛书本。

《急就篇》四卷，汉史游撰，唐颜师古注，宋王应麟音释，明崇祯毛氏汲古阁刻津逮秘书本，〔清〕孙诒让校。

《温州经籍志》三十三卷，〔清〕孙诒让撰，稿本，存三卷，八至九，二十四。

〔清〕孙诒让：《墨子间诂》十五卷（存一卷），稿本。

〔清〕杨葆彝：《墨子经校注》二卷，〔清〕孙诒让校撰，清抄本。

〔汉〕刘安撰，〔汉〕高诱注：《淮南鸿烈解》，〔清〕孙诒让批校，明万历八年茅一桂刻本。

浙江图书馆（5种）

〔清〕章宗源：《隋经籍志考证》不分卷，〔清〕孙诒让批校并跋，清孙氏玉海楼抄本。

〔清〕章宗源：《隋书经籍志考证》不分卷，〔清〕孙诒让校并跋，〔清〕傅以礼校，清抄本。

〔晋〕孔晁注：《逸周书》十卷，〔清〕孙诒让校，清乾隆五十一年卢文弨抱经堂丛书本。

〔清〕朱右曾注：《周书》十卷，附《周书逸文》一卷，〔清〕孙诒让校，〔清〕汪宗沂跋，清抄本。

〔清〕黎庶昌：《古逸丛书目》一卷，〔清〕孙诒让校并跋，清光绪陶濬宣抄本。

南京图书馆（6种）

《周礼政要》二卷，〔清〕孙诒让撰，稿本。

〔清〕孙诒让，〔清〕汪宋沂：《论语正义》校记一卷，清刘氏食旧德斋抄本。

〔北魏〕郦道元《水经注》四十卷，，〔清〕孙诒让录，〔清〕洪亮吉、〔清〕孙星衍、〔清〕顾广圻校、〔清〕孙衣言跋，清乾隆十八年黄晟槐荫草堂刻本。

《墨子》十五卷，〔清〕黄丕烈、〔清〕丁丙跋，〔清〕孙诒让题款，清黄氏士礼居抄本。

《墨子》十六卷，〔清〕毕沅校注，〔清〕孙诒让批校并跋，清光绪二年浙江书局刻二十二子本。

〔宋〕徐铉：《徐骑省集》三十卷，《补遗》一卷，《札记》一卷，〔清〕朱孔彰撰，〔清〕孙诒让校清光绪十七年李宗火眉刻本。

北京图书馆（3种）

〔清〕邵懿辰：《四库全书简明目录标注》二十卷，〔清〕章钰录、〔清〕黄绍箕、〔清〕盛昱、〔清〕孙诒让补注，章氏算鹤量鲸室抄本。

〔清〕张惠言：《墨子经说解》二卷，〔清〕孙诒让校，清抄本。

〔清〕刘宝楠：《愈愚录》六卷又一卷，〔清〕孙诒让、〔清〕丁寿昌批注、〔清〕宋焜跋，稿本。

上海图书馆（2种）

〔清〕费念慈等：《周礼政要》二卷，〔清〕文廷式、〔清〕孙诒让校改、〔清〕费念慈跋，稿本。

〔清〕孙诒让：《墨子间诂》十五卷，稿本，存十四卷。

（案：以上各地收藏〔清〕孙诒让校本、抄本、稿本概况，由浙江大学雪克先生据上海古籍出版社《中国古籍善本书目》摘编而成，未经各馆核实，容有出入）

日本早稻田大学图书馆（4种）

〔清〕孙诒让：《周礼正义》，清光绪三十一年排印本（三种）。

〔清〕孙诒让：《九旗古义述》，清光绪二十八孙氏家刻本。

附录二：孙诒让主要著作目录

《周礼正义》（案：主要版本有光绪三十三年初印本、民国二十年湖北篃湖精舍刊本、《四部备要》本、《万有文库》本、中华书局王文锦、陈玉霞点校本）

《墨子间诂》（案：版本主要有光绪二十一年活字本、成都昌福公司铅印本、《四部备要》本、《万有文库》本、中华书局孙以楷点校本以及中华书局孙启治点校本）

《广韵姓氏刊误》

《白虎通校补》

《讽籀余录》

《四部别录》

《辑周礼马融郑玄叙》

《山海经错简》（案：以上六种，皆已由雪克先生根据玉海楼原藏稿本和孙延钊家藏原件，或辑录，或校点、整理而成篇，分别收入《籀庼遗著辑存》中）

《札迻》（案：版本主要有光绪二十年自刻本、光绪二十一年重校修版本、齐鲁书社雪克、陈野校点本、中华书局梁运华点校本）

《大戴礼记校补》（案：有光绪二十六年刊本、民国三十年石印本）

《周书校补》（或曰《逸周书校补》）（案：有光绪二十六年刊本）

《尚书骈枝》（案：有民国初年石印本、民国十八年燕京大学刊本）

《九旗古谊述》（案：有光绪二十八年刊本）

《十三经注疏校记》（案：此为《经迻》）初稿。前已由雪克先生依例将其

全部批校语逐录成册，改题《十三经注疏校记》，于1983年齐鲁书社出版，约42万字）

《籀庼述林》（案：有民国五年刊本）

《名原》（案：有光绪三十一年刊本、1986年戴家祥校点的齐鲁书社影印本）

《契文举例》（案：有民国十六年虫覃隐庐石印本、吉石盦丛书本、1993年楼学礼校点的齐鲁书社影印本）

《古籀余论》（案：有光绪刊本、中华书局断句影印本、1988年戴家祥校点的华东师大影印本）

《古籀拾遗，附宋政和礼器文字考》（案：有光绪十六年刊本、民国七年石印本、1989年中华书局断句影印本）

《温州经籍志》（案：有民国十年浙江图书馆刊本）

《周礼政要》（案：有光绪二十八年刊本、上海坊刻本、《关中丛书》铅印本等数种）

《商周彝器释文》（案：稿本，现藏浙江大学图书馆）

《商周金文拾遗三卷》（案：据洪焕椿《浙江文献丛考》，浙江人民出版社1983年版，第270页）

《温州古甓记》

《汉晋经籍录目》

《周易乾凿度殷术》

《汉石记目录》（案：以上6种，皆未见有印本）

《荀子校勘记》（据雪克云，各家均未见著录，稿本，藏于浙大图书馆。雪克已整理校点完工）

《六历甄微》

《亭林诗集校文》

《商子校本》

《永嘉瑞安石刻文字》（案：未见有刻印本，温图藏清抄本，著录为一卷，未见，字数不详，估计不多）

《论语正义校记》（案：南京图书馆藏清抄本，著录为一卷，题孙氏与汪宗沂撰，未见，字数不详，估计不多）

《东瓯金石志》（案：此著系嘉善戴咸弼纂辑，由孙氏校补）

《籀庼述林》等以外序跋类短篇以及其他各类诗文（案：辑纂这类文字，旧时有邑人杨嘉、陈淮和其哲嗣孟晋（延钊）、从侄宣等分别辑有《籀庼诗林》《籀庼遗文》《经微室遗文》《籀庼题跋》以及《经微室遗集》等数种。20世纪80年代以来，温州学者张宪文辑有《孙诒让遗文辑存》）

其他待定、待访者

据各家著录，尚有：《温州杂事诗》（案：杨嘉曾辑有二十七首，词二阕。孙延钊辑录所得诗有六十三首，词二阕）、《河间乐记训纂》、《永嘉郡记札记》、《永嘉四灵集笺异》、《浪语集札记》、《温州建置沿革表》等。

另外：孙诒让校勘群籍所做札记，凡不见于以上书著作者，也应结集成书。

（此目录系据雪克先生提供的资料整理而成，在此深表谢意）

附录三：《清史稿·孙诒让传》

孙诒让，字仲容，瑞安人。父衣言，自有传。诒让，同治六年举人，官刑部主事。初读汉学师承记及皇清经解，渐窥通儒治经、史、小学家法。谓古子、群经，有三代文字之通假，有秦、汉篆隶之变迁，有魏、晋正草之混淆，有六朝、唐人俗书之流失，有宋、元、明校雠之羼改。匡违捃佚，必有谊据，先成《札迻》十二卷。又著《周礼正义》八十六卷，以为："有清经术昌明，于诸经均有新疏，周礼以周公致太平之书，而秦、汉以来诸儒不能融会贯通。盖通经皆实事、实字，天地、山川之大，城郭、宫室、衣服制度之精，酒浆、醯醢之细，郑注简奥，贾疏疏略。读者难于深究，而通之于治，尤多谬盭。刘歆、苏绰之于新、周，王安石之于宋，胶柱锲舟，一溃不振，遂为此经诟病。诒让乃以尔雅、说文正其训诂，以礼经、大小戴记证其制度。研覃廿载，藁草屡易，遂博采汉、唐以来迄乾、嘉诸经儒旧说，参互绎证，以发郑注之渊奥，裨贾疏之遗阙。其于古制，疏通证明，较之旧疏，实为淹贯。而注有违牾，辄为匡纠。凡所发正数十百事，匪敢坏'疏不破注'家法，于康成不曲从杜、郑之意，实亦无悖。而以国家之富强，从政教人，则无论新旧学均可折衷于是书。"识者韪之。

光绪癸卯，以经济特科征，不应。宣统元年，礼制馆征，亦不就。未几卒，年六十二。所著又有《墨子间诂》十五卷，目录、附录二卷，后语二卷。精深闳博，一时推为绝诣。《古籀拾遗》三卷，《逸周书斠补》四卷，《九旗古义述》一卷。

《清史稿·列传第二百六十九·儒林第三》

大事年表

1856（咸丰六年）　9岁

受四子书及《周礼》于北京。

1857（咸丰七年）　10岁

从父读书，日以浏览《汉魏丛书》等为乐。

1858（咸丰八年）　11岁

秋，孙诒让父孙琴西辞江南安庆府知府，自皖归里，授孙诒让作诗之法。

1860（咸丰十年）　13岁

作《广韵姓氏刊误》，草创于七月，十月成书。

1861（咸丰十一年）　14岁

作《温州杂事诗》数十首。（诗佚）

1863（同治二年癸亥）　16岁

补学官弟子，始治经史小学。

1864（同治三年甲子）　17岁

此年于藏书上收获颇丰。秋，得东汉卫鼎及晋泰康砖。冬，侍父南归，道武林（杭州），得元大德本《白虎通德论》、旧钞本《水心集》，又得阮元校刻本《薛尚功钟鼎款识》。始鉴藏善本，治金石文字。

1865（同治四年）　18岁

得卢文弨校《白虎通德论》，草《白虎通校补》一卷，增订《广韵姓氏刊误》，写成二卷。

孙琴西搜采乡邦文献，孙诒让亦参与其中。

1866（同治五年丙寅）　19岁

读书有札记，曰《讽籀余录》。（据雪克先生考定，又题《补埶宧检书小志》，为其少时读书札记，原稿册端自题《讽籀余录》，下识"丙寅以后"四小字，籍知此编草创于19岁，稿仅数页，当是未成之作）

1867（同治六年丁卯）　20岁

中举人，座主为张之洞。校勘钞本宋人王致远之《开禧德安守城录》。

1868（同治七年戊辰）　21岁

游永嘉仙岩时手拓沈枢（持要）题记并诗及陀罗尼经幢等。应礼试毕，管中得《蒙川遗稿》。

受父亲之命，始大量收藏古籍，自是年起十余年间，致书约八九万卷。因参验群书，学问亦大进。

1869（同治八年己巳）　22岁

撰《温州建置沿革表》，撰《永嘉郡记集本》一卷。并草创《温州经籍志》。

1870（同治九年庚午） 23岁

是年校刘宝楠《论语正义》，有札记数条。如考订出“盖肆乎其肆也”应为“盍徹如之何其徹也”之异文，刘氏深以为然，惜书已付刊，未及追改。

假得卢文弨校《越绝书》，手录藏之。

1871（同治十年辛未） 24岁

乘舟至京口访古，至焦山海云堂，观无叀鼎，手拓数十纸以归。（朱芳圃所作年谱云于1870年，此处据孙延钊所作孙氏父子年谱改）

与谭献、缪荃孙等学界名流因应试礼部而过往甚密。

夏，假观翰林院所储四库全书底本数种，皆关于乡邦文献者。

撰《四部别录》。

1872（同治十一年壬申） 25岁

校勘《蒙川遗稿》，撰《商周金识拾遗》（三卷）成。撰《毛公鼎释文》。

冬，从邵懿辰之子处取《四库全书简明目录》原稿精校一过，十一月五日校毕。共订正讹误约百余条。

1873（同治十二年癸酉） 26岁

得刘宝楠所录《大戴礼记旧校》，手录藏之。

始草创《周礼正义》长编。

好友戴望卒。（戴氏为孙诒让学术至交，同治间孙氏与其曾同读汉阳叶氏所藏金文拓本二百种，及戴氏所藏季女员鼎，摩挲椎拓，竟日不倦。戴氏曾嘱孙氏为《毛公鼎释文》。孙氏曾云：治金石文字之学，戴望知之最早，亦爱之独深。以上据《左籀余论》叙）

1874（同治十三年甲戌） 27岁

春正月，撰《周季子白盘跋》。

再游金山、焦山，手拓汉定陶鼎并《瘗鹤铭》、唐经幢诸石刻以归。

校读《论语正义》，得胜义数事，移书刘恭冕，专录奉质。

冬，撰《吴禅国山石碑跋》。

1875（光绪元年乙亥）　28岁

撰《六历甄微》五卷成。

1876（光绪二年丙子）　29岁

得周要君盂，因自署“一盂庵”。

校刊同邑方成珪《集韵考正》。

购得叶氏金文拓本200种。上有龚自珍考释及题字，弥为珍贵。（叶氏即汉阳叶志诜、叶名澧父子，癖嗜金石，搜罗甚富。后家道中落，子孙将收藏悉售与孙氏。）

1877（光绪三年丁丑）　30岁

代父撰倪模《古今钱略序》。

草撰《墨子间诂》，撰成《温州经籍志》；写定《汉石记目录》记一百六十六种，二十三卷；为征乡贤遗书，作《征访温州遗书约》。

1878（光绪四年戊寅）　31岁

至故乡陶山，得宋绍兴三十一年焦石石塔题记等多种拓本以归。

夏五月，写定《永嘉郡志》一卷，并付梓。

1879（光绪五年己卯）　32岁

收藏嘉兴姚氏旧西汉五凤三年砖砚一方，因署所居曰“五凤砖砚斋”。

为方成珪题《集韵考正》跋。

校刻《止斋集》。

访古，得晋升平、宋元嘉、梁天监三块古砖，“虽残缺，犹宝贵也”。

1880（光绪六年庚辰） 33岁

夏，拓得永嘉密印寺证觉院钟款以归。

冬，得晋太和砖。

永嘉续修县志，聘先生为协纂。（朱谱作光绪五年，此依孙延钊所作年谱改）

1881（光绪七年辛巳） 34岁

春二月，遍访永嘉县城古甓。

校方成珪《干常侍易注疏证》。

夏，瑞安县设局续修县志，先生决定更张义例，草撰修志及采访诸例共六条而刊布之。

好友刘寿曾卒，为撰墓表。

是年，致力校读汉唐诸碑。

1882（光绪八年壬午） 35岁

自光绪六年至是，先后收得晋、宋、齐、梁、陈砖逾百种，因自额所居曰“百晋精庐”，别署“百晋陶斋”。

刊成叶适《水心集》。

与人续修《永嘉县志》成。

撰成《温州古甓记》一卷。（案：朱芳圃认为当在光绪六年，今据孙延钊所作年谱改）

温州府学教授戴咸弼新编《东瓯金石志》十卷，以印本嘱孙氏校改，遂为审正，增成十二卷。

《永嘉丛书》刊竟。此书“刻于同光二朝，发起于琴西公昆仲，校勘诸事，先生之力为多”。（朱芳圃语）

草《瑞安建置沿革表》，自为序。

1883（光绪九年癸未） 36岁

戴氏《东瓯金石志》十二卷本印成，诒让重加校勘，笺正十余处，补订夺误五十余字，而于柯谦《重建郡学碑》、柳贯《重建永嘉县学碑》等四种精拓本覆审一过。

1884（光绪十年甲申） 37岁

读阮刻郝懿行《山海经笺疏》十八卷、《图赞》一卷、《订讹》一卷，笺计二十余事。

续读浙江书局刻毕氏校本《山海经》，并撰文言该经之错简。

读胡氏《仪礼今古文疏证》十七卷，其有误纠前人注疏处，诒让为校正之。

1885（光绪十一年乙酉） 38岁

官刑部主事，与当时名流如潘祖荫，陈介祺、江标、费念慈、王懿荣等讨论金石文字之学。尤其于克鼎文字，解释颇精确独到。

夏，阅日本涩江全喜森立之《经籍访古志》六卷，补遗一卷，凡八册。卷中之佚书秘籍，于眉上加标识，寄示友人某君，嘱访求之。

1886（光绪十二年丙戌） 39岁

黄岩杨晨撰《三国会要》，与孙氏商榷义例。

自是年起，阅读中译西方之政事及科技书籍。

1887（光绪十三年丁亥） 40岁

春，移书同年中举之王棻，论《尚书》“大麓”义。

冬，游上海，购得日本宽延刊本宋王硕（德肤）《易简方》，以其为本乡宋元医家最古之册，惊喜累日，手跋其后，拟重刻之。

自是年起，开始订阅国内各种时务书籍及报章。

1888（光绪十四年戊子）　41岁

孙诒让父为之筑玉海楼，作为专门的读书藏书之所。

改《商周金识拾遗》为《古籀拾遗》，共补正薛尚功、阮元、吴荣光三家旧释六十六条。重校付刊，由同邑周璪亲手写定。（据《古籀拾遗》跋）

秋，两广总督张之洞来征《周礼正义》稿，并诏赴粤，谋为刊行。时疏稿尚未写定，未往。

1889（光绪十五年己丑）　42岁

撰《井人残钟拓本考释》。

写成《周礼正义》稿。

1890（光绪十六年庚寅）　43岁

春《古籀拾遗》刊成。

二月，带《周礼正义》稿，前往武昌，就鄂督张之洞商榷。

三月，撰《克鼎释文》跋；五月，撰《克鼎释文》。

1891（光绪十七年辛卯）　44岁

春三月，撰《宋政和礼器文字考》一卷。

1892（光绪十八年壬辰）　45岁

春，草创《墨子间诂》。

撰《尚书骈枝》成。

1893（光绪十九年癸巳）　46岁

冬十月，写定《墨子间诂》初稿十有九卷，所附后语二卷，于墨翟行事之本末，道术之源流，学说之精微，史迁之所不详，后儒之所勿考者，咸检核秘籍，条贯而阐明之。

十一月，撰《札迻》成。（孙诒让检30年读书笔记，写定《札迻》12卷，

凡雠校周秦汉魏以迄齐梁故书雅记78家）

1894（光绪二十年甲午）　47岁

夏，以《墨子间诂》属吴门梓人毛翼庭用聚珍版印成三百部。

撰《周礼三家佚注》一卷成，并付梓。

《札迻》刊成。

精校黄以周《礼书通故》，笺正三百余条。

1895（光绪二十一年乙未）　48岁

撰《兴儒会略例》二十一条并叙。（即朱芳圃所云《学约》）

校《商子·境内篇》，写定释文。

重勘《墨子间诂》一过。

秋八月，重校所刊《札迻》毕。

1896（光绪二十二年丙申）　49岁

撰《冒巢民先生年谱》叙。

撰《新始建国铜镜拓本跋》。

三月，得周麦鼎于永嘉，撰《周麦鼎考》。

夏四月，王棻移书孙诒让，附《六书解》一部，属为审正。秋，孙诒让复书，驳其假借说之非。

拓周麦鼎，赠黄绍箕。

1897（光绪二十三年丁酉）　50岁

与余杭章炳麟定交。

撰《咸丰以来将帅别传》叙。

友人费念慈寄赠孙诒让金石拓本。

1898（光绪二十四年戊戌） 51岁

校顾炎武诗，为校文一卷。（朱芳圃认为当在光绪二十三年，今据孙谱改。系跋并寄章炳麟，有“亡国于今三百年”之语，署名“荀羕”）

校勘王德肤《易简方》付梓。

1899（光绪二十五年己亥） 52岁

秋八月，写定《周礼正义》八十六卷。此书先成长编，继复更张义例，删繁补缺，历时廿年，稿草屡易。

十二月，撰《大戴礼记校补》三卷成。

冬，写定《周书校补》四卷，自为序。（朱谱列于光绪二十二年下）

1900（光绪二十六年庚子） 53岁

闻浏阳唐才常、谭嗣同起事就义，作《浏阳二子歌》以哀之。（后诗佚）

撰沈丹曾《东游日记》跋。

撰《九旗古义述》。

1901（光绪二十七年辛丑） 54岁

武进金溎生以张惠言《墨子经说解》寄予孙诒让，孙氏答书伸谢。

草成《变法条议》十篇。（春二月初三，清廷重议更制，下诏求言。盛宣怀因费念慈介，求孙诒让代撰条议，乃杜门旬日，后成《变法条议》十篇。中有废跪拜、除忌讳、革宫监、裁冗官、革吏役、改兵制、伸民权诸事，为时人所不敢言，盛氏受读而不敢上）

冬，端方以所藏秦权精拓，手跋其后，并大魄权拓本，介黄绍箕寄赠孙氏，属为审定。

1902（光绪二十八年壬寅） 55岁

撰秦权、大魄权两拓本跋。

三月，《九旗古义述》刊成。

四月，撰《周礼政要》四十篇。(即光绪二十七年草成之《变法条议》)

五月，撰《自题〈变法条议〉后》诗八章。

是月，重订读书治学课程：上午阅读新书报刊；下午，料理地方事务及友朋函札；晚，整理旧稿及新著，以点完和礼氏牌矿烛一支为度。

校理鲍廷荐《困苦悲愤记》，易名《瑞安藩乱记》，并为跋后。

1903（光绪二十九年癸卯）　56岁

春二月，重订《毛公鼎释文》。以文义推定此为西周遗器。

二月，《周礼正义》铅活字版由上海求新图书馆樊时勋印成。

借得杨保彝《墨经校注》。

撰《古籀余论》三卷。(朱谱作二卷，据一九二九年燕京本，应为三卷)

移书仁和邵某，借得明嘉靖本《周礼注》。

1904（光绪三十年甲辰）　57岁

春，重校《周礼》。

重校《墨子间诂》竟，复为跋。

撰“籀文车字说”。

冬十一月，撰《契文举例》三卷成。

1905（光绪三十一年乙巳）　58岁

与俞樾书信来往，受其所赠《曹景完碑榏帖》。

撰刘绍宽《东瀛观学记》叙。

夏，《周礼正义》刊成。

十一月，撰《名原》成，付刊。

又撰《古文大小篆沿革表》，属草未就。(从张宪文之说)

1906（光绪三十二年丙午）　59岁

受章炳麟寄赠之《新方言》。

1907（光绪三十三年丁未）　60岁

重定《墨子间诂》十五卷，目录一卷，附录一卷，后语二卷。是为最后之定本。（据朱芳圃所作年谱，至1910年，《间诂》之最后定本始付印。校字之役，由王景羲担任。王氏并录平日所闻于先生者，别撰《墨商》三卷，中多精论。民国十八年即1927年刊于敬香楼丛书二辑中）

寄赠章炳麟《周礼正义》一帙。

著《学务本议》四则，《枝议》十则。

1908（光绪三十四年戊申）　61岁

春，撰《尚书骈枝》成。复阅《契文举例》，写成定本。并将单篇学术论文撰作《籀艺宧杂著》，装成二册，改名《籀庼述林》，凡一百二十七篇。

五月，诒让卒于风痹，葬永嘉南湖。南通张謇为传墓表，钱塘吴士鉴奏请入《清史·儒林传》。

参考文献

〔清〕孙延钊：《孙征君籀庼公年谱》，稿本。
〔清〕孙诒让：《籀庼述林》，1916年刊本。
〔清〕孙诒让：《温州经籍志》，浙江图书馆1921年刊本。
〔明〕宋濂等：《古书辨伪四种》，商务印书馆1935年版。
翦伯赞：《戊戌变法》，神州国光社1953年版。
皮锡瑞：《经学通论》，中华书局1954年版。
刘禺生：《世载堂杂忆》，中华书局1960年版。
汤志钧：《戊戌变法人物传搞》，中华书局1961年版。
毛春翔：《古书版本常谈》，中华书局1962年版。
杭州大学语言文学研究室：《孙诒让研究》，内部发行，1963年。
谭戒甫：《墨辨发微》，中华书局1964年版。
范文澜：《中国通史简编》，人民出版社1964年版。
〔清〕永瑢等：《四库全书总目提要》，中华书局1965年版。
缪荃孙：《艺风堂诗文集》，文海出版社1973年版。
缪荃孙：《清代续碑传集》，文海出版社1973年版。
〔清〕赵尔巽等：《清史稿》，中华书局1976年版。
《魏源集》，中华书局1976年版。
胡钧重编：《张之洞年谱》，台湾商务印书馆1978年版。
王代功：《王闿运年谱》，台湾商务印书馆1978年版。

汤志钧：《章太炎年谱长编》，中华书局1979年版。
蔡尚思：《中国文化史要论》，湖南人民出版社1979年版。
朱芳圃：《孙诒让年谱》，台湾商务印书馆1980年版。
《唐才常集》，中华书局1980年版。
王欣夫：《文献学讲义》，上海古籍出版社1980年版。
朱维铮、姜义华编注：《章太炎选集》，上海人民出版社1981年版。
来新夏：《古典目录学概说》，中华书局1981年版。
潘祖年：《潘伯寅先生祖荫年谱》，台湾商务印书馆1982年版。
雪克辑点：《十三经疏校勘记》，齐鲁书社1983年版。
张树棻纂辑：《章实斋方志论文集》，山东地方志编纂委员会1983年版。
《顾亭林诗文集》，中华书局1983年版。
江藩：《汉学师承记》，中华书局1983年版。
马宗霍：《中国经学史》，上海书店1984年版。
杨幼炯：《中国政治思想史》，上海书店1984年版。
洪焕椿：《浙江方志考》，浙江人民出版社1984年版。
姚名达：《中国目录学史》，上海书店1984年版。
章太炎：《章太炎全集》（一）至（五），上海人民出版社1985年版。
莫友芝：《唐写本说文・木部笺异》丛书集成初编本，中华书局1985年版。
吴浩坤、潘悠：《中国甲骨学史》，上海人民出版社1985年版。
戴家祥点校：《名原》，齐鲁书社1986年版。
《汪康年师友书札》，上海古籍出版社1986年版。
〔清〕曾国藩：《曾国藩全集》，岳麓书社1986年版。
〔元〕马端临：《文献通考》，中华书局1986年版。
杨树达：《积微翁回忆录・积微居诗文钞》，上海古籍出版社1986年版。
《严复集》，中华书局1986年版。
〔明〕黄宗羲等：《宋元学案》，中华书局1986年版。
《清代碑传全集》，上海古籍出版社1987年版。
〔清〕孙诒让撰，雪克辑点：《籀庼遗著辑存》，齐鲁书社1987年版。

王文锦、陈玉霞校点：《周礼正义》，中华书局1987年版。

徐和雍：《浙江近代史》，浙江人民出版社1987年版。

戴家祥点校：《古籀余论》，华东师范大学出版社1988年版。

雪克点校：《大戴礼记校补》《逸周书校补》《尚书骈枝》《九旗古谊述》等，齐鲁书社1988年版。

《孙诒让纪念论文集》，温州师范学院学报编委会1988年版。

雪克、陈野点校：《札迻》，齐鲁书社1989年版。

〔清〕孙诒让：《古籀拾遗》，上海中医学院出版社1989年版。

陈登原：《颜习斋哲学思想述》，中国大百科全书出版社1989年版。

汤志钧：《中国近代经学与政治》，中华书局1989年版。

张宪文：《孙诒让遗文辑存》，浙江人民出版社1990年版。

《张文襄公全集》（1—4），海王邨古籍丛刊，中国书店1990年版。

李致忠：《古书版本学概论》，北京图书馆出版社1990年版。

冯天瑜、何晓明：《张之洞评传》，南京大学出版社1991年版。

王凤贤主编：《浙东学派研究》，浙江人民出版社1993年版。

孙中原：《墨学通论》，辽宁教育出版社1993年版。

楼学礼点校：《契文举例》，齐鲁书社1993年版。

周祖谟：《方言校笺》，中华书局1993年版。

吴毓江：《墨子校注》（上、下），中华书局1993年版。

来新夏：《古籍整理散论》，书目文献出版社1994年版。

杨向奎：《清儒学案新编》，齐鲁书社1994年版。

《古籍整理研究论丛》（三），齐鲁书社1994年版。

孙钦善：《中国古文献学史》，中华书局1994年版。

谭家健：《墨子研究》，贵州教育出版社1995年版。

张知寒主编：《墨子研究论丛》（一）（二）（三），山东人民出版社1995年版。

毕沅：《墨子注》，上海古籍出版社1995年版。

陈德溥编：《陈黻宸集》（上、下），中华书局1995年版。

梁启超：《中国近三百年学术史》，东方出版社1996年版。

嵇文甫：《晚明思想史论》，东方出版社1996年版。

冯友兰：《中国哲学简史》，北京大学出版社1996年版。

朱维铮：《晚清学术史论》，上海古籍出版社1996年版。

陈玮仁：《孙诒让的金文学》，台湾大学中国文学研究所1996年硕士论文，1996年。

陈明主编：《原道》，中国广播电视出版社，1996年版。

汪康年：《汪穰卿笔记》，上海书店1997年版。

姚淦铭等编：《王国维文集》（四），中国文史出版社1997年版。

龚书铎：《中国近代文化概论》，中华书局1997年版。

陈伯海主编：《近四百年中国文学思潮史》，东方出版中心1997年版。

萧艾：《王湘绮评传》，岳麓书社1997年版。

傅杰编校：《章太炎学术史论集》，中国社会科学出版社1997年版。

高路明：《古籍目录与中国古代学术研究》，江苏古籍出版社1997年版。

顾颉刚：《秦汉的方士与儒生》，上海古籍出版社1998年版。

李西宁：《智民之师：张元济》，山东画报社1998年版。

张其昀：《"说文学"源流考略》，贵州人民出版社1998年版。

苑书义主编：《张之洞与中国近代化》，中华书局1999年版。

黄建国等编：《中国古代藏书楼研究》，中华书局1999年版。

尚小明：《学人游幕与清代学术》，社会科学出版社1999年版。

《龚自珍全集》，上海古籍出版社1999年版。

梁启超：《清代学者整理旧学之总成绩》，商务印书馆1999年版。

王庆祥、萧立文校注：《罗振玉、王国维往来书信》，东方出版社2000年版。

〔宋〕朱熹、吕祖谦：《朱子近思录》，上海古籍出版社2000年版。

程颢、程颐：《二程遗书》，上海古籍出版社2000年版。

颜元：《习斋四存编》，上海古籍出版社2000年版。

〔明〕朱彝尊：《经义考》，中华书局2000年版。

〔清〕李慈铭：《越缦堂读书记》，上海书店2000年版。

王先明：《中国近代文化史论》，人民出版社2000年版。

李细珠：《晚清保守思想的典型——倭仁研究》，社会科学出版社2000年版。

曾贻芬、崔文印：《中国历史文献学史述要》，商务印书馆2000年版。

〔清〕谭献：《复堂日记》，河北教育出版社2001年版。

孙启治点校：《墨子间诂》，中华书局2001年版。

吴熊和主编：《蒋礼鸿集》，浙江教育出版社2001年版。

姜广辉主编：《经学今诠续编》（23），辽宁教育出版社2001年版。

桑兵：《晚清民国的国学研究》，上海古籍出版社2001年版。

廖梅：《汪康年：从民权论到文化保守主义》，上海古籍出版社2001年版。

吴雁南等：《中国经学史》，福建人民出版社2001年版。

〔清〕孙延钊：《孙衣言孙诒让父子年谱》，上海社会科学院出版社2003年版。

刘文清：《〈墨子间诂〉训诂研究》，古典文献研究辑刊二编第九册，台北花木兰文化出版社2006年版。

后　记

本书原是浙江省社科院陈野老师申请到的一个课题，因其在2005年忙于手头其他研究，加之当时该书要求的撰写周期短，于是她接受雪克先生的推荐，邀请我承担了该书的撰写工作。陈老师此前已做了不少工作，这从她发给我的一万多字的写作提纲和部分文稿就可以看出来，虽然最后因其提纲和文稿与我的想法相去甚远而均未能采用，但其思路之清晰，文笔之清新，确实让笔者自叹弗如。陈老师还曾几次邮寄孙诒让研究资料到山东来，其对学术的热诚可见一斑，在此谨表谢意。

1999—2002年在山东大学攻读中国古典文献学博士学位时，在导师组诸位先生的引导下，我选了《孙诒让研究》作为博士论文的题目。三年下来，对于孙诒让的生平事迹、文献学成就算是有了较为全面的了解。此后不久，有幸认识了一直从事孙诒让著作整理与研究工作的著名学者雪克先生。在博士论文撰写过程中，雪克先生不仅为我提供了《孙诒让年谱》（稿本）复印件，而且就论文的章节安排提出了不少中肯的建议，在此向他表示诚挚的感谢。

感谢当年在山东大学古籍所读博时遇到的各位先生——郑杰文老师、冯浩菲老师、杜泽逊老师、刘心明老师、王承略老师、张雷老师，都曾给予我无私的帮助。那些有关他们的温暖记忆，将是我等做学生的一生的财富。

感谢主持“浙江文化名人传记丛书”的卢敦基先生，如今又亲力亲为主持修订工作，让人感动；感谢一直以来为大家忙前忙后的吴寒女士。15年后重新参与到丛书修订中来，再次与他们共事，让我倍感亲切。

浙江人文渊薮，这是一代代学人参与的结果，也离不开各种文化机构的支持与付出。感谢浙江省文化研究工程办公室，感谢浙江省哲学社会科学界联合会，感谢浙江人民出版社对该系列图书的积极投入与鼎力支持。

限于作者水平，书中尚有不少错误。敬请各位方家批评指正。

李海英

2024年3月